读客科幻文库

跟着读客读科幻，经典科幻全看遍。

皮囊之下

[荷兰] 米歇尔·法柏　著

刘文元　译

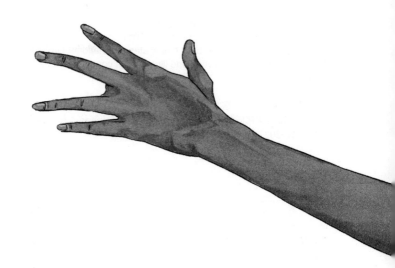

Michel Faber
Under the Skin

北京日报出版社

图书在版编目（CIP）数据

皮囊之下 /（荷）米歇尔·法柏著；刘文元译 . --
北京：北京日报出版社，2022.7（2022.9 重印）
ISBN 978-7-5477-4277-8

Ⅰ.①皮… Ⅱ.①米… ②刘… Ⅲ.①幻想小说 - 荷
兰 - 现代 Ⅳ.① I563.45

中国版本图书馆 CIP 数据核字 (2022) 第 054721 号

皮囊之下

作　　者：［荷兰］米歇尔·法柏
译　　者：刘文元
责任编辑：杨秋伟
特约编辑：武姗姗　　高　洁　　窦维佳
封面设计：陈绮清
装帧设计：陈绮清
出版发行：北京日报出版社
地　　址：北京市东城区东单三条8-16号东方广场东配楼四层
邮　　编：100005
电　　话：发行部：（010）65255876
　　　　　总编室：（010）65252135
印　　刷：三河市龙大印装有限公司
经　　销：各地新华书店
版　　次：2022年7月第1版
　　　　　2022年9月第2次印刷
开　　本：890毫米×1270毫米　1/32
印　　张：10.25
字　　数：219千字
定　　价：45.00元

感谢杰夫和伏戈

还要特别感谢我的妻子伊娃

当我沉溺于虚幻的世界无法抽身时

她总是能将我拉回现实

序

大卫·米切尔

为《皮囊之下》作序是一种荣幸，但同时也是一项严峻的挑战：该如何在不剧透的前提下吊起读者的胃口呢？毕竟在我看来，这是当代英国小说中构思最为精妙的作品之一。阿布拉赫农场的真相是什么、"沃迪塞尔①"是什么，以及为什么一个叫伊瑟莉的女人会开车在苏格兰高地转来转去寻找男性搭车客？这些问题的答案在本书前三分之一的篇幅里通过若隐若现的线索渐渐揭开。在阅读的过程中，读者经常会匆忙下结论，接着又将结论推翻：伊瑟莉是个女色情狂——不对，她是个连环杀手——也不对，我的天哪，她其实是某种……这种使读者不断否定自己猜测的情节，终结在一个手持手电筒的可怕冬夜，最后引出的谜底犹如那个冬夜般阴森可怖，令人大吃一惊。唯有技艺精湛的作家才能处理好《皮囊之下》的背景设定，并

---

① 沃迪塞尔（Vodsel）取自荷兰语中的"voedsel"，意为"食物"。——译者注（本书注释如无特别说明，均为译者注）

且不会让故事变得庸俗。米歇尔·法柏就是这样一位技艺精湛的作家，他以高超的复杂技巧，成功地构建出了残忍的阿布拉赫农场生产体系。他是如何做到的？答案是：通过提出一些与其设定出入较大的"漏洞"，同时把更不合常理的地方剔除出去，并且用他极度精准的语言（比如"牛蹄蹚地的噔噔声和牛粪落地的沉闷噗噗声，听起来格外别具一格"）来诱骗读者；通过他古怪的幽默感（比如"'比约克、Pulp乐队、Portishead乐队……'最后的三个名字在伊瑟莉听来就像三种动物饲料的牌子"）；通过对高地的生活、风景和方言进行快照似的描写；通过对进入伊瑟莉的红色丰田车里的搭车客的生死进行抛硬币似的抉择。于是，法柏赢得（或者说"窃得"？）了读者的赞同：是的，也许，只是也许，在因弗内斯以北的某处荒野中真的存在一个沃迪塞尔农场，这也并非完全不可能……然后，你就彻底陷进了他构造的世界。

　　大胆的设定是一道上等的开胃菜，但不是主菜。小说的主要情节是由农场主的儿子——声名狼藉的阿姆利斯·维斯的到来而引出来的。维斯对牲畜表现出的（危险的）同情心，以及他的言行未能打破伊瑟莉对他的偏见，迫使她开始质疑自己的价值和渴望。伊瑟莉原本就对这种生活逐渐感到倦怠，这种深刻反省则加速了这一过程，从而使故事几乎不可避免地走向最终的结局。在小说中，读者对伊瑟莉在"新伊斯特德"的过往生活有过短暂一瞥，作者描述得颇为阴暗，因此，即便在了解了她为谋生而必须做的那些事情之后，她的不幸遭遇依然能引起读者的同情。比起法柏最著名的女主人公——维多利亚时代白银街的妓女休格（出自他的杰作《绛红雪白的花瓣》），伊瑟莉的"紧身衣"更为令人窒息：她被残忍、孤独、剧痛以及"自己的骨骼和肌肉构筑的牢笼"紧紧束缚着。她（或者引申开来，亦是法柏）对人类和英国社会，对我们的习性、缺点和电视节目的观察——也就是从人类学角度对我们进行的细细审视——是新鲜而敏锐的，这也促使我们透过她那双独特的、外来者的眼睛审视我们自身。尽管伊瑟莉是个极端的异类，但她也会像我们许多人一样很容易遭到繁重无聊的工作和不公待遇的双重打击。她也受雇于一家反复无常的公司，这家公司会毫无征兆地增加她的工作量；她也曾被富家子弟抛弃；她也必须忍受来自工作场所中底层男同事们的性别歧视，甚至被一个半疯的食堂厨师（他与我认识的不止一位主厨有着惊人的相似之处）厉声呵斥。伊瑟莉和她的同事们的生活与我们如此相似，所以这些人物怎么可能是虚构的呢？

对一部小说的讽刺性大加称许可能会预示其叙事节奏的缓慢。但这部作品并非如此——《皮囊之下》的故事节奏仿佛油门全开，同时又饱含机智风趣、深长意味和辛辣讽刺，即便读罢许久，仍然会回味无穷。有些讽刺被隐藏在看似毫无冒犯之意的表述中：比如，一个搭车客告诉伊瑟莉，"布拉德福德那个住址是很多年前的了……据我所知，她现在可能已经搬到他妈的火星上去了"；再比如，贝类批发商提醒他的好撒玛利亚人[1]——伊瑟莉——"（装海螺的）袋子得

---

[1] 意为"好心人""见义勇为者"，来源于《路加福音》第10章第25—37节中耶稣讲的寓言。

系好，否则它们会爬出来，躲到你的床底下"。其他讽刺则是用事实来展现的：正是美貌让伊瑟莉获得了做这份工作的资格，然而这份工作却又要求她不可逆转地毁掉自己的容貌；随着伊瑟莉对沃迪塞尔命运的冷漠程度逐渐减弱，她变得越来越有"人性"，也就越发不可能有一个美满的结局。事实上，如果重读《皮囊之下》，你会不由自主地被这个文学世界搅得精神错乱，你会开始从每一个句子里察觉出潜伏其中的更深层的含义；你甚至可以把这些深层含义收集起来，组成一份切实可行的论据，证明《皮囊之下》是一部针对食物链法则的讽刺作品，或是针对文化相对主义的寓言。但对我来说，最深刻的讽刺之处在于，因为"住在玻璃屋子里就不要抛石头①"——仅仅停止食用鹅肝酱并不能洗净我们的罪责，所以谴责伊瑟莉和维斯公司，实质上就是在谴责我们自己。身处人类世②中的我们也为了满足口腹之欲而使自己的良心变得麻木不仁。为了安享平静的生活，我们也对那些受难者——不管是当地人，还是全人类，抑或是整个动物王国中的生物的遭遇一直视若无睹。总之，伊瑟莉是一个非常有人性的女主人公。所以，请阅读关于她的故事吧，祝你用餐愉快③。

---

① 西方谚语，大意是，自己有短处，就别指责别人。
② 由1955年诺贝尔化学奖得主、荷兰大气化学家保罗·克鲁森于2000年提出，用以描述地球最晚近的地质年代。
③ 原文为法语。

第一眼看见搭车客时，伊瑟莉总是会驱车径直驶过，以便让自己有时间评估一下对方的身材。她的目标是大块头，上半身肌肉健硕的那种。骨瘦如柴的家伙对她毫无用处。

但是，若想瞥一眼就分辨出对方是大块头还是皮包骨，简直出奇地难。你肯定会以为，一个孤零零的搭车客站在乡村公路边，应该像一座遥立远方的纪念碑或谷仓那样，哪怕在一英里^①之外也很显眼；你会以为你能够边开车边冷静地评估他的身材，在脑海里提前想象出他赤身裸体的样子，并从各个角度仔细检查。但伊瑟莉却发现实际并非如此。

驱车穿越苏格兰高地，本身就是一件极为有趣的事：这里的景致，风景明信片仅能展现其冰山一角。即使在寂静的冬日黎明，两旁

---

① 英制长度单位，1英里约为1.6千米。

的田野中仍有乳白色的薄雾笼罩之时，A9公路也不会空荡太久。每天清晨，柏油路面上都横陈着一些毛茸茸的动物尸体，那是因为这些动物前一晚错将公路当成树林，最终被汽车撞得血肉模糊、难以辨认。

伊瑟莉经常在这种犹如史前时期般宁静的时刻出动，她的车像是有史以来第一个出现在这里的生命。她仿佛一头扎进一个新世界，这个世界雏形已现，山脉或许还会在板块推挤作用下移位，树木繁茂的山谷仍有可能在地壳运动中重新变成海洋。

尽管如此，一旦她把小车开上空寂无人、雾气氤氲的公路，往往过不了几分钟，她的身后就会出现浩荡的南行车辆。在这条狭窄的单行道上，那些车一辆跟着一辆，像绵羊似的。他们全对伊瑟莉这只领头羊的速度甚为不满，遂狂按喇叭。她必须加快速度，以免被轰下单行道。

而且，由于这是主干道，她必须对每条小岔路保持警觉。只有少数几个路口有明显的路标，好像是在自然选择中获胜得到的荣耀一般。其余路口都被树木严密遮蔽。即便伊瑟莉拥有优先通行权①，忽视路口路况也绝非好主意：任何一个路口都可能有一辆在弹簧减震器上剧烈震动的拖拉机，正急匆匆地驶上主干道，如果与伊瑟莉的汽车相撞，拖拉机几乎不会受到什么损伤，而她则会被撞得面目全非，横尸在柏油路面上。

但是，最让她分心的还不是潜在的危险路况，而是沿途的诱人

---

① 指法律授予某些道路使用人以优先通行的权利，而限制他方同时使用道路或者要求他方承担避让的义务。

美景。积有雨水的护城河波光粼粼，一群海鸥跟着播种机在泥地里飞来飞去，两三座高山之外的蒙蒙细雨，甚至是从头顶飞过的一只孤零零的蛎鹬……任何景色都能使伊瑟莉将她行驶在公路上的目的抛诸脑后。每当太阳升起，她总会开着车，凝望远处被阳光染得金黄的农舍。直到某样东西靠近了她，引起她的注意，它笼罩在灰褐色的阴影中，突然从树枝或一堆杂乱的砾石里蹿出来，伸出一条手臂。那是一只鲜嫩的两足动物。

然后，她才会想起自己为何而来，但有时当她反应过来，车已经驶出很远，车身紧贴着搭车客的指尖驶过，好像假如他的手指再长长几厘米，就会像树枝一样被咔嚓撞断。

她决不可能踩下刹车。相反地，她会若无其事地踩住油门与其他车辆一起向前行驶，只不过，当她从搭车客身旁疾速而过时，她会将他的形象印刻在脑海中。

有时候，当她一边开车一边审视脑海中的形象时，她会注意到那个搭车客是女性。伊瑟莉对女性不感兴趣，至少不是通常意义上的那种"性趣"。就让别的车把她们捎走吧。

如果搭车客是男性，她通常会回去再看一眼，除非他一看就瘦弱不堪。倘若他给她留下的印象还不错，她就会在保证安全的前提下立即掉头——当然是在对方看不见的地方。她可不想让对方知道她对他有兴趣。然后，她会以路况允许的最慢速度从公路对面缓缓驶过，再次评估一番他的身材。

在极个别情况下，她返回后会再也找不到他——肯定是其他不那么谨慎或挑剔的司机在她折返的时候停下车，把他带走了。这时，她会眯起眼睛看向记忆中他原先站过的地方，却只看到一块空荡荡的碎石路缘。接着，她会将目光越过路缘，望向田野或灌木丛里，以确认他是否正躲在某处撒尿（他们经常这么干）。他这么快就不见了，对她来说是难以置信的。他的身体是如此强壮、如此出色、如此完美，她怎么就把这个机会给丢掉了呢？她怎么不在刚看到他时就让他上车呢？

有时，这种损失让她感到很难接受，所以她会继续向前开，一口气开出数十英里，希望先她一步载到他的那辆车会把他放下来。她的车拖着一道尾气从一群奶牛旁边飞驰而过，那些奶牛便会傻傻地冲她眨巴眼睛。

不过，在大部分情况下，搭车客依然会站在刚才与她擦肩而过的地方，也许他的手臂只是略微弯曲了一点儿，衣服上只是多了一点儿雨水斑点（如果正在下雨的话）。从与第一次经过搭车客时相反的方向看过去，伊瑟莉可能会瞥见他的臀部、大腿或肌肉发达的肩膀。他的站姿中也蕴含着特别的意味，流露出身体处于极佳状态的男性的极端自信。

开车经过时，她会直勾勾地盯着他，核实她的第一印象，以便百分之百确定她并非在想象中夸大了他的身材。

如果他确实符合标准，她就会停下车，让他上车。

这种事伊瑟莉已经做了好些年。她几乎每天都要开着那辆破旧的红色丰田花冠车驶上A9公路，并慢速巡行。她的自尊心很强，所以哪怕已经取得了一连串的成功，她照样会在事后担心，上一个搭车客也许是最后一个真正令她满意的猎物，也许她今后再也不会遇到符合标准的目标了。

事实上，对伊瑟莉来说，这项挑战带来的兴奋感令她上瘾。她让符合条件的壮汉坐进车里，坐在她身旁，后者十分确定自己会跟她一起回家，而她则已经开始提前考虑下一个目标了。甚至在她欣赏他的肉体、打量着他健壮的肩部曲线或T恤下隆起的胸肌、幻想着他赤身裸体的绝妙画面时，她仍会留意路边的情况，以免漏掉向她招手的更棒的目标。

今天开始得并不顺利。

她驱车穿过尚在酣睡中的费恩村附近的铁路立交桥，还没驶上公路，就隐隐听到副驾驶那侧的轮胎上方有个地方在咯咯作响。她屏气凝神，仔细倾听，猜测汽车到底想用它那古怪陌生的语言表达什么。它是在求救，还是在向她抱怨，抑或是一次友好的警告？她又听了一会儿，努力想象一辆汽车应该如何让人理解它发出的暗示。

这辆红色丰田花冠并非她拥有过的最好的车。她特别想念刚学车时开的那辆灰色尼桑旅行轿车。那辆车反应灵敏，跑动平稳，几乎没有噪声，而且后面的空间很大，甚至放一张床都没问题。但她只开了一年，就不得不抛弃了它。

从那以后，她又有过几辆车，但它们都比较小，而且她在把定制部件从尼桑车上移过去时，还惹过麻烦。这辆红色丰田花冠操控起来不太灵活，而且喜怒无常。毫无疑问，它想做一辆好车，但它的毛病实在不少。

在离高速公路路口仅有几百米的地方，一个体毛浓密的年轻小伙正沿着狭窄道路的路边缓慢行走，同时竖起大拇指，做出搭便车的手势。她从他身边加速驶过。他懒洋洋地举起胳膊，在竖起拇指的基础上又竖起两根手指。他看她有点儿面熟，她看他也有点儿面熟。他们都是本地的。尽管除了她开车与他多次擦肩而过之外，他们从未在其他场合见过。

伊瑟莉有个原则：不让本地男性搭车。

转到基尔达里的A9公路上时，她看了看仪表板上的时钟。天亮得很快，才八点二十四分，太阳就已经升到地平线以上了。透过浓密的纯白色积云，可以看到青紫色和肉粉色相间的天空，预示着今天会是个寒冷的晴天。这种天气不会下雪，但冰霜会在阳光照射下闪烁好几个小时，空气还没来得及变暖，夜晚就会降临。

就伊瑟莉的任务而言，这样晴朗寒冷的天气有利于安全驾驶，但不利于评估搭车客。格外强壮的搭车客可能会穿短袖，以炫耀其健硕的身材，但他们大多数穿着大衣和好几层毛衣。如此一来，就会给她的工作增加困难。因为只要穿的衣服足够多，就连皮包骨也会显得肌肉发达。

她看了看后视镜，将时速减到六十四公里，一是因为后方没什么车辆，二是因为她想确认一下异响的情况好转与否。它似乎已经自我修复了。当然，这只是她一厢情愿的想法。但在经历了整夜纠缠不休的疼痛、噩梦和断断续续的睡眠之后，一大早起程时就能有这样的想法，令她感到情绪高涨。

她用狭窄得快要堵塞的鼻孔艰难地深吸一口气，空气新鲜冷冽，令人微微迷醉，像是从面罩里喷出的纯氧或乙醚。她的意识在亢奋的清醒与试图回归沉睡之间反复徘徊。她知道，她必须尽快切实行动起来，让自己得到些刺激，否则她很可能会昏睡过去。

伊瑟莉开车经过搭车客们通常会驻足搭车的一些地点，但她一个人都没看到。目之所及只有公路，以及广阔空寂的世界。

几滴零星的雨点溅到挡风玻璃上，雨刷在她眼前刮出两扇脏兮兮的弧面。她操控引擎盖下的雨刷器水壶喷水，一道道水流从挡风玻璃上淌下去，仿佛要这样喷很久很久，她才能重新获得清晰的视野。不知怎的，这番操作使她感到愈加疲惫，仿佛喷出的是维持她生命运转的体液。

她试图把时间快进，直接跳跃到找到目标的时刻，想象自己停在某处，旁边坐着一个年轻健壮的搭车客。她想象自己冲他喘着粗气，抚平他的头发，搂紧他的腰，以便慢慢地调整好他的坐姿。然而，仅靠幻想还不足以阻止她合上眼皮。

就在伊瑟莉准备找个地方停车眯上一会儿时，她发现地平线上钻出一个剪影。她立刻振作起来，急切地瞪大眼睛，把眼镜扶正。她在后视镜中检查了一下自己的脸和头发。她试着噘了噘嘴，通红的嘴唇像是涂了口红一般。

第一次从搭车客身旁驶过时，她注意到对方是个男性，个子高挑，肩膀很宽，一身休闲装。他伸出拇指和食指，搭车手势相当敷衍，好像他已经等了很久，也可能是他不想显得过于急迫。

返回时，她注意到他还非常年轻，留着一头苏格兰狱囚式的短发。他穿着土褐色的衣服，外套下隆起的东西很引人注目，至于那究竟是肌肉还是脂肪，仍有待观察。

向他驶近的过程中，伊瑟莉意识到他确实高得出奇。他紧盯着她，估计在想，几分钟之前看到的人跟她可能是同一个，因为路上再无其他车辆。尽管如此，他也没有更加急切地向她招手，依然懒洋洋地伸着那只手。乞求不是他的风格。

她放慢车速，正好停在他面前。

"上车吧。"她说。

"好。"他愉快地说，同时一屁股坐到副驾驶座上。

就这么一个字，虽然说的时候用到了面部的笑肌，但他并没有笑。不过单凭这个，伊瑟莉已经对他有了一点儿了解。他是那种不愿意说"谢谢"的家伙，似乎感激是一个陷阱。在他的世界里，不论伊瑟莉为他做什么，都不会让他产生感激之情。一切都是天经地义的。的确，是她主动停在路边让他上车的，所以他干吗要感激她？她免费载他一程——如果是出租车，肯定会收他一大笔钱——而他的回应只有一个"好"字，仿佛她是他的一个酒友，只是随手帮了他一个类似于"把烟灰缸推到他手边"的微不足道的小忙。

"不客气。"伊瑟莉回道，好像他哪怕不说感谢，照样表达出了那层意思，"你要去哪里？"

"南边。"他说着，望向南边。

漫长的一秒过后，他将安全带绕过身体，系好，似乎是在很不情愿地承认，唯有这么做才能让他们俩上路。

"一直往南开就行吗？"她边询问边把车驶离路缘，像往常一样小心翼翼地拨动转向灯的开关，而不是拨动前大灯、挡风玻璃雨刷器或伊卡帕图亚的开关。

"呃……看情况吧。"他说，"你这是要往哪儿走？"

她在脑子里盘算了一下，然后看了看他的脸，试着判断他心里对她目的地的预期是哪里。

"还没想好，"她说，"先去因弗内斯吧。"

"那我在因弗内斯下车也行。"

"你想去的地方比那儿更远吗？"

"我准备能去多远就去多远。"

后视镜里突然出现另一辆车，她不得不将注意力转向猜测那辆车的行驶意图。待她有精力转头看向搭车客时，他已经面无表情。他刚才那句话是顽童似的傲慢自大，还是在给她性暗示，抑或只是无聊的事实陈述？

"等很长时间了吧？"她问道，试图从他身上找出更多智慧的表征。

"你说什么？"

他停下拉开夹克拉链的动作，冲她眨眨眼。拉开拉链的同时倾听一个简单的问题，他的智力是不是应付不过来？他的右眉上横跨着一道薄薄的黑色疤痕，几乎痊愈了——也许是醉酒后摔倒所致？他的眼白很清澈，头发在不久之前刚洗过，身上没有异味。所以，他只是愚蠢而已吗？

"你上车的地方，"她更具体地问道，"你在那里站很久了吧？"

"我不知道，"他说，"我没有手表。"

她低头瞥了一眼他靠近她的那只手腕。他手腕粗大，长着纤细的金色体毛，两条蓝色的血管穿过手腕，一路延伸到他的手背上。

"那你感觉等得久吗？"

他像是思忖了好一会儿才想出答案。

"嗯。"

他咧嘴笑了。他的牙齿不是很好。

车外的世界，阳光突然变得炙热，好像某个负责光照强度的机构刚刚意识到，他们一直在以推荐功率的一半让太阳运行。挡风玻璃像电灯一样亮了起来，透射而过的紫外线照射到伊瑟莉和搭车客的身上，微风中的寒意被挡风玻璃全部过滤，进入车厢的只剩下纯粹的热量。车内暖气开得很足，所以搭车客很快便在座位上扭动起来，将外套整个脱下。伊瑟莉偷看着他，看到了他那随着胳膊屈伸而隆起的肱二头肌和肱三头肌，以及紧绷颤动的肩部肌肉。

"我可以把这个放到后座上吗？"他问道，用大手抓住被拢成一束的夹克。

"当然可以。"她说，同时注意到当他转身把夹克扔到她的外套上面时，上身肌肉立刻在T恤下面起伏涌动。他的腹部有点儿鼓囊，不是腹肌，而是啤酒肚，不过胖得并不过分。

他现在感觉舒服多了，于是靠着椅背坐好，向她露出一个令人厌恶的苏格兰底层所特有的微笑。

她也冲他微微一笑，同时不禁想到，一口好牙可太重要了。

她能感觉到自己离做出决定又近了一步。事实上，坦白讲，这段心路历程她已经走了一半。她的呼吸越来越急促。

她暗示自己平静下来，努力抑制肾上腺素的分泌，克制住那股冲动。好吧，没错，他条件不赖。好吧，没错，她想要他。但是，她首先必须多了解一下他。她必须让自己避免陷入这样的尴尬境地：本来满心以为他会跟她一起走，结果却发现他还有个妻子或女朋友在等他回家。

要是他能跟自己聊几句该有多好。为什么称心如意的猎物总是默不作声地坐着，而那些奇形怪状的残次品却主动跟她废话连篇？她以前遇到过一个可悲的家伙，他脱下厚厚的大衣后，露出骨瘦如柴的手臂和鸡胸。不出几分钟，他就把一生的经历都告诉了她。而那些魁梧结实的猎物往往更倾向于呆滞地目视前方，或者对世界笼统地发表一点儿看法，同时以运动员般的敏捷反应闪避着私人问题。

时间一分一秒地飞逝，搭车客似乎很满意当前沉默不语的状态。不过，至少他在煞费心机地偷瞄她的身体，尤其是她的胸部。事实上，她斜瞥了一眼，发现他正鬼鬼祟祟地瞅着自己，由此可以看出，他很希望她能面朝前方，这样他就不必担心窥视时被她察觉了。算了，那就让他可劲儿看吧，没准儿还能刺激他多讲些话呢！再者说，通往埃文顿的岔道马上就到了，她需要集中精神开车。她稍稍向前探头，做出全神贯注关注路况的样子，也好让他放心大胆地偷窥她的身体。

她立刻感觉到他的目光像紫外线般扫遍她的全身，这种紫外线与射入车内的那种截然不同，但强度还是很高。

哦，伊瑟莉真的很想知道，在他那双异族的无知的眼中，自己究竟是什么样子。她挺直后背，靠在椅背上，胸脯高高挺起。他注意到她不惜气力做出的这个动作了吗?

搭车客当然注意到了。

她的胸可真大啊,但是,天哪,除此以外,她身上就没什么值得欣赏的部位了。她太矮了,开起车来跟个小孩似的努力越过方向盘往前看。她有多高?站起来的话,估计也就五英尺一英寸①。很多有着极品奶子的女人都非常非常矮,想想还挺逗。这小妞穿着低胸上衣,恨不得袒胸露乳,她显然知道自己有这个本钱。毫无疑问,这正是她把暖气开足,让车厢内热得跟烤箱一样的原因:这样她就可以穿上又短又暴露的黑色上衣,让每个搭车客——此时便是让他——都能看到她胸前那一对宝贝。

不过,她身体其余部位都怪怪的。瘦长的胳膊,肘部骨节很是突出——难怪她的上衣是长袖。她腕部的骨节也很突出,还有一双大手。即便如此,那对漂亮的奶子也太吸睛了……

实际上,那双手看起来相当怪异。若只看其他部位,她的手比你预想中的要大,但手掌又很窄,像是……鸡爪。而且它们还很结实有力,好像原先做过苦工似的,也许她在工厂里干过苦力。他完全看不见她的腿。她穿着二十世纪七十年代流行的那种可怕的喇叭裤,老天爷啊,这种荧光绿的裤子居然又时兴起来了。她的鞋子好像是马丁靴,但这些根本没法掩饰她的腿有多短。至于那对奶子嘛……就像……就像……他不知道该怎么形容。阳光透过挡风玻璃照在她的

---

① 约为1.55米。

胸脯上，两团肉球紧紧依偎在一起，看起来真他妈的养眼。

暂且不管那些，她的脸长得咋样？呃，他刚才没看见。因为被她的头发挡住了，所以她必须把脸正对着他，他才能看到。她有一头浓密蓬松的头发，灰褐色，直直地垂下。因此，当她目视前方时，他甚至无法看到她的侧脸。假如隐藏在头发后面的是一张流行歌手或女演员的美丽面孔，那该多好啊。但他知道不会是这样。事实上，当她扭过头来时，还有点儿惊到了他。那张脸很小，呈心形，仿佛儿童读物里的小精灵。脸上有一个完美的小鼻子，一张超级名模似的嘴巴，嘴唇很厚，唇线优美。但她的脸颊有些浮肿，还戴着一副他这辈子见过的最厚的眼镜，镜片把她的眼睛放大了许多，看上去得有正常尺寸的两倍。

她的样子可真怪。一半是沙滩嫩妞，一半是小老太太。

她开起车来也像个小老太太，时速顶多也就五十英里。还有她放在后座上的那件劣质的老式风衣——这些究竟是怎么回事？车上有颗螺丝松了，估计是。她是个疯子，有可能。而且她口音也很怪——外国人，绝对的。

他愿意干她吗？

也许吧，如果他有机会的话。她搞起来可能比珍妮过瘾得多，那还用说嘛。

珍妮。天哪，本来他心情一直挺好，可一想到珍妮，他的情绪就一落千丈，真是邪门儿了。昔日的恋人珍妮啊！好不容易情绪高涨，结果一想到珍妮，瞬间低落。天哪……他就不能忘了这事吗？专注地欣赏这女孩的奶子岂不更好？它们在阳光下闪着耀眼的光，就像……他现在终于知道该怎么形容了：看起来就像月亮。没错，两轮明月。

* * *

"那么，你去因弗内斯是要做什么？"他突然开口道。

"公事。"她说。

"你干什么工作？"

伊瑟莉思考片刻。长时间没有跟他说话，她都已经忘记这次给自己提前编造好的职业了。

"我是个律师。"

"真的吗？"

"真的。"

"就像电视上演的那种？"

"我不看电视。"某种程度上，这是真话。刚到苏格兰时，她几乎一直看个不停，但现在她只看新闻，或是在锻炼的时候偶尔瞥一眼屏幕上的片段。

"刑事案件？"他试探地问道。

她跟他短促地对视了一眼。他的眼里闪着火花，也许值得煽动一下。

"有时候。"她耸耸肩，或者说试图做出那个动作。从身体结构角度来说，边开车边耸肩相当之难，尤其是在拥有像她那样的胸围的情况下。

"处理过什么刺激劲爆的案子吗？"他追问道。

她斜眼看了看后视镜，放慢车速，让后面那辆拖着大篷车的大众汽车超了过去。

　　"怎样才算刺激劲爆？"她问道，同时熟练地操控汽车慢慢回到刚才的车道上。

　　"怎么说呢……"他叹了口气，叹息声听起来既哀伤又打趣，"比如一个男人杀了他老婆，因为她跟别的男人有一腿。"

　　"这种案子我可能处理过一件。"伊瑟莉模棱两可地说。

　　"那你把他给办了吗？"

　　"办他？"

　　"你把他送进监狱蹲一辈子大牢了吗？"

　　"你怎么就认定我不会为他辩护呢？"她假笑着说。

　　"哦，你知道的，女人联合起来对付男人呗。"

　　他的语气忽然变得极其奇怪：绝望，甚至是痛苦，却又带有挑逗的意味。她不得不竭力思考怎么回应比较好。

　　"哦，我不是要对付男人，"她最后说道，若有所思地变了车道，"尤其是那些从女人那里得到不公待遇的男人。"

　　她希望这句话能让他敞开心扉。

　　但事与愿违，他反而沉默下去，往座位里陷得更深了一点儿。她斜眼看向他，但他避开了她的目光，好像她已经越界了似的。她只得无奈地研究起压印在他T恤上的文字来，上面写着"AC／DC①"，此外还有一个大大的浮凸单词"BALLBREAKER②"。她不知道那些字

---

① 澳大利亚摇滚乐队，成立于1973年。
② *BALLBREAKER*是AC／DC乐队于1995年发行的专辑。

母到底是什么意思，突然心生一种应付不了他的感觉。

经验告诉她，现在别无他法，唯有将话题引向更加深入的方向。

"你结婚了吗？"她问。

"结过。"他冷冷地说。他的表情有些生气，汗液在发际线下闪着亮光。他的拇指在安全带下捋来捋去，仿佛被安全带勒得喘不过气来。

"那你应该很讨厌律师吧？"她说。

"还行吧，"他说，"反正跟她一刀两断了。"

"你们没有孩子？"

"孩子判给她了。祝她好运。"他说这话时，仿佛他妻子来自一个令人嫌恶的遥远国度，没必要把更文明的社会的习俗强加于她。

"我不是有意打听的。"伊瑟莉说。

"没关系。"

他们继续驾车前行。刚才萌生的亲密之感，此时却陡然变为横亘在他们之间的忐忑不安。

在前方，太阳已经升到车顶上方，使得挡风玻璃上落满白晃晃的刺眼光芒。司机那侧的树林逐渐稀疏，取而代之的是一座长满藤蔓植被和风铃草的陡峭路堤。路标上用好几种伊瑟莉看不懂的文字提醒外国人不要在道路错误的一侧行驶。

车内温度高得近乎令人窒息，即使对伊瑟莉来说也是如此——而她是那种能够轻松忍受极端高温的人。她的眼镜开始起雾了，但她现在不能摘下：决不能让他看到她的裸眼。一股细细的汗液顺着她的脖子缓慢地流到她的胸骨上，最后颤悠悠地停在她的胸沟边缘。搭车客似乎并未注意到。他的双手在大腿内侧随着某段她听不见的旋律漫不经心地敲着。当他意识到她在看他时，他便立刻停下，两手交叉，耷拉着搁在裤裆上。

他身上到底发生了什么事？是什么让他一下子变得这么沮丧？正当她逐渐意识到他其实很有吸引力时，他的身材却似乎在她眼前干瘪下去，他已经不再是二十分钟前钻进车里的那个男性了。难道他是那种缺乏自信的尿包，只要想到生活中的女性，他的男性雄风就会瞬间蔫下去？还是说，她说错话了？

"你要是嫌热，可以把窗户打开。"她提议道。

他点点头，但一言不发。

伊瑟莉轻轻踩下油门，希望这样能让他高兴一点儿。但他只是叹了口气，往座位里陷得更深了，仿佛这点儿微不足道的加速只是在提醒他，他们的车速有多慢。

或许她就不该说她是律师，或许说自己是个商店售货员或幼儿教师更能打开他的话匣子。只不过，她本以为他是那种粗蛮又信心十足的家伙，她本以为他可能有犯罪史，他也许会拿这种话题来挑逗她、测试她的反应。或许唯一真正适合她的"职业"就是家庭主妇。

"你妻子，"她再度提起刚才的话题，努力表现出男性应该希望别人具有的那种安慰、友善的语气——他希望从酒友那里听到的那种语气，"房子给她了？"

"是啊……呃……也不能这么说……"他深吸一口气，"我把房子给卖了，钱分她一半。她搬到了布拉德福德，我留在了这里。"

"具体是哪里呢？"她边问边朝前方的公路扬扬下巴，希望这个动作能让他意识到她已经载他走了多远。

"米尔纳弗阿。"他窃笑一声，似乎这个地名让他很不自在。

对伊瑟莉来说，"米尔纳弗阿"听起来相当正常，事实上比"伦敦"或"邓迪"还要正常，她在说那两个地名时，舌头总是卷不好。但她很理解，米尔纳弗阿承载了他的某些异乎寻常的窘境。

"那地方没什么工作可干。"她试探道，希望这种像是男性特有的、不动感情的语调表达出了同情的意味。

"我可太清楚了，"他喃喃道，突然又拔高嗓门儿，"即使这样，还是得继续努力啊，对不对？"

她难以置信地看着他。她明白了他在耍什么花招：看着像是很乐观，但实际上表达得很牵强，而且避开了问题的核心。他甚至还在笑，他的脸上汗光闪闪，仿佛他忽然确信向她承认自己过于懒惰是很危险的，仿佛向她承认自己一直靠救济金过活会导致严重后果。告诉他自己是律师，会不会是个错误？是不是这样会让他担心她会给他带来麻烦，担心她或许有一天会获得相应的职权来欺压他？她可以大笑一声，为欺骗了他而道歉，再重新说一个职业吗？比如说她是电脑软件或者大码女装的售货员？

路边的一块绿色大路牌上写着距离丁沃尔和因弗内斯还有多少公里，没多远了。左侧的土地已经消失，露出了克罗墨地湾亮闪闪的海岸。潮水已落，岩石和沙砾都暴露出来。一只海豹慵懒地躺在一块岩石上，仿佛搁浅了似的。

伊瑟莉咬着嘴唇，慢慢地接受了自己的错误。不管是律师、售货员还是家庭主妇，都没有任何区别。他不是她要找的那种猎物，仅此而已。她又一次搭载了错误的对象。

是的，这个难以应付的大块头要去做什么，现在已经很明显了。他要去布拉德福德探望妻子，至少是去探望他的孩子。

在她看来，这一点正是他的危险因素。如果牵涉到孩子，那么事情将会变得非常复杂。虽然她很想拿下他——毕竟她已经为实现这个目标下了很大的功夫——但她不希望情况变得复杂。她不得不放弃他。她得让他下车。

接下来的旅程中，他们沉默不语，似乎都意识到自己让对方失望了。

周围的车辆逐渐密集起来，他们被裹挟在一条整齐有序的车辆长队中。这条队列正在穿越用钢绞线架设起来的、有着多条车道的科索克大桥。伊瑟莉瞥了一眼搭车客，发现他正背对着她，盯着下方远处坐落于因弗内斯海岸的工业区，这让她不禁感到极度失落。他正在专注欣赏那些玩具城似的丑陋的预制建筑①，就像不久前欣赏她的胸部那样专心致志。玩具般的微型卡车一辆接一辆地消失在工厂门口——这就是他此刻的心中所想。

伊瑟莉靠左行驶，开得比她这一整天里任何时候都要快。这不仅是周围的交通状况所致，还因为她想尽快结束这件事。疲劳感再次汹涌而至，她渴望在路边找个树荫停下车，把头靠在座椅上睡一会儿。

在公路尽头，亦即大桥与陆地重新交会的地方，她心情痛苦且精神高度集中地驶过环岛，以免被卷入驶向镇上的车流，直奔因弗内斯

---

① 这里用作游戏名词，指玩家耗费大量材料快速建成的建筑。

方向而去。这么做的时候，她甚至懒得掩饰焦虑的表情，毕竟，她已经不可能拿下他了。

不过，为了填补他们坐在一起的最后这段时间的沉默，她给了他一个小小的临别安慰。

"我再载你多走一段，过了阿伯丁的岔路再让你下车。到那儿你至少能确定，所有路过的车都是往南去的。"

"嗯，很好。"他冷淡地说。

"谁知道呢？"她用愉快的语气哄道，"没准儿你今晚就能到布拉德福德。"

"布拉德福德？"他皱起眉头，转身反问道，"谁说我要去布拉德福德？"

"你不是去探望孩子吗？"她提醒道。

一阵尴尬的沉默。然后——

"我从不探望我的孩子，"他冷冷地说，"我甚至不知道他们具体住在哪里。他们住在布拉德福德的某个地方，这就是我知道的全部。珍妮——我的前妻——不想再跟我扯上任何关系。她已经当我这个人不存在了。"他直视前方，仿佛正在粗略计算南边成千上万个市镇的数目究竟是多少，并将这个数字与他实际能够落脚的数字相比较。

"不管怎样，布拉德福德那个住址是很多年前的了，"他说，"据我所知，她现在可能已经搬到他妈的火星上去了。"

"那么……"伊瑟莉边问边换挡，动作相当笨拙，导致变速箱发出可怕的咔咔声，"你今天打算去哪里呢？"

搭车客耸耸肩。"格拉斯哥就行，"他说，"那边有些很不错的酒吧。"

他注意到她正越过他看向路边那些显示着即将进入停车区的路标，意识到她马上要让他下车了。他内心不由得泛起一阵怨愤，这阵怨愤驱策着他骤然爆出最后一股突兀的能量，妄图再挣扎着跟她说上几句。

"怎么着也比坐在阿尔内斯的商业旅馆里，跟一群老女人听某个白痴唱他妈的《科帕卡巴纳》要好。"

"但你要睡在哪里呢？"

"我在格拉斯哥认识几个朋友，"他告诉她，再次闪烁其词起来，仿佛刚才那最后一股能量已在空气中消散殆尽，"就看我能不能碰到他们了，就是这么回事儿。他们准在那里的某个地方。这个世界很小，对吧？"

伊瑟莉凝视着正前方山顶积雪的群山。对她来说，这个世界可谓非常之大。

"唔。"她说。他对于格拉斯哥即将欢迎他到来的美好想象，并没有引起她的回应。他意识到这一点，便稍稍做出一个悲伤的手势，摊开结实的双手，让她看看他空无一物的手掌。

"不过，别人总是有可能让你失望，对不对？"他说，"这就是为什么你总得有个备选方案。"

他使劲咽了一下口水，鼓胀的喉结像是有一颗真正的苹果卡在脖子里似的①。

---

① 在英语中，喉结俗称为"亚当的苹果"（Adam's apple）。

伊瑟莉赞成地点点头，努力不流露出丝毫感情。她现在浑身是汗，冷汗像电流般顺着背部蔓延而下。她的心脏跳得厉害，以至于连胸脯都随之颤动起来。她克制住短促呼吸的冲动，改为缓慢的深呼吸。她用右手死死攥住方向盘，查看后视镜，确认另一条车道、她的车速以及搭车客的状况。

这正是她想要的理想状态，一切都指向了这个时刻。

他注意到她变得兴奋起来，对她犹豫地咧嘴一笑，尴尬地把双手从大腿上猛然拿开，像是刚睡醒，昏昏然地看到他心中暗暗期待的事情即将发生。她也对他同意似的咧嘴一笑，几不可察地点点头，仿佛在说"我也想要你"。

然后，她用左手中指按下方向盘上的一个小按钮。

那个按钮也许是前大灯、转向灯或者挡风玻璃雨刷器的开关，但它都不是。它是释放伊卡帕图亚的按钮，是副驾驶座内部针头的触发器。只消一按，针头便会悄无声息地从鞘状的细小孔洞中弹出来。

针头穿过搭车客的牛仔裤面料刺入肉里，两边屁股各一针，搭车客畏缩了一下。他的眼睛恰好正对着后视镜。但除了伊瑟莉，再无他人看到他的表情变化。离他们最近的一辆车是贴有"农场食品"标签的大货车，但它依然离得很远，货车有色玻璃后面的司机脑袋小得像只昆虫。不管怎样，搭车客的惊讶表情转瞬即逝。哪怕体形比他大得多的猎物，伊卡帕图亚的剂量也是足够的。他失去了知觉，脑袋无力地仰靠在软绵绵的头枕凹陷处。

伊瑟莉又用微微颤抖的手指按下另一个按钮。她让汽车偏离主路，平稳地进入路侧停车带。转向灯轻柔的嘀嗒声让她的呼吸舒缓下来。速度表的指针指向零，汽车停稳，发动机熄火，也可能是她关掉了点火开关。终于结束了。

每到这种时刻，她总是仿佛灵魂出窍般从高处俯视自己：鸟瞰着她的红色丰田车停在停车带那小小的沥青括弧里。农场食品货车呼啸而过。

然后，同往常一样，伊瑟莉从高空坠下，一阵令人头昏眼花的坠落后，她一头钻进自己的身体里。她的脑袋重重地撞到头枕上，比搭车客方才的力度大得多。她身体战栗地吸着气。她气喘吁吁，紧紧抓住方向盘，仿佛这样可以阻止她继续下坠，跌入地下深渊。

找到重回地面的感觉总是需要一点儿时间。她数着自己的呼吸频率，慢慢地降到每分钟六次。接着，她把双手从方向盘上松开，放在肚子上。不知怎的，这么做总能让她倍感安慰。

等到肾上腺素消退后，她终于感觉平静下来，这才重新投入手头的工作中。从两个方向来的车辆轰鸣驶过，但她只能听见嘈杂的车流声，却看不见车辆。只需按下仪表板上的一个按钮，所有的车窗玻璃都会变成深琥珀色。但她根本不记得碰过那个按钮。她一定是在刚才肾上腺素飙升时按下的。她只记得，每到这种时候，车窗总是已经变暗了。

一辆大车驶过，在她的车身上投下一道黑影。地面随之颤动。她等着，直到它驶远。

然后，她打开手套箱，取出假发。那是一顶男式假发，但却是金色的卷发。她转过身来，把假发小心翼翼地戴在仍旧保持原来坐姿的搭车客的头上，捋平他耳朵上方胡乱打结的头发，用锋利的指甲按了按刘海儿，使其贴在他的前额上。她仰靠在椅背上，检视这番打扮的整体效果，随后又做了些调整。他看起来已经很像她搭载过的其他搭车客了。等他的衣服被脱掉时，他们的样子就几乎一样了。

接下来，她从手套箱里抓出一大把各种各样的眼镜，选出一副合适的，塞到搭车客鼻子和耳朵上的恰当位置。

最后，她从后座上取回防寒服，任由搭车客的夹克滑落到车厢地板上。这件衣服实际上只有前半部分，后半部分已被剪掉并丢弃了。她用毛皮衬里的那一面盖住搭车客的上半身，用袖子裹住他的手臂并借助手臂的重量压好，再把剪成两半的兜帽披在他的肩上。

乔装打扮完毕，可以出发了。

她按下一个按钮，琥珀色从车窗上褪去，就像墨水晕开的过程反了过来。外面的世界依旧寒冷而明亮。车流稀疏了一些。在伊卡帕图亚的效力消失之前，她大概有两小时的时间。这里离家只有五十分钟的车程，而现在才上午九点三十五分。她出色地完成了今天的任务。

她转动点火器上的钥匙。发动机一启动，她再次听到了早晨出发时让她担心不已的咯咯声。

回到农场后，她必须得把车子仔细检查一番了。

2

翌日，伊瑟莉在雨夹雪中连开几个小时，却仍旧一无所获。好像所有符合条件的男性都被坏天气困在了屋里似的。

时值正午，天色却已然昏晦。尽管她十分专注地透过挡风玻璃往外看——由于过分专注，她甚至开始被雨刷有节奏的摆动催眠了——但除了缓慢行驶的其他车辆幽灵般的尾灯以外，她什么都辨认不出来。

整个上午，她只在路上看到两个矮胖的少年，更别提什么搭车客了。他俩留着平头，背着塑料书包，在因弗戈登地下通道附近的排水沟里嬉戏。他们是小学生，要么是上学迟到了，要么就是逃学了。当她开车驶近时，他们转过身子，冲她大叫大嚷，但口音太重，她什么都听不懂。他们被雨水淋湿的脑袋像是一对剥了皮的土豆，每颗土豆顶端都沾着一小块褐色酱汁。他们的手上似乎包着翠绿色的铝箔，应该是薯片包装袋。伊瑟莉在后视镜里看着他们摇摇晃晃的身体越来越远，缩小为彩色斑点，最后被灰白的瓢泼大雨所淹没。

第四次驱车路过阿尔内斯时，她还是不敢相信这里居然一个搭车客都没有。这是个寻找猎物的好地点，因为很多司机都怀疑站在这儿的搭车客大概率来自阿尔内斯，所以不愿意搭载他们。不久前，伊瑟莉搭载过一个搭车客，那家伙上车后对她感激不尽。他曾向她解释过其中的原因。他说，阿尔内斯是臭名昭著的"小格拉斯哥"，使周边区域也染上了"坏名声"，在阿尔内斯，人们可以随意获取违禁药品，从而导致严重的破窗效应①和未成年少女早孕问题。尽管阿尔内斯距离A9公路仅有一英里，但伊瑟莉从未去过那里，她每次都只是开车路过而已。

今天，她一次又一次地开车从这里经过，希望能有一个身穿皮夹克的堕落青年终于决定离开这片泥沼，在路边竖起大拇指，搭车前往一个更好的地方。但她一个都没看到。

她考虑过再开远一些，穿过大桥，去比因弗内斯更远的地方碰碰运气。与离家更近的区域相比，到了那边，她可能会找到组织性和目的性更强的搭车客，他们身上挂着保温瓶，举着写有"阿伯丁"或"格拉斯哥"字样的小纸板。

通常情况下，她并不排斥走远路去寻找目标。对她来说，一直开到皮特洛赫里才掉头是家常便饭。但今天，她对开得太远有种难以言表的不安感。在雨中可能会发生太多意外。她不想被困在某个地方，

---

① 犯罪学理论，认为环境中的不良现象如果被放任存在，会诱使人们仿效，甚至做出变本加厉的行为。以一幢有少许破窗的建筑为例，如果那些窗户不被修理好，可能会有破坏者破坏更多窗户，最终他们甚至会闯入建筑内为所欲为。

任凭发动机在暴雨中无力地空转。谁规定她必须每天带猎物回家的？对任何通情达理的人来说，一周带回家一个就够了。

正午前后，她决定放弃，遂掉转车头往北开，她想，假如她足够坚决地对天宣布她已经放弃了所有希望，兴许苍天反倒会赏赐她一个猎物呢。

果然，在距离一块指示牌——邀请路过的司机参观B9175支路沿途风景如画的海滨村庄——不远处，她看到一个落汤鸡似的两足动物在大雨中竖起大拇指，比画出搭车的手势。过往车辆全都未予理会。他在马路另一侧，被列队而过的车辆的前大灯照亮。她毫不怀疑当她折返时，他还会待在原地。

"你好！"她大喊道，为他打开副驾驶侧的车门。

"谢天谢地，"他一边感叹，一边用一只胳膊撑住车门边缘，把湿淋淋的脸探进车内，"我都开始以为世界上已经毫无公正可言了。"

"怎么这么说？"伊瑟莉说。他的手满是污垢，但手掌很大，手指修长。倘若拿下他，他们会用除垢剂给他好好清洗一番。

"我每次都让搭车客上车，"他信誓旦旦，仿佛是在驳斥什么恶意诽谤，"每次都是。只要我的面包车里还有空间，我从不拒载。"

"我也是，"伊瑟莉向他保证，同时心想，这个一直把雨水引到车内的家伙究竟还想在外面站多久才肯进来，"上车吧。"

他身子一晃钻进车里，浸满水的裤子的臀部位置显得很肥大，刚一落座便翻卷起来，跟个救生圈似的。还没关上车门，水汽就已经开始蒸发升腾。他的休闲服已经湿透了，在他让自己坐好的过程中发出摩擦麂皮一样的吱吱声。

他比她以为的要老一些，但很健壮。皱纹会有影响吗？应该不会，毕竟皱纹再深，也不会深过皮肤。

"可是，我他妈就这一次需要搭个便车，"他气呼呼地说，"结果呢？我顶着瓢泼大雨走了他妈的快一公里来到主干道上，那些浑蛋一个都没有为我停车！"

"呃……"伊瑟莉微微一笑，"我停下了，不是吗？"

"是啊，但我得跟你讲，你已经是路过的第两千零五十辆车了。"他边说边眯起眼睛看着她，仿佛生怕她漏掉重点似的。

"你一直数着呢？"她开玩笑地问道。

"是啊，"他叹了口气，"不过，也就是粗略统计吧，你知道的。"他摇摇头，水珠从他浓密的眉毛和额发上甩出来，"你能把我送到托米奇农场附近吗？"

伊瑟莉在心里盘算了一下。哪怕开得很慢，她也只有十分钟的时间去了解他。

"当然。"她欣赏着他结实的脖子和宽阔的肩膀，暗暗决定不要仅仅因为他年龄偏大就认定他不符合条件。

他满意地靠在椅背上。但几秒钟后，他那满是胡楂的脸上现出一丝困惑：他们为什么还不走？

"安全带。"她提醒道。

他系安全带的动作如此勉强，仿佛她是在要求他向她信奉的神明三鞠躬致敬似的。

"这就是死亡陷阱。"他嘲讽地嘟囔道，在模糊又难闻的蒸汽中烦躁地扭来扭去。

"我也不想让你系安全带，"她对他保证，"只不过要是被警察拦下，那麻烦就大了。仅此而已。"

"啊，警察。"他嗤之以鼻，搞得像是她在跟他承认自己害怕老鼠或疯牛病①。但他的语气里有一种慈父般的宽容。他试探性地扭动肩膀，以表明他正在尽力适应这种被捆缚的感觉。

伊瑟莉笑了一下，然后发动汽车，同时把手臂高高地举到方向盘上，让自己的胸脯尽情地展示在他的眼前。

* * *

她最好留意一点儿，搭车客心想，否则她吃早餐的时候，那对胸脯肯定会耷拉进玉米片里。

但你要知道，这女孩戴着那么厚的眼镜，还没有下巴，她需要有点儿让人值得注意的料。妮基，他自己的女儿，也不是什么大美女，而且说实话，她甚至没有充分利用自己的身体资源。不过，假如她能认真学习如何成为一名律师，而不是在爱丁堡把零用钱都用来买酒喝，没准儿她还能给他帮上点儿忙。比如，她也许能帮他在欧盟的法规中找出一些不为人知的漏洞。

---

① 牛海绵状脑病的俗称。——编者注

这个女孩为了混口饭吃，都做过什么事啊？她的手不太对劲儿。是的，它们根本就不正常。估计她在繁重的体力劳动中把双手搞坏了，像拔鸡毛、去鱼内脏之类的，当时她太年轻、太糊涂，不知道怎么应付，也不知道去跟人家哭诉。

她一定住在海边。她身上有股海水的味道，现在闻着还新鲜呢。也许她给当地的一个渔民打工。众所周知，麦肯奇喜欢雇用女工，只要她们足够强壮，并且别惹太多麻烦。

这个女孩会带来麻烦吗？

她吃苦耐劳，这一点毋庸置疑。她以前可能吃尽了苦头，她的长相如此奇怪，估计是在某个沿海小村庄里长大，也许是巴林托尔、希尔顿，或者罗克菲尔德。不，不是罗克菲尔德。罗克菲尔德的每一个人他都认识。

她多大了？十八岁？也许吧。可她的手看起来得有四十岁。她开起车来犹如拉着一车晃晃悠悠的干草驶过狭窄的桥面。她坐着的样子仿佛屁股下面戳着一根棍子。要是再矮一点儿，她得在座椅上垫两个枕头才能看到前面。也许他可以建议她这样做？但是，假如他说出口，也许她会气得咬掉他的脑袋。无论如何，那么做很可能是违法的。违反了第三百万零六十条交通法规。一旦被逮住垫着两个枕头，她肯定会吓得如实招来。所以，她宁愿遭罪也不垫枕头。

她的确是在遭罪。瞧瞧她的胳膊和腿，动得多别扭啊。暖气还开得这么足。她之前应该受过伤。是车祸吗？那她居然还有胆量继续开车，真是个坚强的小姑娘啊！

兴许他能帮助她？

她对他能有什么用处吗？

"你住在海边，我猜对了吧？"他说。

"你怎么看出来的？"伊瑟莉很是惊讶。她还没来得及主动打开话题，她本以为他需要更多时间来窥视她的身体。

"闻出来的，"他直截了当地说，"我在你的衣服上闻到了海水的味道。你住在多诺赫湾附近，还是马里湾？"

他猜得相当准，真是令人震惊。伊瑟莉没想到居然会出现这种情况。他斜眼看着她，露出半是微笑半是鬼脸的表情，看着跟个傻子似的。破旧的涤纶夹克袖子上沾有黑色的机油。他那晒得黝黑的脸上横七竖八地挂着浅色疤痕，像是没有彻底抹掉的涂鸦。

在他给出的两个猜测中，她选择了错误的那个。

"多诺赫湾。"她说。

"我从来没见过你。"他说。

"我刚搬过来没几天。"她说。

她的车现在已经追上了先前从他身边经过的车流。一道长长的尾灯照亮远处，光亮逐渐暗淡，直至消失。这很好。她挂回一挡，放慢速度，终于可以缓缓行进而不被斥责了。

"你有工作吗？"他问。

稳定的车速几乎没有对伊瑟莉造成任何干扰，她的大脑运转正处于最佳状态。她推断，他可能是那种跟各行各业——或者至少是那些他看得起的行业——的从业者都有所交游的家伙。

"没有，"她说，"我失业了。"

"你需要一个固定地址来领取失业救济金。"他迅速回应道。

"我不相信救济金那一套。"她终于有点儿抓住他言语中的要领了，不确定这个回答能否让他满意。

"在找工作吗？"

"是的，"她说，进一步放慢车速，好让一辆车灯刺眼的白色小轿车插到前面，"但我学历不高，身体也没那么强壮。"

"试过捡海螺吗？"

"海螺？"

"海螺。这是我的业务之一。很多像你这样的人捡海螺，然后由我来卖掉。"

伊瑟莉思索了几秒钟，评估她是否有足够的知识储备来继续谈话。

"海螺是什么？"她最后问道。

他在朦胧的水汽中咧嘴一笑。

"基本上就是贝类。你在你的住处肯定能看到它们。我这里碰巧有一个。"他抬起靠着她那侧的肥屁股，在右裤兜里掏来掏去。

"就是这东西。"他说着把一个暗灰色的贝壳举到她眼前，"我总在口袋里放一个，方便给别人看。"

"你可真有远见。"伊瑟莉恭维道。

"这是为了展示我需要的尺寸，让他们心里有数。有的海螺很小，你知道吧？跟豌豆似的，那种就不值得费心去捡。但像这种大家伙就很好。"

"我捡来就能换钱？"

"就是这么简单。"他向她保证道，"多诺赫湾是个捡海螺的好地方。如果你在恰当的时间过去，就有数百万个海螺等着你捡。"

"恰当的时间是什么时候？"伊瑟莉问。她本以为他早该把外套脱掉了，但他似乎很喜欢这种闷热和蒸汽蒸腾的感觉。

"这个嘛，你要做的就是，"他告诉她，"搞一本潮汐时刻指南，只要不到七十五便士就能从海岸警卫队那里买到。你查查什么时间退潮，到时候就去海边，海螺遍地都是。等你捡得足够多，就给我打个电话，我会过来收。"

"它们值多少钱？"

"在法国和西班牙很值钱。我卖给餐馆的供应商，他们超爱海螺，有多少买多少，尤其是在冬天。大多数人只在夏天捡，你知道吧？"

"因为冬天太冷，海螺就不长了？"

"是对于捡海螺的人来说太冷了。但你肯定没事儿。戴上橡胶手套，这是我的诀窍。手套得是薄款的，女人戴着刷盘子的那种。"

伊瑟莉几乎是在催着他细讲她想了解的关于捡海螺的事，而不是他能从中赚到多少钱。他险些说服她去考虑从事这件实际上很荒谬的工作的可能性，他有这种天赋。她不得不提醒自己，她应该把精力放在了解他这件事上，而非她自己的兴趣上。

"那么，倒卖海螺的业务，能养活你吗？我是说，你有家人吗？"

"我什么都卖。"他边说边用金属梳子梳着浓密的头发，"我向饲料厂兜售汽车轮胎。我还卖木榴油、油漆。我妻子制作龙虾篓子。不是用来捕龙虾的，海里已经他妈的没有龙虾了。但如果篓子装饰得很漂亮，美国来的游客就愿意买。我儿子也会去捡海螺，他还会修车。你汽车底盘上的异响，他分分钟就能修好。"

"我可能付不起那个钱。"伊瑟莉回道，他的观察力之敏锐再次让她感到有些窘迫。

"我儿子收费不贵。便宜，修得还快。说到修车，搭上的也就是人工成本，你知道吧？他的汽车修理厂生意源源不断，总是有汽车进进出出。他手艺超棒。"

伊瑟莉对此并不感兴趣。如果她想要个手艺很棒的男人，农场里就有一个可以随时听候差遣。只要她开口，他愿意为她做任何事，而且从来不会对她动手动脚。

"你的面包车呢？"

"哦，他也会修好的。只要车到了他手上。"

"你的车在哪儿呢？"

"离你让我上车的地点大约半英里。"他呼哧呼哧地说，不以为意地笑了笑，"我本来拉着满满一车的海螺开到回家的半路上了，没承想，这该死的发动机突然熄火。不过我儿子会修好的。那小子比汽车协会有用。只要他没喝醉。"

"你身上有你儿子的名片吗？"伊瑟莉礼貌地问。

"等一下。"他咕哝道。

他再次抬起肥胖的大屁股——估计那里终究不会被注入伊卡帕图亚了。他从裤兜里掏出一把皱巴巴的方形硬纸片，都折了角，而且沾有污迹。他像洗牌一样从中挑挑拣拣，选出两张，放在仪表板上。

"一张是我的，一张是我儿子的。"他说，"你要是想做点儿捡海螺的活计，就联系我。只要超过二十公斤，我就会过来收。如果你一天内捡不了那么多，那就多攒几天。"

"但它们不会腐坏吗？"

"它们要过一个星期才会死掉。实际上，在家里放上几天是好事，这样能让它们把多余的水分排走。不过，袋子得系好，否则它们会爬出来，躲到你的床底下。"

"我会记住的。"伊瑟莉保证道。大雨终于变小了，她便放慢雨刷摆动的速度。天光开始透过灰白的雨帘照射过来。"马上就到托米奇农场了。"她说道。

"再过两百码①就是我要去的地方。"贩卖海螺的健硕男性说，他这时已经解开安全带了，"非常感谢，你是个好心肠的小姑娘。"

她把车停在他说的地点。他下了车，在她反应过来之前，用一只大手亲切地捏了捏她的胳膊。他即便注意到了那条手臂之坚硬和纤细异于常人，也没有表现出来。他缓步离开，头也不回地挥了挥手。

伊瑟莉看着他渐行渐远。她的胳膊难受地刺痛起来。等他从视线里消失后，她皱起眉头看着后视镜，以便寻找车流中的空当。她已经将他抛诸脑后，只是下定决心：以后每次清晨沿着峡湾散完步，都要洗澡，并换上干净衣服。

转向灯嘀嗒作响，她重返车道，目视前方。

她在离家很近的地方看到了今天的第二个搭车客。因为那里与

---

① 英制长度单位，1码约等于0.9米。

她家离得太近了，她不得不努力回想以前是否见过他。他很年轻，特别矮，眉毛粗重，头发染成了浅色，浅得都有些发白了。尽管天气寒冷，细雨纷纷，但他只穿了一件印着凯尔特文字的短袖T恤、一条军队迷彩裤。模糊的文身使他那细瘦但有力的前臂大为减色：顶多是皮肤层受损而已，她再次提醒自己。

掉过头朝南向他驶近的过程中，她确定自己从未见过他。她把车停在他跟前。

他刚钻进车里坐定，伊瑟莉就意识到他是个麻烦。仿佛他的出现令物理定律都变得不稳定了；仿佛空气中电子的振动突然加快，像看不见的昆虫般在车厢内疯狂地横冲直撞。

"到雷德卡斯尔附近吗？"一股酸臭的酒味悄然飘来。

伊瑟莉摇摇头。"我到因弗戈登，"她说，"如果那儿离你要去的地方太远……"

"没事，可以的。"他耸耸肩，用手腕有节奏地敲打膝盖，像是在和内置于身体里的随身听的节拍。

"好吧。"伊瑟莉说着驶离路缘。

她很懊悔路上没有其他车辆，这通常不是什么好兆头。她还发现自己在握住方向盘的时候，胳膊肘本能地垂下，以挡住搭车客投向她胸部的视线。这也不是个好兆头。

但他依然肆无忌惮地投来炽烈的目光。

女人一般不会穿成这样，他心想，除非她们想风流快活。

唯一要确定的是，她决不能指望他会付钱。她不像加拉希尔斯的那些破鞋，给她们买杯酒，她们就以为能宰他二十英镑。他看起来像冤大头吗？

因弗戈登的那条路，就是路上有所中学的那条，是个野战的好地方。很安静。她可以在那里用嘴伺候他，这样他就不必看着她那丑陋的脸了。

她胸前那对宝贝会在他两腿之间荡悠。要是她把他伺候舒服了，他会在上面揉捏一番。她肯定会竭尽所能的，他看得出来。她的呼吸已经急促起来，就像一条发情的母狗，跟加拉希尔斯的那些骚货可不一样。他会让这个妞儿心满意足。丑陋的女人总是容易满足，难道不是吗？

但这并不是说他只能搞到丑女人。

只不过是他和她同处一片狭小空间。这就像是……大自然的力量，不是吗？该死的丛林法则。

"那你今天为什么出门啊？"伊瑟莉愉快地说。

"随便转转，找找有啥事可做。"

"那你是在找工作喽？"

"这儿没啥工作。狗屁机会都没有。"

"但政府还是想让你去找工作，对不对？"

他对这一同情姿态不为所动。

"我参加过一场该死的培训课，"他恼火地说，"他们让我去找一些老顽固，跟他们说该死的中央供暖出问题了之类的屁话，否则他们就会告诉政府我不用再领救济金了。他妈的封口钱。你明白吗？"

"逊毙了。"伊瑟莉赞同道，希望这几个字能打动他。

车内的气氛越发难以忍受。他和她之间每一立方毫米的空间都被他刺鼻的气息填满了。她恨不得立刻按下伊卡帕图亚的按钮，她必须迅速做出决定。但她必须不惜一切代价保持冷静。冲动行事会招致灾祸。

几年前，她刚开始从事这项工作时，给一个搭车客注射过伊卡帕图亚。那家伙上车后不到两分钟就问她，她想不想被他的大家伙爽一爽。那时她的英语还不是很好，她寻思了好一会儿才明白他指的不是家禽或体育运动。等她想明白时，他已经把那玩意儿掏了出来。她惊慌失措，按下了按钮。那是个十分糟糕的决定。

警方搜寻了他好几个星期。他的照片出现在了电视上、刊登在了报纸上，还刊登在了一本专为无家可归者编写的杂志上。他被描述为一个弱势者。他的妻子和父母向所有可能看到过他的人求助。尽管她在让他搭车时想到了要注意隐蔽，但短短几天之内，调查焦点还是转向了一辆可能由女性驾驶的灰色尼桑轿车上。伊瑟莉不得不暂时躲在农场，她感觉仿佛待到了地老天荒。她那辆老尼桑车被交到了恩塞尔手上。他把它大卸八块，用来改装农场里第二好的车，一辆拉达汽车，那是个可怕的小怪物。

"人人都会犯错。"恩塞尔费尽心力帮她重新上路时，如此安慰她道。他的胳膊上沾满了黑色油渍，眼睛因长时间盯着焊接火焰而布满血丝。

但伊瑟莉依然很羞愧，即便是现在，只要一想到那次失败，她还是会不由自主地发出悲痛的咕哝声。这种情况永远都不许再发生，永远不能。

　　他们已经驶到了A9公路的延伸路段，该路段正在被改成双车道。嘈杂的大型机械和身穿制服的工作人员在道路两旁的土堆上缓缓行进。在某种程度上，这样的喧闹令她深感安慰。

　　"你不住在附近，对吧？"伊瑟莉稍微提高嗓门儿，以便让对方在巨大刀片切入土地的喧嚣声中听到她的声音。

　　"比你离得近，我敢打赌。"他回道。

　　她未加理会这句嘲讽，决定把话题引到他的家庭方面。这时，他突然摇下车窗，把她吓了一跳。

　　"喂——喂——道——格——"他对着雨中大喊，攥起一只拳头，伸到窗外挥舞。

　　伊瑟莉抬头瞥了一眼后视镜，看到一个身穿亮黄色反光服的魁梧身影站在一辆推土机旁，犹豫地向他们招手。

　　"我一个朋友。"搭车客边解释边把他那侧的车窗摇上。

　　伊瑟莉深吸一口气，试图减缓心跳速度。很显然，她不能把他拿下。在这短短一瞬，她已经错失良机，他是否结婚生子已经变得无关紧要。权衡之后，她宁愿不去探明这一点，以免发现他确实未婚无子后懊悔万分。

　　要是能把呼吸放缓，让他下车，该有多好啊！

　　"这是真的吗？"他说。

　　"什么？"她在极力压制住急促呼吸的情况下只能吐出这两个字。

　　"你胸前挺着的那对东西。"他进一步说道。

　　"这里……我只能送你到这里了。"她说着把车开到马路中间，转向灯闪烁。谢天谢地，他们到达了基尔达里村的唐尼汽车修理厂。这栋建筑平常甚是碍眼，此时却令人深感安慰。标牌上写着：欢迎光临。

"你说过要到因弗戈登的。"搭车客抗议道。但伊瑟莉已经横穿车道，朝修理厂和加油泵之间的空地驶去。

"底盘上有个地方有异响，"她说，"你听不见吗？"她声音沙哑，有些发颤，但现在已经无所谓了，"我最好检修一下，免得出事故。"

车停下了。在唐尼汽车修理厂杂乱的橱窗后面，传来一阵繁忙的喧闹声：说话声、大型冰箱开关门的嘎吱声，还有瓶子碰撞的叮当声。

伊瑟莉转向搭车客，缓缓地指了指后面的A9公路。

"你可以到那儿试试运气，"她建议道，"那是个不错的搭车点。司机都开得很慢。我去检修一下这辆车。如果完事时你还在，我也许会再捎上你。"

"不劳驾了①。"他冷笑道，但还是下了车，越走越远。

伊瑟莉打开司机侧的门，费力地下车。刚一站直，一阵剧痛就在脊柱上蔓延开来。她撑着车顶站稳，伸展躯体，望着眉毛浓重的搭车客穿过马路，没精打采地走向远处的排水沟。寒冷的微风拂过肌肤上的汗水，令她打了个冷战，同时将氧气直接吹进了她的鼻子里。

现在不会再有坏事发生了。

她从加油泵的皮套上取下油枪，用窄小的手掌笨拙地操控硕大的

---

① 原文为"Dinnae poosh yirself"，应为苏格兰某地方言。

喷嘴。她并非力量不够，只是手掌太窄。她需要两只手才能把喷嘴塞进油箱。她仔细查看油量表的界面，往油箱里注入了价值五英镑的汽油。界面上正好显示五百，不多也不少。她把油枪放回原位，走进房间，付给某个工作人员一张五英镑的钞票。她为买汽油专门攒了许多面值五英镑的纸钞。

这件事总共花了不到三分钟。从修理厂出来时，她心神不安地在马路对面寻找那个长着浓眉、身穿白绿相间迷彩裤的身影。他已经走了。其他司机让他搭车走了，真令人难以置信。

仅仅过了几个小时，就已经到了傍晚，天色渐渐暗淡下来。现在是四点半左右。摆脱"浓眉毛"的地点离家如此之近，她追悔莫及，又向南开了大约五十英里，过了因弗内斯，甚至快到托马廷了，才敢掉头往回走。在这期间，她一无所获。

尽管她也有在天黑后圆满完成任务的时候，但这完全取决于她开车的耐力和对完成这一捕猎游戏的渴望程度。只要有一次让她感到蒙羞的遭遇，她的信心就会严重动摇，她会以最快速度回到农场，郁闷地反思到底哪里出了问题，以及她本可以做些什么来保护自己。

伊瑟莉一边开车一边心想，她是否真的那么恐惧那个眉毛浓重的家伙。

这很难确定，因为她把自己的情绪都隐藏起来了。她一直这样，即便是在家里的时候，甚至在她还是个孩子的时候。男人们总说猜不透她的心思，但其实就连她也猜不透自己，于是她不得不像别人一样从蛛丝马迹中寻求答案。从前，判断她心里憋着情绪的最可靠迹象，就是她会突然无缘无故地发脾气，这往往能造成令人懊悔的后果。现在，青春期早已过去，她不会再那样乱发脾气了。如今，她已经能很好地控制自己的怒火，鉴于她从事的工作这般危险，这也算是一件好事。但这无疑也意味着猜透自己的心思变得难上加难。她能瞥见自己的感觉，但只能用眼角的余光匆匆一瞥，恰如在侧后视镜中瞥见反射着后方远处车头灯的灯光。只有不直视自己的情绪时，她才有机会一探究竟。

最近，她怀疑她的感情正在被吞噬，但并未被消化吸收，而是彻底内化在身体的各种症状之中。有时，背痛和眼睛疲劳的程度会莫名其妙地比平时严重得多。在这些时候，她很可能正因为其他事情而感到烦恼。

另一个能表明她不太正常的端倪是，就连稀松平常的事情，比如在一个阴沉的下午被一辆校车超车，也会打消她的积极性。如果她状态良好，看到校车那巨大的盾形后窗挤满了骂骂咧咧、打着侮辱性手势的青少年，她并不会感到不安。但今天，他们盘旋在她上方的景象宛如一块巨大屏幕上的图像，而她只能逆来顺受地跟在校车后面开出好几英里，这使她心中充满了沮丧。他们嬉笑、扮鬼脸的样子，以及在后窗冷凝的水汽中用脏兮兮的手胡乱涂抹的图案字样，似乎全是对她发出的恶意攻击。

最后，校车拐弯离开A9公路，前方却又出人意料地冒出一辆红色小轿车，跟她开的这辆非常像。这条路仿佛永远也开不到尽头。四面八方的世界正迅速变暗。

她终于肯定，她确实感到心烦意乱。此外，她的背部酸痛，尾椎骨很疼，由于透过厚厚的镜片和瓢泼大雨连续盯着外面看了好几个小时，她的眼睛也刺痛不已。如果她放弃寻找猎物并打道回府，她就可以摘下眼镜，让眼睛好好休息一下，蜷缩着躺在床上，兴许还能睡上一觉。哦，要是那样该有多好啊！就当是送给自己的一份微不足道的礼物，抚慰今日任务失败之苦闷的安慰奖。

但事与愿违，开到达维奥特时，她发现一个身材高大、四肢瘦长的背包客，手里拿着一个写着"瑟索"的硬纸板牌子。他看起来还不错。像往常一样三次经过他之后，她在离他十几码的前方停下车。她在后视镜中看着他一蹦一跳地跑过来，甚至在奔跑的过程中耸动着宽阔的肩膀，把背包摘了下来。

她一边越过副驾驶座为他打开车门，一边心想：能够带着重物轻快跑动，他肯定非常强壮。

跑到她的车边后，搭车客神色疲惫，他在打开的车门前犹豫着不肯进来，并用苍白修长的手指抓住他那花里胡哨的背包，抱歉地笑了笑。他的背包比伊瑟莉还大，显然不能搁在他的腿上，甚至没法塞进后座。

伊瑟莉下车，打开后备箱，那里面一直是空着的，只放了一小罐丁烷燃料和一个小型灭火器。他们一起把他的行李装了进去。

"非常感谢。"他用严肃且洪亮的声音说，就连伊瑟莉都听得出来他不是英国人。

她回到驾驶座上，他也坐到副驾驶座上，他们驱车离开。此时，太阳刚刚落下地平线。

"我真高兴。"他边说边自觉地把写着"瑟索"的牌子正面朝下放在橘黄色运动裤的大腿部位。牌子被装在一个透明的防水文件夹里。文件夹里有许多纸片，它们无疑分别写着不同的目的地。他说："天黑后真不容易搭到车啊。"

"人们都喜欢做有甜头的事情。"伊瑟莉赞成道。

"可以理解。"他说。

伊瑟莉靠到椅背上，伸直手臂，让他瞧瞧他能尝到什么甜头。

能搭上这辆车简直太幸运了。他有可能今晚就能赶到瑟索，明天即可抵达奥克尼群岛。当然了，要到达瑟索还得往北开一百多英里，但在汽车以时速五十英里——甚至像这辆车一样时速四十英里——行驶的情况下，理论上来讲，要走完这段距离也花不了三个小时。

他没问她要去哪里。也许她只会载他走一小段，然后说她要拐入旁路。不过，她似乎很理解他关于天黑后很难搭到车的那番话，这说明她没打算在渐浓的夜色中载他走上十英里就把他丢到路边。毫无疑问，她很快就会说话。刚才最后说话的人是他。倘若他再先行挑起话头可能会很不礼貌。

依他看来，她的口音不像是苏格兰本地的。

或许她是威尔士人，威尔士人的口音跟她有点儿像。或许她是欧洲人，来自某个他从未听说过的国家。

作为女人，能让他搭车是很不寻常的。女人们几乎无一例外地从他身边疾驶而过。年长的女人总是对他摇头，好像他正企图做一些相当危险且愚蠢的行为，比如在车流中间翻跟头。而年轻女人则显出痛苦紧张的神色，仿佛他已经设法钻进车内，并对她们大加猥亵。但这个女人跟她们不同。她待人友好，长着一对硕大的胸脯，而且大方地展示给他看。他希望她不是为了做爱才让他上车的。

除非他已经到了瑟索。

她目视前方时，他看不见她的脸。真可惜啊。不过，她戴的眼镜很是引人注目，他从未见过这么厚的矫正镜片。他心想，在德国要是有人有如此严重的视力障碍，恐怕不会获批拿到驾驶执照。在他看来，她的坐姿会让人怀疑她的脊柱有毛病。她的手很大，但异常地窄。手掌边缘从小指延伸到手腕处的皮肤，角质层十分光滑，纹理与其他部位截然不同，应该是手术后留下的疤痕组织。她的胸脯完美无瑕，估计也是手术的产物。

她现在把头转了过来。她张口呼吸，仿佛她那雕塑般完美的小鼻子确实出自整形医生之手，结果鼻孔被做得过小，无法满足她畅快呼吸的需求。她那双被镜片放大的眼睛因疲倦而略有血丝，但他却觉得她的双眼有一种惊人的美。虹膜是淡褐色和草绿色相间的，像是……像是显微镜下被照亮的、放有奇异的人工培养细菌的载玻片。

"那么，"她说，"你去瑟索要做什么呢？"

"我不知道，"他回答说，"也许什么都不做。"

现在她才注意到，他的身材好极了。他看上去很瘦，但全是肌肉。如果她车速够慢，他也许能跟她并驾齐驱跑上一英里。

"要是什么都不做，你去干吗？"她说。

他做了个鬼脸，她猜这在他的文化中相当于耸肩。"我去那里是因为我从来没去过那里。"他解释道。

这句话蕴含的可能性似乎让倦怠和热情同时涌上了他的心头。他浓重的浅亚麻色眉毛像风暴云似的紧锁在浅蓝色的眼睛上方。

"你是在横穿英国旅行吗？"她试探地问。

"是的。"他的表述简洁精确，有些断然的坚决，但并不傲慢，听着更像是他需要把每个音节推到一座中等高度的山头上才能松手似的，"我是十天前从伦敦出发的。"

"一个人旅行吗？"

"是的。"

"第一次？"

"我年少时曾经跟我沪姆[1]在欧洲旅行过很多次。（这句话中的"沪姆"二字是令伊瑟莉难以理解的第一个词。）但我认为，在某种程度上，我当时是通过我沪姆的眼睛看世界的。现在，我想通过自己的眼睛看看。"他紧张地看着她，仿佛是在确定自己跟一个陌生的外国人如此交心是不是愚蠢的行为。

"那你这么做，你父母理解吗？"伊瑟莉询问道。她已经知道该如何跟他沟通，便放松下来，让脚在油门上稍微用力地踩了下去。

"希望他们会理解吧。"他忧虑地皱起眉头说。

尽管伊瑟莉很想沿着这条线索继续刨根问底，但她也意识到他只打算告诉她这么点儿关于他"沪姆"的信息，至少目前是如此。于是，她转而问道："你来自哪个国家？"

"德国。"他回答道。他再次紧张地看着她，好像他以为她可

---

[1] 德国口音的"父母"。同理，下文的"研丘"即德国口音的"研究"。——编者注

能会冷不防地对他施暴似的。她试着把对话调整得如他力求达到的那般严肃，好让他安下心来。

"那么，到目前为止，你觉得这个国家与你的国家在哪方面差别最大呢？"

他思索了大约九十秒钟。黑黢黢的田野伸向远方，零星地点缀着奶牛苍白的侧腹，从他们两边一掠而过。一块指示牌被车头灯照得闪闪发光，上面被荧光涂料分成了三段，绘着一个非写实风格的尼斯湖水怪。

"英国人，"搭车客最后说道，"都不怎么关心他们国家在全世界处于什么位置。"

伊瑟莉简单地想了想。她搞不清楚他这句话究竟是在暗示英国自食其力得令人钦佩，还是思想褊狭得令人惋惜。她猜他是故意表述得这么模棱两可的。

夜色已将世界彻底笼罩起来。伊瑟莉往旁边瞥了一眼，欣赏着他那被头灯和尾灯反射光所映照的嘴唇和颧骨的线条。

"你在英国是住在你认识的人家里，还是旅馆里？"她问。

"主要是住青年旅社。"他过了几秒才回答，像是为了求证这个回答的真实性而不得不查阅一份记忆档案，"在威尔士的时候，有一家人邀请我在他们家住过几天。"

"他们真好。"伊瑟莉喃喃道，同时注视着远处科索克大桥上闪烁的灯光，"那他们想不想让你回家路上再去住两天？"

"不想，我觉得不想。"他把这几个字推上一个非常陡峭的山坡之后才肯松手，"我想我……在某种程度上冒犯了他们。我不知道是怎么冒犯的。我觉得是因为我说的英语在某些情境下有点儿不太合适。"

"我觉得你说得挺好。"

他轻叹一声。"也许这就是问题所在。如果我说得更差劲一些，就不会给别人造成一种预期……"他沉默片刻，用力把句子推上山顶，然后让它滚回山脚下，"就不会让别人想当然地期待我们能互相理解。"

即便在昏暗中，她照样能看出他正在坐立不安地握紧那双大手。或许他能听到她的呼吸开始急促起来，虽然她觉得这次已经将呼吸变化控制得微不可察。

"你在德国是做什么的？"她问。

"我是个学生……呃，不对，"他更正道，"等我回到德国后，我就是个无业游民了。"

"那你会跟父母住在一起吗？"她试探地问。

"嗯。"他茫然地说。

"在你毕业之前，你是学什么的？"

一阵沉默。一辆污迹斑斑的黑色面包车超过了伊瑟莉的车，排气管的嘈杂声盖过了她的呼吸声。

"我不是毕业，"搭车客最后说道，"我是中途辍学了。你可以说我是个逃犯。"

"逃犯？"伊瑟莉重复着这个词，冲他挤出一个鼓励的微笑。

他回之以一个苦笑。

"不是法律意义上的逃犯，"他说，"而是医学院的。"

"你的意思是……你是个精神病人？"她屏住呼吸问道。

"不是。但我差点儿就成了医生，在我看来这两件事也没什么区别。我沪姆以为我现在还在医学院上学呢。他们把我送到一个很远的地方，花了一大笔钱，好让我能在那里学习。我必须成为医生，这对他们来说很重要。而且我还不能是普通医生，得是专科医生。我一直给他们写信，告诉他们我的研丘课题开展得很顺利。但实际上，我一直啤酒不断，并且在阅读旅行方面的书。所以我才来到这里，为了旅行。"

"那你父母对此是怎么想的？"

他叹了口气，低头看着自己的大腿。

"他们对此毫不知情。我一直在骗他们。隔几个星期才给他们寄一回信，然后隔上更多星期再寄一封，下一封还会隔得更久。我总是说我的研丘工作非常忙。下一封信我打算回德国之后再寄给他们。"

"那你朋友呢？"伊瑟莉追问道，"他们有人知道你的这趟冒险之旅吗？"

"入学之前，我在不来梅有几个要好的朋友。但到了医学院，我跟同学们不过是泛泛之交，他们只想成为专科医生，开上保时捷。"他转向她，一脸关切，尽管她正在竭力保持镇静，"你还好吧？"

"是的，我还好，谢谢你。"她气喘吁吁地说，然后按下伊卡帕图亚的开关。

她知道他会倒向她。她早已做好准备。所以当他倒过来时，她提前侧过身子躲开了。她用右手握住方向盘，让车在车道上不偏不倚地行驶，并用左手将他瘫倒的身体推回原位。后面那辆车的司机只会以为这是他想亲吻她，却被她断然拒绝了。众所周知，在行驶的车上接吻是很危险的。这个道理她甚至在学会开车之前就知道了。那时她刚到苏格兰不久，就在一本教授美国青少年道路安全知识的旧书中学到了这一点。她花了很长时间才完全理解那本书，在叽里呱啦的电视机背景音中连续研读了好几个星期。你永远也无法预料电视何时能把你看不明白的事情解释清楚——尤其是那些来自慈善商店里的书。

搭车客又倒了过来。她再次把他推回去。"开车时不许搂抱、拥吻或'爱抚'。"那本书上如是说。对于一个刚接触这种语言的人来说，这是一条难以理解的禁令。不过，在电视的帮助下，她很快就理解了。从法律上讲，你可以在车里做任何你喜欢的事情，包括做爱——前提是你在做的时候，车要停得稳稳当当。

驶近一个路口时，伊瑟莉打开左手边的转向灯开关，搭车客的脑袋随之砰的一声撞到副驾驶侧的车窗上。

回到农场时已经过了六点。恩塞尔和其他几个男人帮她把搭车客从车里抬了出来。

"迄今为止最好的一个。"恩塞尔对她称赞道。

她疲倦地点点头。他每次都这么说。

在他们把这个沃迪塞尔瘫软的躯体抬上运货板的当口，她钻回车里，驶入没有灯光的黑暗中。她浑身疼痛，只想赶紧上床睡觉。

翌日上午，伊瑟莉被一种不寻常的东西唤醒：阳光。

通常情况下，她只能在夜里睡几个小时，然后双眼圆睁地躺在幽闭得令人窒息的黑暗里，抽搐的背部肌肉把她死死地钉在床上动弹不得，稍稍一动，针扎般的疼痛就会袭来。

但此刻，她的眼睛却被金色阳光刺得眨个不停。太阳一定升起来好久了。她的阁楼卧室处在一栋维多利亚式村舍尖塔状的屋顶下方。墙壁只有下半部分垂直于地面，再往上直到天花板的部分则骤然倾斜为与屋顶平行的角度。从伊瑟莉躺着的地方看，这间卧室就像一个六边形的小隔间，被阳光照得亮堂堂的，宛若蜂房里的一个小巢室。从一扇打开的窗户向外望去，她可以看到万里无云的蓝天。其他窗户外面则是错杂的橡树枝，上面覆着一层新降的雪。油漆起泡的木制窗框上松垮地垂着几张蜘蛛网，上面一只蜘蛛也没有。空气仿佛静止了一般，蛛网几乎一动不动。

不过一两分钟的工夫，农场便已苏醒，几不可闻的嗡嗡声传了过来。

她伸了个懒腰，痛苦地哼唧着，然后用双腿把被子拨到一边。阳光射过来的角度正好使床获得了最佳光照效果，暖和极了，所以她继续裸着身子躺了一会儿，四肢呈X形展开，让全身肌肤沐浴在温暖的阳光中。

卧室的墙壁也是光秃秃的。地上没铺地毯。地板是用没上漆的古旧木制薄板铺就而成，根本通不过水平仪的测试。其中一扇窗户下面的地板上，有一小片冰霜熠熠闪光。出于好奇，伊瑟莉把手伸到床边，拿起那杯水，在阳光下观察。杯中水仍然是液态，只差一点儿就要凝固了。

尽管倒入口中时，水里的冰碴发出轻微的破碎声，但伊瑟莉还是喝了下去。静静地躺了一整夜，任由生理系统自然恢复，她的身体得以平息下来，这种状态会一直持续到她通过锻炼让自己恢复日间的新陈代谢。

与此同时，她的身体像一只雪雁般温暖。

喝下这杯水让她意识到，从昨天的早餐到现在，她一口东西也没吃。今天上路之前，她必须好好吃一顿。假如她今天确实要上路的话。

毕竟，谁说她非得每天都出去？她又不是奴隶。

壁炉台上的廉价塑料闹钟显示，现在是九点零三分。除了那台塞进炉膛内的便携式电视之外，卧室里再无其他电器。电视机破旧不堪，还脏兮兮的，电源线接在一条长长的延长电缆上，电缆沿着壁脚板蜿蜒地伸到门外。楼下某个地方有一个电源插头。

伊瑟莉吃力地缓缓下床，试了试站起来的感觉。不算太糟。她最近在锻炼上越来越松懈，这使她的身体比原先更加僵硬和疼痛。她的状态绝对可以更好。

她走到壁炉旁，打开电视。看电视时，她不需要戴眼镜。事实上，她不论何时都无须戴眼镜。那名义上是光学镜片，其实只是两块厚厚的透明玻璃。它们只会让她感到头痛和眼睛疲劳。但她工作时需要佩戴。

电视上，一个沃迪塞尔厨师正在指导一个笨手笨脚的雌性沃迪塞尔做油炸腰子薄片。焦煳的油烟开始升腾时，那个雌性沃迪塞尔尴尬地咯咯笑起来。另一个频道，与伊瑟莉在现实生活中见过的任何生物都截然不同的五颜六色的毛茸茸生物，正在一边欢蹦乱跳，一边唱字母歌。下一个频道，一双指甲被涂成桃红色的手正在演示如何操作一台颤动的食品搅拌器。再下一个频道，一头卡通猪和一只卡通鸡正乘坐一辆装有火箭发动机的老爷车遨游太空。很显然，伊瑟莉错过了新闻节目。

她关上电视，直起身来，走到房间中央，准备做背部锻炼。要做好这项运动需要花费不少时间和精力，但她近来一直很懒，所以她的身体开始惩罚她。她必须恢复最佳状态。她根本没必要遭受最近这几天的疼痛折磨。事实证明，任由身体状态变差毫无意义，除非她是故意让自己难受——让她对自己的所作所为感到懊悔。

但她对自己所做的一切并不懊悔。一点儿也不。

于是，她便弯下腰，扭动手臂，两条腿依次单腿站立，然后踮起脚，双臂向上伸展并轻轻抖动。她尽可能久地保持这一姿势。指尖拂过悬挂着的、没有亮起的灯泡。哪怕像这样把身体伸展到最长，在这个儿童卧室般大小的房间内，她也远远够不到天花板。

十五分钟后，她拖着汗流浃背、微微颤抖的身子踱到衣柜前，选好今天的衣服，跟昨天的一模一样。无论何时，她的着装选择只有六件款式相同、颜色不同的低胸上衣和两条绿色的天鹅绒喇叭裤。她只有一双鞋，是定制的，在她能穿着它们走路之前，她不得不把鞋送回鞋匠那里八次，以将其改得合脚。她没穿内裤和胸罩。她的胸部本来就很坚挺。这样就少了一个需要担心的问题，或者说两个。

伊瑟莉走出小屋的后门，嗅了嗅空气里的味道。今天的海风特别腥咸。她暗暗决定，吃完早饭一定得去峡湾那边散步。

回来之后，她必须记得洗澡、更换衣服，以免今天再遇到一个很会猜人的聪明家伙，就像那个裤兜里揣着软体动物的沃迪塞尔。

小屋四周的田野白雪皑皑，零星的小块黑土破雪而出。世界仿佛变成了一个覆着奶油的水果蛋糕。西边的田野里，被阳光染得金黄的小绵羊站在白茫茫的雪地深处，把脸探进雪里，寻找被雪掩埋的美味食物。北边的田野里，一大堆摞在干草上的白萝卜在阳光下像结了霜的樱桃一样，亮莹莹的。在南边，农场建筑和粮仓后面隐约可见卡布尔森林中茂密的冷杉树。在东边，农舍外面即是波涛汹涌的北海。

放眼望去，一辆农用车、一个农场工人的踪迹都看不到。

这些田地都租给了本地的各个地主，他们只在耕种期、收割期和产羔期等关键时节带着所需农具前来劳作。而在其余时间，田地默默地躺在那里，无人踏足，农场建筑渐渐腐烂、生锈、长满青苔。

在哈利·贝利掌管这里的时代，有些地主会把牛圈养在几座农场建筑里，但那时养牛还是个能赚钱的活计。而现在，麦肯奇一家在兔子坡附近的田里养的几头小公牛就是这里仅有的牛了。在阿布拉赫靠海那边的悬崖上，一百多只黑面高地绵羊正在吃着丰盛的、富含盐分的草料。它们很幸运，因为那里有一条老式铸铁水槽般的小溪向大海流去，里面菠菜似的暗色水藻和深褐色的肉豆蔻都要漫出来了。

毫无疑问，阿布拉赫当前的农场主肯定不是哈利·贝利那样的社区顶梁柱。当地人猜测，他很可能是斯堪的纳维亚人，而且是个神经错乱的隐士。伊瑟莉知道他有这样的名声，因为，尽管她从来不让当地居民搭车，但她曾经在A9公路上没驶出多远，也就二十英里吧，让搭车客上车后，那些家伙突然就开始谈论起阿布拉赫农场来。即便考虑到苏格兰高地人口稀少，再加上伊瑟莉对自己的住处总是胡编乱造，阿布拉赫农场出现在陌生人的谈话中的概率却依然很大。

不过，这个世界一定比她以为的要小，因为一年里总有那么一两次，某个健谈的搭车客会扯到外来移民，以及他们是如何破坏了苏格兰传统生活方式的话题，而且必然会提到阿布拉赫农场。搭车客夸夸其谈地讲述一个神经错乱的斯堪的纳维亚人是如何吞并了贝利的农场，却任其衰败，把田地租给在拍卖中输给他的那些农民，而不是把它们变成像欧洲其他农场那样的赚钱机器。每次听到诸如此类的故事，伊瑟莉总是装聋作哑。

"这只能说明，"曾经有个搭车客对她说，"外国人的想法跟我们不一样。没有冒犯你的意思。"

"没关系。"她说，同时试图决定是否应该把这个沃迪塞尔送回他自称了如指掌的地方。

"那么，你来自哪里呢？"他问。

她现在已经想不起当时是怎么回答的了。她编造了很多所谓的家乡，至于回答哪个，要取决于搭车客看上去是否见多识广。苏联、澳大利亚、波斯尼亚……甚至斯堪的纳维亚——除非搭车客正在义愤填膺地谈论那个买下阿布拉赫农场的发疯的浑蛋。

但是这些年来，在伊瑟莉的印象中，她认识的那个叫埃斯维斯的男人正在慢慢赢得社区的尊重，尽管这种尊重当地人给得有点儿不太情愿。有些农民已经改口称他为埃斯维斯先生，大家普遍接受了他在"那栋大房子"里处理农场的所有事务。大房子是位于农场正中央的一栋小别墅，比伊瑟莉的小村舍大一倍。与她的小屋不同的是，大房子内的每个房间都有电，有暖气、家具、地毯、窗帘、家电，还有各种小装饰品。伊瑟莉不知道埃斯维斯要这些东西有什么用，但它们很可能给访客留下了深刻印象，尽管这里的访客很少。

事实上，伊瑟莉根本不了解埃斯维斯，虽然他是世界上唯一跟她有过相同遭遇的人。从理论上讲，他们本该有很多话可聊。但实际上，他们始终在回避对方。

她发现，遭受过同样的痛苦，并不一定能让两人变得亲密无间。

虽然她是女人，他是男人，但这其实不关性别的事。埃斯维斯跟其他男人也很少来往。他只是躲在他的大房子里，等待紧急事务的召唤。

老实讲，他简直可以说是农场的囚徒了。他必须二十四小时待命，一旦发生任何可能导致阿布拉赫农场与外界产生冲突的突发事件，他得立即处理，这一点绝对至关重要。比如，去年的时候，一个农民因为粗心大意地操作农药喷雾机，杀死了一只迷途羔羊。它不是被农药毒死的，甚至不是被车轮碾死的，而是由于彻底的意外——喷雾机那翼状吊杆的尖头打中了它的脑袋。埃斯维斯先生迅速与喷雾机主人和羊羔主人进行了协商，令那两个农民大感惊讶的是，只要他俩别闹得不愉快，也别诉诸公堂，他愿意为这次意外承担全部责任。

就是类似于这样的事为他赢得了当地居民的尊重，尽管他是个外国移民。现在大家都知道了，他永远也不会在农耕竞赛或同乐会①上露面，但这或许并非因为他懒得去。当地流传着一种令人同情的传言，据说他有关节炎，有一条木腿，而且还患上了癌症。他比大多数富有的外来移民更能理解当地农民的日子不好过，还经常让他们用麦秆或剩余农产品代替佃租。哈利·贝利也许是社区的顶梁柱，但一涉及履行契约，他就是个十足的浑蛋。而埃斯维斯在电话里咕哝一句的承诺，就跟他的签名一样有效。至于他为了竭力阻止游客擅闯农场，用上了带刺的铁丝网来恐吓他们，甚至挥拳相向，那又算得了什么呢？毕竟高地不是公园。

伊瑟莉向农场主路走去，暂时不用戴眼镜让她舒了口气。她望向对面埃斯维斯的房子，所有房间都亮着灯，每扇窗户都紧闭着，玻璃上凝着一层水珠，看不见屋里的情况。埃斯维斯可能在屋里的任何地方。

踩在新雪上嘎吱作响的感觉使伊瑟莉深感愉快。光是想到所有

---

① 苏格兰或爱尔兰传统的社交聚会。

水蒸气凝为云朵然后飘落大地，她就感到不可思议。即便在此地待了这么多年，她依旧无法全然相信这件事。这种令人惊叹的奇观根本不合常理，简直是对自然伟力的徒然挥霍。然而，皑皑白雪就铺展在眼前，粉状雪花绵绵软软，纯净得都可以食用了。伊瑟莉从地上抓起一把，吃了下去。很可口。

她朝那栋最高大的建筑走去，那是所有农场建筑中状况最好，或者说最不破旧的一栋。屋顶残破的瓦片已被换成金属板。每当有石块从墙壁上崩裂脱落，相应的空洞处就会立即用水泥抹平。这样一来，建筑从总体上看并不像一座房子，更像一个巨大的盒子。不过，这些审美上的牺牲是必要的。这座建筑必须保护里面的东西免遭风吹雨打，并且不能受到外界的窥视。它是一个通往更大的秘密的入口，那秘密就隐藏在它的地底下。

伊瑟莉走到铝门前，按下门铃。门铃上方安着金属标牌，上面写着"危险化学品，闲人免进"。门上还挂着另一块警告牌，那是一张很抽象的图片：一个骷髅头，下面有两根交叉的骨头。

对讲机发出刺啦刺啦的声音。她俯身凑近，嘴唇都要贴上对讲机的金属网罩了。

"伊瑟莉。"她低声说。

门应声而开。她走了进去。

由于伊瑟莉迫不及待想去峡湾，所以她并未在早餐上耽搁太久。不到二十分钟，她便心满意足地饱餐一顿，拎着一个小塑料袋返回自己的小屋，袋子里是那个德国搭车客的随身物品。

地底下的那些男人见到她似乎很高兴，并对她错过了昨天的晚餐表示关心。

"那顿饭真丰盛啊，"恩塞尔用浓重的外乡人口音对她说，"沃迪塞尔的小腿肉，配上赛斯莱达酱，还有新鲜的野浆果当甜点。"

"嗯，没关系。"伊瑟莉边说边往几片面包上依次涂抹穆桑塔酱。她从来不知道该跟这些男人说什么。要是在故乡，她在日常生活中决不会跟这些劳工和技工产生交集。他们的长相与她大相径庭，而且常常在以为她看不到的时候紧盯她的胸部和雕像般轮廓分明的脸，但这显然对于促进他们之间的沟通起不到任何作用。

他们今天很忙，便把她一个人丢在那里吃早餐。不过在离开之前，他们告诉了伊瑟莉一个重磅消息：阿姆利斯·维斯要来了。阿姆利斯·维斯！要亲自到访阿布拉赫农场！就在明天！他提前发来了消息，他已经在路上了，他们不必特地准备什么，他想看到农场平时的样子。谁能想到他居然会来！

伊瑟莉不置可否地嘟囔了一句，然后男人们便匆匆离开，去为即将到来的大事件做更多准备。阿布拉赫农场的业务已经走上正轨，他们手头的时间很充裕，所以生活中很少能有什么事情让他们激动不已。比起用碎麦秆做赌注来赌博，或用他们这种男人通常会做的任何事情来打发掉整个下午，老板儿子的来访无疑令他们兴奋得多。被独自撇在食堂后，伊瑟莉给自己盛了一碗古苏，但吃起来酸得要死。就在这时，她注意到整个地下室内除了平常就有的淡淡的男性汗臭味和食物的酸臭味以外，还有一股刺鼻的清洁剂味和油漆味。这更加坚定了她要尽快回到新鲜空气中去的决心。

在从雪地里走回小屋的过程中，伊瑟莉鼻腔内的异味被新鲜空气清理殆尽，同时这还有助于食物消化。她把塑料袋夹在两腿之间，打开前门，进入客厅。客厅里空荡荡的，只在地板上胡乱地放着几大堆大小不一的树枝，除此之外别无他物。

她选好一些最易燃的树枝，抱到后院，把它们和塑料袋一起扔在雪地上。她将形状合适的树枝聚拢成一个小柴堆，把剩余的放在一边以备后用。

接着，她打开与小屋相邻的铸铁小棚屋的门锁，将门一把推开。她把手掌放在停在里面的汽车引擎盖上，感受着引擎盖有多么冰冷。希望待会儿出发时它能顺利发动。但是，就目前来说，这不是她最担心的问题。她打开行李箱，取出德国搭车客的背包。被冻了整整一夜，背包也是冰凉刺骨，确切地讲，它的表面并未结霜，但摸起来潮湿而冷硬，就跟刚从冰箱里拿出来的一样。

伊瑟莉先查看了一下后院四周有没有人，然后把背包背了过去。周围一个人影都没有。她点燃柴堆最底下的细枝。这些木柴是几个月前收集的，此后一直放在室内，现在极其干燥，一碰到引火，便立刻噼里啪啦地燃烧起来。

她把背包里的东西倒出来，没承想，它简直可以跟丰饶角①相媲美了，里面装的东西似乎比物理学定律能够允许的还要多。那些东西五花八门，其拥有者可真是心灵手巧，把它们用数十个塑料盒、瓶

---

① 起源于罗马神话。丰饶角的形象为装满鲜花和果物的羊角（或羊角状物），相传可以从中倾倒出任何东西，而且永远取之不尽、用之不竭。

子、小袋、侧兜和拉链袋井井有条地分装了起来。伊瑟莉把它们一个接一个地扔进火里。五颜六色的食品容器在火焰中扭来扭去后瘫软倒下，鼓起气泡，释放出塑料制品特有的难闻气味。T恤和内裤被展开扔到火堆上，被火舌舔出许多黑洞，冒出阵阵浓烟。袜子被烧得咝咝作响。一个装着处方药的小纸盒啪的一声炸裂开来。一个圆柱形透明小罐——里面装着一个身穿苏格兰民族服装的塑料小玩偶——经历了和食品容器相同的几个阶段，最后，粉色玩偶衣服被烧光，裸露的四肢被火烧熔，脸朝下，一头栽进火焰里。

高度易燃物品烧光后，火势立即减小，再丢入一条裤子，火堆险些熄灭。伊瑟莉挑选了一些干树枝放到柴堆的关键位置。英格兰、威尔士和苏格兰的折页地图也很有用。松散地摞在一起能促进通风，火势一下子旺了起来。

背包底部藏着一个粉红色的洗漱用品袋，里面装的并非洗漱用品，而是一本护照。伊瑟莉对如何处理护照迟疑不决，她不知道以后是否用得着这东西。她之前从未见过护照，至少没见过实物。她打开护照，好奇地翻阅起来。

护照里有搭车客的照片，还写着他的姓名、年龄、出生日期，等等。这些信息对伊瑟莉毫无意义，但她对照片很感兴趣。照片里的他比现实中更胖、面色更红润一些，但奇怪的是，不如他实际上看起来那么结实。他的表情里，沮丧中透着一丝坚忍。像他这样的家伙，从小到大受到悉心照料，身体健康，可以自由地云游四方，而且身材完美，肯定能使他比一般的男性获得更多与女性的交配权，他看上去却还是这么痛苦，这可真奇怪啊。相比之下，其他的男性由于疏忽致使自己伤疤累累、疾病缠身、不受同类待见，却能时不时地展露出知足常乐的状态——这种满足感的起因似乎比单纯的愚蠢更加令她费解。

在伊瑟莉看来，一些身材最出色、最符合要求的沃迪塞尔，在活着的时候其实并不快乐，这是她在工作中感到最困惑的事情之一，而且随着工作经验的增加，她对此感到愈加难以理解。这个问题，哪怕跟埃斯维斯都讨论不出什么答案，更别说与农场里的其他男人讨论了。虽然他们心怀好意，但她早就发现他们的精神世界匮乏得很。

伊瑟莉抬起头，发现火焰已经微弱下去，于是四处翻找极度易燃的东西。她找到的第一样东西是搭车客用来装搭车标牌的塑料袋。她把袋中那沓纸抖落到雪地上，随后一张一张地扔到火上，先是写着"瑟索"的那张，接着是"格拉斯哥""卡莱尔"和其他五六个地名，最后那张是"SCHOTTLAND①"。纸张燃起明亮的火焰，但顷刻间就烧光了。柴堆迅速坍塌为一摊由灰烬和熔化的塑料组成的糊状物，不太可能烧得动剩下的那件最大的物品——背包。伊瑟莉连忙返回小棚屋，拿出一罐汽油。她将明晃晃的燃料均匀地倒在背包上，然后把背包小心翼翼地丢到闪着火星的火堆上。火焰重新熊熊燃起，发出令人陶醉的呼呼声。

伊瑟莉最后看了一眼护照。她已经断定，假如她将来有一天要冒险拿着证件上路，驾照也许会更有用。不管怎样，她直到最后才注意到护照的性别栏明确标明了持有者的性别，以及他经过官方核证的身高：一点九米。伊瑟莉笑了笑，把那个小红本扔进火堆里。

---

① 德语，意为苏格兰。

她又从塑料袋里掏出钱包，取走里面的纸钞，然后把钱包丢入火堆。部分纸钞不是英国的法定货币，她也一并扔进火里。她把英镑留下，以便日后购买汽油。除了汽油，她从未买过别的东西。此刻她的手上就有一股汽油味，这种味道也传到了钞票上。

去一趟海边，回来再洗个澡，似乎是个再好不过的主意。在那之后，她会开车出去——如果她乐意的话。不管怎么说，下雪天很少能遇到搭车客。阿姆利斯·维斯必须明白这一点。

伊瑟莉沿着铺满卵石的马里湾海岸散着步，沉浸于这个世界毫无保留地展现在她眼前的美景中。

在她右方，无尽的海水在阿布拉赫的海滩和地平线以外的挪威岛之间涌动。在她左方，布满金雀花的陡峭山丘一直延伸到农场那边。在她的前方和后方是半岛的边缘，里面的湿地是一片天然牧场，用来放牧绵羊，牧场延伸到峭壁与海潮的交会处便戛然而止，其尽头立着一道狭窄的礁石，这道临海礁石应该是被史前时期的冰霜与烈火雕琢而成的。伊瑟莉最喜欢做的事就是踩在这道礁石上漫步。

脚下物体的形状、颜色和纹理各式各样，她觉得用"变化无穷"来形容都不为过。肯定可以。每一颗贝壳、每一枚卵石、每一块石头都是经过海水或冰川亿万年的打磨才变成这个样子的。大自然对其无数的造物同等对待，永无休止地恣意爱抚，令伊瑟莉甚为动容，她也得以从更宏大的视角来审视人类世界的各种不公。

这些石头随着海潮而来，被搁浅在岸边，安谧地躺在她赤裸的脚下。这种状态也许只是暂时的，没准儿过不了多久它们还会被潮水卷回大海，再经历一百万年的打磨和重塑。她真想把它们一枚不落地收集起来，集成一个包含无限可能性的石头展览，那是一座仅由她一人搭建的假山，它广阔无垠，以至于她永远无法从一头走到另一头。从某种意义上说，阿布拉赫海岸本就是一座这样的假山，只不过她没有参与搭建，她十分希望能在这片海岸的形成过程中发挥一些作用。

她捡起一枚卵石，它像个通体光滑的铃铛，一条平滑的孔洞贯穿其中，橙色、银色和灰色的条纹横亘表面。紧接着，她看到脚边的另一枚石子，它呈球形，纯黑色。她便丢掉铃铛状的卵石，捡起黑色的球形石子。还没来得及举到眼前，她的目光就被一枚卵形石子勾了过去，它的表面亮粉色和白色相间，跟水晶一样晶莹剔透。精美的卵石数不胜数，她根本不知道该捡哪一枚为好。

她丢掉黑色的球形石子，直起身来，凝望大海，翻涌的海浪渐渐消失在远方。接着，她转向另一个方向，寻找刚才留在一块大圆石顶端的鞋子。鞋子还在那里，鞋带在微风中颤动。

她将自己的脚裸露在外，这么做很冒险。好在被人看到的可能性微乎其微，而且万一有人溜达到海滩来，她也能在几百米甚至更远的地方看到他们。在他们走近能够看到她双脚的当口，她可以从容地穿上鞋子；若有必要，她甚至可以涉入海水里。让长长的脚趾在多石的海岸边伸展开，紧贴卵石的轮廓蜷曲着，这使她有种说不出的舒爽感。不管怎样，是她自愿冒险的，谁都无权干涉。她所做的工作，只有她能胜任，而且业绩每年都会提高。倘若阿姆利斯·维斯胆敢找她的碴儿，他最好把这一点牢记在心。

她继续往前走，改变方向，朝拍打海岸的潮水靠近了一些。较大的岩石间留存的海水形成一汪浅水池，里面挤满了她不久前刚刚知道应该被称为"海螺"的生物，但它们都太小了，不会有人买。她从冰凉的海水中拿起一只海螺，举到嘴边，试探着把舌尖伸进壳口，探寻它那蛋白状的螺肉。它的味道很冲，得慢慢适应才能吃得惯。

她把海螺放回水中，动作很轻，尽量不发出一点儿声音。她听到了一位造访者的声音。

一只迷途的绵羊来到离她不远的卵石海岸，正在嗅闻和它一样大的圆石，并试探性地舔舐石头表面。伊瑟莉饶有兴致地看着它：她从未想到羊竟然能在这样的卵石地面上行走，她原以为它们的蹄子不能踏入这里。但那只羊此刻就在眼前，跨越由石头和贝壳组成的险恶海滩，对它来说显然轻而易举。

伊瑟莉蹑手蹑脚地向它靠近，小心翼翼地用脚趾保持平衡。因为担心吓到这个旅伴，她大气儿也不敢出。

这个生物居然不会说话，这太让人难以置信了。它看起来绝对有这个能力。尽管样貌怪异，但它身上有一种颇具迷惑性的人类特征，这诱使她试图跨越物种间的鸿沟与它进行交流。她已经不是第一次试图这么做了。

"你好。"她说。

"Ahl①。"她说。

"Wiin。"她又说。

这三句问候穷尽了伊瑟莉知道的所有语言，但那只羊对此毫无反

---

① 伊瑟莉母星的语言。后文出现的单词均为伊瑟莉母语。

应，只是仓皇跑开了。

这也无可厚非，毕竟她不是语言学家。

但话说回来，语言学家根本不会申请她这份工作，这是毋庸置疑的。只有那些除了被丢弃到新伊斯特德以外别无选择的绝望之人，才会考虑申请这种工作。

而且，即便已经如此绝望，人们只有在神志失常的情况下才会做出这种选择。

现在回想起来，她当时确实已经神志彻底失常、精神严重错乱了。但目前看来，这已经是最好的结果了。这算是她做过的最好的决定。事实上，只需做出一点儿小小的牺牲，即可避免把下半辈子葬送在新伊斯特德那个鬼地方——虽然人人都说一旦到了新伊斯特德，下半辈子将会过得艰辛又短暂。

实际上，每当她想起为了被送到这儿，自己曾经美丽的身体受到的那些伤害，并为此感到悲痛时，她就会提醒自己，在新伊斯特德生活的人，不论在那里待上多久，都会比她更加惨不忍睹。身体腐烂和毁容在那鬼地方显然是常有的事。也许是因为过度拥挤，也许是因为食物粗劣、空气污浊，也许是因为医疗资源不足，也许这仅仅是在地下生活的必然结果。但不管怎么说，生活在新伊斯特德的下等人全都丑陋至极，人不像人，恶臭熏天。

当伊瑟莉得知自己将被送到新伊斯特德时，她曾愤愤地郑重起誓，到了那里她要排除万难，保持身体的健康和美丽。拒绝肉体上的变化是她对当权者的报复，是对他们的蔑视和公然反抗。但她真的有过希望吗？毫无疑问，每个人一开始都曾发誓不让自己变成弓腰驼背、伤痕累累、牙齿崩碎、手指缺失、毛发稀少的怪物。但他们最后还是变成了那副鬼样子，难道不是吗？如果她没有来这里，而是去了新伊斯特德，她的结局会跟他们有什么不同吗？

当然不会。这毫无疑问。而从目前的情况来看，她现在看起来还是比状况最糟糕的新伊斯特德下等人好一点儿……甚至可以说好得多，不是吗？再瞧瞧她通过这点儿牺牲换来了什么啊！

她站在阿布拉赫农场海岸边的制高点望着这个广袤的世界，目之所及无不令她叹为观止。她真想在这个世界永不停歇地恣意奔跑——只可惜，她再也不能奔跑了。

倒不是说在新伊斯特德她就能奔跑。如果去了那里，她会与其他废物和下等人一起，在用矾土和夯实的灰烬搭建的地下通道里无精打采地晃来晃去。她会在净水过滤厂或制氧工厂里拼命工作，像蛆虫一般在污秽的环境中操劳，周围挤满了跟她一样的蛆虫般的同类。

但她没有去新伊斯特德，而是来到了这里，自由地徜徉在无边无际的荒野中，被取之不尽、用之不竭的空气和水所环绕。

而她需要为此付出的必不可少的代价，仅仅是改用两条腿走路罢了。

当然，这绝非她付出的全部代价。

为了避免进一步想起所做出的牺牲中更多令自己怨愤的细节，伊瑟莉突然决定回去工作。她只能让思绪自由飘荡到这等地步，若是任由思绪继续蔓延，她就会感到心神不安。工作是治愈不安的良药。

她已经把德国搭车客的钥匙和手表扔进了海里，它们将和近年来被丢弃到海里的其他杂物一同经受大自然的打磨，最终变得面目一新。她将空塑料袋用腰带别住，以免污染海滩。海滩上散落的塑料垃圾已经够多了，这些丑陋的零碎是从过往船只和石油钻塔上丢进海里并被海水冲到岸边的。迟早有一天，她会在海滩上点起一堆巨大的篝火，把这里所有的垃圾都烧光。她以前就有这个打算，只是一直忘记带点火的工具过来。

她拿回鞋子，费力地穿到冰凉的、有些肿胀的脚上。也许这是双脚暴露在寒冷空气中过久导致的。在她那辆暖气开得足足的小车里待上几个小时，她就能缓过来。

她在海滩上大步行进，朝牧草葱郁的牧场边缘走去。刚才那只羊回到了羊群中，此时，它们已然远远地爬到了山坡高处。伊瑟莉试图辨认哪只羊是她刚刚对话的那只，却一不小心被绊了一下，险些摔倒。穿上鞋子很不利于她走路。她必须时刻留意脚下。被阳光晒干变白的海藻缠结在一起，散乱地附着在还活着的植被最外缘，宛如某种不存在的生物的骨架，或者是它的一部分骨架。在这些足以以假乱真的"骸骨"中，散布着真正的尸骸，那是被同类吃掉的海鸥，它们残存的皮毛在海风中颤动。有时——但不是今天——伊瑟莉会看到一只海豹残骸，它的后鳍肢被废弃的渔网碎块缠住，内脏已被其他的海洋居民掏空。

伊瑟莉拖着身体，沿着被世世代代的羊群踩出来的小路一步步向山上攀登。但她的灵魂已经坐在方向盘后面了。

当她回到小屋时，篝火已经熄灭。篝火周遭的雪被烤化，显出一个由灰烬和烧焦的草构成的黑色圆圈。柴堆上还残存着一部分没有烧完的背包材料。她从灰烬中抽出被熏黑的金属撑杆，扔到一边，留待日后处理。兴许明天就行，如果到时候她还准备再去一趟海边的话。

她进入小屋，径直走向浴室。

同这栋房子里的所有房间一样，浴室的四壁也是光秃秃的，沾满了发霉和蛀虫的污迹，不像是有人居住的样子。昏暗的光线透过一扇又小又脏的磨砂窗玻璃照射进来。一面破碎的镜子歪歪斜斜地靠在水槽后面的壁凹里，犬牙交错的镜子碎片反射出对面油漆剥落的墙壁。浴缸很干净，但跟水槽一样，也有点儿生锈。与之截然不同的是，没有盖子的马桶缸壁呈现出树皮的颜色和纹理，最起码在伊瑟莉住在这儿的这段时间里，它从来没被使用过。

伊瑟莉停下脚步，只把鞋子脱掉，便踏进了印着赭色条纹的浴缸。头顶上方的墙壁上用螺钉固定着一个淋浴喷头，她拧动胶木调节阀，高压水流随即喷射下来。甚至在激流喷出时，她还在脱衣服，并随手将衣服丢在脚边的浴缸里。

在锈迹斑驳的浴缸壁架上立着三瓶各不相同的洗发水。她在阿拉贝拉加油站买的，加起来刚好五英镑。伊瑟莉拿起她最喜欢的那瓶，把里面淡绿色的黏稠液体挤到头发上，然后又往身上抹了一些，并毫不吝啬地向脚边湿透的衣服上挤了一大摊。她用一只脚把这堆衣服推到出水孔上，衣服扑哧扑哧响。堵住出水孔后，浴缸内的水位逐渐上升。

她仔细地洗着头发，一遍又一遍地冲洗。还在故乡的时候，头发一直是她最好看的地方。一个身居高位的人曾告诉她，拥有那样不可多得的秀发，她决不可能被送往新伊斯特德。现在回想起来，那番话不过是一种廉价且愚昧的恭维，但当时却令她满怀希望，她觉得自己必然会踏上通往光明未来的坦途，那是浓密油亮的秀发赋予她的权利，每个人只要朝她瞥上一眼就会断定，却只有极少数幸运儿可以无比艳羡地触碰。

可现如今，原来的满头秀发已经所剩无几，少得她都不想再去精心护理。大部分头发终归不会再长出来了，剩下的这点儿只会给她徒增麻烦。

她抚摸肩膀和手臂上的皮肤，确认是否还需要再次刮毛。她用沾满泡沫而变得滑溜溜的手掌触到了柔软的毛发残楂，但她决定留到明天再刮。她发现很多雌性沃迪塞尔身上都有一点儿毛发。现实中的雌性肌肤完全不像杂志和电视上所赞美的那般光滑。反正不管怎样，谁也不会看到她的这些部位。

她满心厌恶地往胸脯上涂泡沫，再冲洗干净。拥有这东西唯一的好处就是，它们能挡住她看向被改造得面目全非的下半身的视线。

她掉转淋浴喷头的方向，让水流喷到衣服上，那摊衣服便在漂着灰色泡沫的浅水里打起转儿来。她在衣服上踩踏一会儿，冲掉泡沫，接着再踩踏一会儿，然后用有力的双手将其拧干，晾到卧室内。衣服终究会被透过方形窗户照射进来的阳光晒干，如若晒不干，就放到汽车后座上让暖气烘干。

中午过后，伊瑟莉才驱车离开农场。早晨还金灿灿的太阳现在几乎看不见了。天空变成了蓝灰色，乌云低垂，鼓囊囊的云朵里盛着等待飘落大地的雪花。这样的天气，在路上找到搭车客的可能性微乎其微，碰见条件合适的更是机会渺茫。但是，她现在很有工作的兴致，或者说，她很想远离农场地下仍在持续的忙乱景象，她对此心知肚明。

开车经过农场的主楼时，她注意到一个极不寻常的情景：埃斯维斯正蹲在一架大木梯上，一手拿着罐子，一手捏着刷子，把石墙刷成白色。

伊瑟莉把车缓缓停在梯子脚边，抬头看着埃斯维斯。她已经戴上了眼镜，所以他的形象并不是很清楚，她只能看到一个在刺眼阳光中扭曲的身影。她突然想摘下眼镜，但考虑到埃斯维斯还戴着他的眼镜，这么做似乎很不礼貌。

"Ahl。"她眯着眼睛抬起头，不确定停车跟他打招呼是否妥当。

"Ahl。"他回道，就像一个普通农夫那般沉默寡言，或许也因为他对于在公开场合讲母语非常谨慎，尽管周围并没有其他人。油漆从他手中的刷子末端滴落下来，但他只是皱了皱眉，除此以外什么也没做，仿佛伊瑟莉的问候是一件他必须全力忍受的倒霉事。他身穿工装裤，头戴帽子，足蹬一双溅着油漆的绿色高筒靴，其内部亦有不为人知的特殊设计，设计它们所耗费的时间几乎跟设计伊瑟莉的鞋子一样久。

总的来说，伊瑟莉觉得他经受的改造比她少得多。首先，他没有乳房，其次，他脸上的毛发也比她浓密。

她朝他正在忙活的那面石墙挥了挥手。墙壁目前只有一小部分被刷白了。

"是为了欢迎阿姆利斯·维斯的到来吗？"她明知故问。

埃斯维斯哼了一声。

"挺隆重啊，"伊瑟莉小心地说，"肯定不是你的主意吧？"

埃斯维斯皱起眉头，一脸厌恶地低头瞪着她。

"去他的阿姆利斯·维斯。"他用英语一字一顿地说，然后转身继续刷起墙来。

伊瑟莉摇上车窗，驱车离开。羽毛似的雪花开始一片接一片地从天空中盘旋飘落。

4

穿越那座高架在空中的水泥钢丝桥时，伊瑟莉终于肯承认，她绝对不想见到阿姆利斯·维斯。

此时，伊瑟莉正开车向科索克大桥的中点驶去，她紧握方向盘，暗自担心猛烈的侧向风会把她的红色小汽车掀到空中。她能明显地感觉到身下那块汽车铸铁底盘的重量，以及轮胎在沥青路面上的抓地力量，仿佛汽车在提醒伊瑟莉它坚固得很，但与它在风中仿佛不堪一击的脆弱感相比，则显得很是自相矛盾。这辆车对前行充满恐惧，可能也是在借此声明它有多么沉甸甸且不可动摇。

咻——咻——咻——咻——咻咻——咻！狂风放肆地嘲笑道。

在桥上每隔一段距离就竖着一块颤巍巍的金属标识牌，上面很抽象地画着一张被狂风猛然吹起的网。很久以前，伊瑟莉刚开始学习交通标识的时候，觉得这幅画和其他所有的标识一样，都只是毫无意义的象形文字而已。而现在，一看到这个标识，她的第二本能便被迅速唤起，使她紧紧握住方向盘，仿佛汽车变成了一头不顾一切想要挣脱束缚的猛兽。她的手抓得很紧，她甚至觉得能看到指关节之间的动脉在突突搏动。

然而，她小声嘀咕着决不会被任何东西推得偏离车道时，想到的并不是侧向风，而是阿姆利斯·维斯。他从一个比北海更凶险的地方被席卷到这里，而这股狂风将造成怎样的破坏，她无法预料。不论结果如何，她肯定不能仅靠紧握方向盘来与之抗衡。

现在，她已经驶过大桥中点，距离因弗内斯的边界只有几分钟的车程。她在最外侧的车道上龟速前进，每当有更快的车辆从她身边呼啸而过时，她都会吓得畏缩一下。风速总是突然降低，随后却更加猛烈地扑打过来。在她左边，海鸥在空中盘旋，那些阵形杂乱的白色鸟儿一次又一次地向水面俯冲，紧接着飞到峡湾上空，而后缓缓降落，像是陷进了看不见的泥沙沼泽似的。伊瑟莉把注意力转回前方远处的因弗内斯郊区，努力迫使自己更用力地踩下油门。但从车速表来看，她并没有成功。咻——咻——咻——咻咻——咻！在接下来的路途中，风一直号叫个不停。

在大桥另一端，她安全地驶下桥面，然后紧贴着慢车道，尽全力深呼吸，同时松开紧握的双手。压力瞬间消散。她终于可以正常驾驶，身体也可以像平常那样放松下来。她已经投入大地的怀抱，一切尽在掌控之中，她会极其自然地汇入车流中，做着只有她才能做的工作。不论阿姆利斯·维斯怎么想或怎么说，都改变不了这一点：她是不可或缺的。

但是，这个词让她感到不安：不可或缺。人们只有在意识到自己可有可无的时候才倾向于用这个词来自我宽慰。

她试着设想自己终将被免职，试着勇敢地直面内心，想象那天到来的情形。或许会有其他人准备做出与她和埃斯维斯一样的牺牲，并取代她的位置。她和埃斯维斯走到这一步，虽然各有其原因，但最终都是因为走投无路才做出这一选择。会有人跟他们陷入同样的绝境吗？她很难想象，因为没有人能像她之前那样绝望。而且，所有新手都缺乏经验，工作能力还有待考验。贸然派新手过来，极可能会造成难以估量的资金损失，维斯公司愿意冒这个险吗？

也许不愿意。但这个想法并未使伊瑟莉得到多少安慰，因为想到自己是真正意义上的不可或缺，同样让她感到焦躁不安。

这意味着维斯公司永远不会放她走。

这意味着她必须把这份工作一直干下去。这意味着她永远不可能尽情享受这个世界，并且不必为如何与生活在其中的生物打交道而发愁。

但是所有这些应该都跟阿姆利斯·维斯没有任何关系，伊瑟莉烦躁地提醒自己。怎么可能跟他扯上关系呢？不管年轻的阿姆利斯来访是为了什么，都一定百分之百出于他个人的原因，与维斯公司毫不相干。仅仅听到阿姆利斯·维斯这个名字，完全没必要激动。

诚然，阿姆利斯确实是大老板的儿子，但没有任何迹象表明他会继承老板的商业帝国。阿姆利斯甚至没有在维斯公司任职——他从来没有做过公司任何方面的工作——他不可能有权力代表公司做决定。事实上，据伊瑟莉所知，阿姆利斯其实对商业世界甚是鄙弃，他在父亲眼里就是个废物。他的确会带来麻烦，但不会带给伊瑟莉。不管他是出于什么莫名其妙的原因突然到访阿布拉赫农场，对她来说都没什么可担心的。

那么，她为何这么想避开他呢？

她对那个男孩（或者男人？——他现在多少岁了？）没有任何不满。他从未主动要求成为全世界最大公司的唯一继承人。他也没有做过任何冒犯她的事，而她以前一直以八卦的心态关注他的花边新闻。他经常出现在新闻中，基本上是因为富家子弟的惯常做派。有一次，他召开了一次大规模的媒体宣传活动，宣布他要加入某个奇怪的宗教教派，并在入教仪式中剃光了头发，没过几周，他又突然退教，在接受媒体采访时表示无可奉告。有一次，据报道，因为阿姆利斯支持中东极端分子，他跟父亲爆发了激烈的冲突。还有一次，他公开发表声明称，只要使用剂量足够少，伊卡帕图亚产生的兴奋感完全无害，因此法律不应该禁止使用伊卡帕图亚。此外，像某些女孩声称怀了他的孩子并闹得沸沸扬扬之类的事，也已经屡见不鲜了。

总而言之，他只是个含着金钥匙出生的典型富家子弟罢了。

正当伊瑟莉沉浸在这些思绪里时，她的第二本能将她拉回现实，让她注意到一个重要情况：在远处，因弗内斯南去方向的街边有很多小餐馆，最外侧那家餐馆的对面站着一个搭车客。她倾听自己的呼吸，评估自己是否已经平静下来迎接这个挑战。她觉得她平静了下来。

然而，更靠近一些之后，她却发现街边的那个身影其实是个雌性，面容憔悴，白发苍苍，衣衫褴褛。伊瑟莉径直开了过去，对同性生物眼中的恳求目光未予理会。与她擦身而过虽是短短一瞬，但伊瑟莉照样能强烈地感觉到对方的精神痛苦和沮丧，随后，那个身影在后视镜中不断缩小，变成一个小斑点。

伊瑟莉打起精神，幸好工作能让她把心思转到阿姆利斯·维斯以外的事情上，她对此不胜感激。幸运的是，开出几英里之后，她又看到一个搭车客。这次是个男性，其身材一眼望去就让人赞叹不已，但可惜，只有最莽撞的司机才敢在他所处的位置停车。伊瑟莉闪了闪前大灯，希望他能明白她愿意让他搭车，只不过他的位置太危险，她不方便过去。她怀疑简单地闪几下灯能否传达出正确信息。更可能的情况是，他会觉得她闪灯是在对他恶意嘲讽。

但这未必意味着她失去了这个猎物，或许等返程时她还会见到他，到那时他可能已经转移到一个更安全的地点。多年的经验让伊瑟莉认识到，生活常常会给人第二次机会：她曾经相中了一个搭车客，那家伙却在她眼皮子底下满怀感激地钻进别的车里，结果几个小时后，在许多英里之外，她又在路边看到他，于是让他上了车。

所以，伊瑟莉对今天这个猎物也很乐观，于是她便继续前行。

她开了一整天的车，在因弗内斯和邓凯尔德之间一趟又一趟地往返。太阳已经落山。上午雪停了，现在又下了起来。有一支挡风玻璃雨刷器发出恼人的吱吱声。一天下来，汽油都要耗光了，她却连一个合适的目标都没看到。

到了下午六点，她大概搞清楚自己为什么如此害怕见到阿姆利斯·维斯了。

实际上跟他的身份无关。她是公司的重要一员，而他则是公司的眼中钉肉中刺，所以他应该比她更惧怕维斯公司才对。不，她害怕见他的原因没有这么复杂。

其实就是因为阿姆利斯·维斯是从家乡过来的。

当他看到她时，他将会像任何一个来自家乡的正常人一样被她的样貌所震惊，她只能眼睁睁地接受他惊愕的注视。她早就体验过那种感觉，只要能避免再次迎接那种目光，她什么都愿意做。一开始，与她一同在农场工作的那些男人也很震惊，但他们现在基本上习惯了她的样子，他们已经可以做到不直勾勾地盯着她看，而是专注于做自己的事（尽管每次走到他们中间，她还是能感觉到他们立刻安静下来，并齐刷刷地看着自己）。难怪她更喜欢待在自己的小屋里，她猜埃斯维斯也是如此。做一个畸形人简直太累了。

阿姆利斯·维斯以前从未见过她，等到看见她的那一刻，他肯定会惊得直往后退。他本以为会看到一个人类，但实际上看到的却是一个丑陋的怪物。看着他人的惊骇目光劈面而来……她无法忍受这种颠覆认知的恶心时刻。

她决定立即返回农场，把自己关在小屋里，等阿姆利斯·维斯走了之后再出来。

在阿维莫尔镇荒凉的多山地区，她在车头灯光的映照中看到一个搭车客。一个雨漏①似的身影在闪烁的灯光中打着手势，在她的视网膜上印下一道残影。那个小"雨漏"蠢到家了，汽车只会全速从他站立的地方呼啸而过，根本来不及看到他。但伊瑟莉这辆车的最大时速

---

① 又称"滴水嘴兽"，是建筑输水管道喷口终端的一种雕饰，一般雕刻成动物或鬼怪模样，作用是把屋顶流下来的雨水通过嘴上的孔洞排出，以免雨水沿着建筑的墙壁流下去。

仅有五十英里，所以她完全有时间注意到他。他看上去极为渴望搭上便车。

从他身边驶过时，伊瑟莉认真考虑了一下自己此时是否想要一个搭车客。她决定等待老天爷的暗示。

雪又停了，挡风玻璃雨刷器一动不动，引擎隆隆地匀速运转，伊瑟莉险些打起瞌睡来。她放慢车速，在一个公交停靠点停下，让引擎空转，调暗车头灯。一侧是莫纳利亚山若隐若现的剪影，另一侧是凯恩戈姆山。群山之间，仿佛只有她一人。她闭上眼睛，把指尖探到眼镜框后面，轻揉她那绸缎般光滑的、大大的眼睑。一辆巨大的油罐车轰鸣着进入视野，把伊瑟莉的车厢里照得通亮。她等待油罐车过去，直至消失，然后发动引擎，打开转向灯。

第二次靠近搭车客，从马路对面驶过时，她注意到他个子不高，但胸肌发达，许多部位都裸露在外，皮肤被晒得黝黑，即使把车前灯打到最强光也无法将其染白。这时，她发现离他不远的地方有一辆车，那辆车停在——也可能是陷在——路边的阴沟里。那是一辆破旧的蓝色尼桑旅行轿车，车身上满是刮痕和凹痕，但显然都不是新近产生的，不像是刚刚发生车祸的样子。搭车客身体直立，他的车也是四轮着地，而且他和车好像都安然无恙，但搭车客却在夸张地做着手势，以吸引过路车辆对阴沟里那辆车的注意。

伊瑟莉决不想卷入任何已经被警察或车辆救援队关注到的事故中，遂又往前开出好几英里。但是，思索一番后，她最终认为，如果那个被困住的司机觉得他有望得到官方机构的救援，他肯定不会试图搭便车。于是她掉转车头，开了回去。

最后一次向他驶近时，她发现这个搭车客长得很古怪。虽然他不比伊瑟莉高多少，且脑袋干瘪，头发稀疏，双腿纤细瘦弱，但他的手臂、肩膀和躯干却壮得惊人，就像从一个比他强壮得多的沃迪塞尔身上移植过去似的。他穿着一件磨损褪色的法兰绒衬衫，袖子挽了起来，好像丝毫感受不到寒冷，在刺骨的空气中翘起拇指朝他那辆破旧的尼桑车比着浮夸的手势，显得很是滑稽。伊瑟莉忽然想到，她是不是在什么地方见过他？然后她意识到，是把他跟清晨时段电视节目里的某个卡通人物给弄混了。不过，像他这种沃迪塞尔，即便是卡通人物，通常也只能是那些被巨大的木槌砸扁或被爆炸的雪茄烧得焦煳的龙套角色，根本不会成为主角。

她决定让他搭车。毕竟，他的脖子和臀部之间的躯干部分肌肉隆起，其肌肉量比体形有他两倍大的沃迪塞尔全身上下加起来的还要多。

看到她放慢车速向他驶来，他傻呵呵地点了点头，然后将两只翘起拇指的拳头高举向空中，露出胜利的表情，像是在为她的明智决定给出两分。透过轮胎碾压碎石的咯吱声，伊瑟莉觉得她隐约听到了一声嘶哑的欢呼。

她在不把车轮陷进阴沟里的前提下，尽可能近地把车停在那个陌生人的车旁，同时希望她闪烁的尾灯可以对后面的司机起到提醒作用。他所处的位置确实非常尴尬，她很想知道搭车客会不会承认这一点。不管他承不承认，都足以让她对他有一些实质性的了解。

她刚扳上手刹，就把副驾驶侧的车窗摇了下来。搭车客立刻将他的小脑袋探进车里。他满脸堆笑，咧开两片新月形的粗糙嘴唇，露出一口发黄的、参差不齐的牙齿。他黝黑的脸上胡楂丛生，布满了皱纹和疤痕，长长的鼻子上长满斑点，两只黑猩猩般的眼睛里充满了血丝。

"我跟你讲，她准会把我揍得半死。"他斜睨着她，往车内呼出一股酒精味儿。

"你说什么？"

"我女朋友。她准会把我揍得半死。"他重复道，嘴咧得更大了，像是在做鬼脸，"我应该在下午茶的时间到她那儿。我每回都该那会儿到。但我从来都没有按时到过，你信不信，嗯？"他搭在窗框上的脑袋稍微耷拉下去，眼睛缓缓闭上，仿佛维持他眼皮睁开的力量突然耗尽了。他努力打起精神，继续道："每个星期都是这样。"

"什么这样？"伊瑟莉问，臭烘烘的啤酒气息钻入鼻孔，她尽量不拉长着脸。

他吃力地眨眨眼。"她脾气可爆了。"眼皮又合上了，他窃笑一声，像一只处在下落炸弹的阴影中的卡通猫。

伊瑟莉发现，与其他沃迪塞尔相比，他其实非常帅气，但他的举止却古怪得很，她不禁怀疑他是不是心智不健全。低能儿可以获得驾照吗？他明知他们的车都很容易被路过的卡车撞得稀巴烂，但他为什么只是把脑袋搭在窗框上傻笑？她紧张地瞥了一眼后视镜，确认后方没有高速行驶的车辆驶来。

"你的车怎么了？"她问，希望能将他的注意力转到关键问题上。

"它走不了了，"他哀愁地解释说，眼睛眯成了一条缝，"一点儿也走不了。就是这样。没什么好说的，对吧？嗯？"

他猛地咧嘴一笑，像是在希望这番话能吸引她提出一些不同的观点。

"发动机故障？"伊瑟莉提示道。

"不是。没油了，应该是没油了。"他不好意思地哼了一声，"都是因为我女朋友，你明白吧。我俩聚少离多，为了见个面，真是分秒必争。不过我好像确实应该多加点儿油的。"

他眯眼看向伊瑟莉被镜片放大的眼睛。她看得出来，除了同为司机的责备目光之外，他从她的眼睛里并没有察觉出任何异乎寻常之处。

"燃油表就是一坨屎，你知道吧？"他进一步解释说，后退几步，让伊瑟莉瞧着他的车，"油箱快满的时候燃油表显示没油了，快没油的时候却显示油箱是满的。甭管它显示啥，你一个字都不能信。只能凭借你自个儿的记忆来决定加不加油，你明白吗？"他猛地拉开车门，像是要让伊瑟莉仔细瞧瞧他那块废物燃油表。车厢内的灯亮了起来，灯光暗淡，闪闪烁烁，这也为车子糟糕的状况提供了有力证明。副驾驶座上散乱地堆放着啤酒罐和薯片包装袋。

"我今早五点钟就起床了。"长鼻子搭车客说道，砰的一声关上他的车门，"连着干了十天活儿，每晚就睡四五个小时。真的，半分不假。但抱怨也没啥用，你说对吧？嗯？"

"呃……或许我可以载你一程？"伊瑟莉提议道，在副驾驶座上方挥舞着瘦弱的手臂，试图把他的注意力引过来。

"我需要的是一罐汽油。"他说，再次东倒西歪地走过来，把脑袋从伊瑟莉的车窗框里探了进来。

"我没有汽油，"伊瑟莉说，"不过你最好还是上车吧。我可以载你去汽车修理厂，或者更远也行。你要去哪里？"

"去我女朋友那儿，"他斜睨了她一眼，努力把眼皮抬起来，"她脾气可爆了。她准会把我往死里揍。"

"我明白，但具体是在哪里？"

"埃德顿。"他说。

"那就赶紧上车吧。"她催促道。埃德顿离泰恩只有五英里，离阿布拉赫农场大概有十三英里。她能有什么损失呢？即便她不得不放弃他，她也可以立即返回农场让沮丧的心情熨帖下来。当然，要是能把他带到农场，那就更好了。不论哪种结果，她都能在阿姆利斯·维斯抵达时安全地躲在自己的小屋里，甚至在全农场的人为之骚动期间一觉睡过去——只要没人来敲她的门。

搭车客系好安全带。伊瑟莉把车从阴沟旁开走，沿着A9公路加速朝家的方向驶去。她真想让这家伙好好窥视她的身体，只可惜，这段路途没有街灯，而打开驾驶舱的灯是违法的。她感觉他有些蠢笨，而且眼下似乎只顾着解决他最紧迫的问题，若要让他谈论他自己，很可能得用到额外的诱惑才行。然而，沿途漆黑一片，她紧张得根本不敢只用右手握住方向盘。不过，如果他想瞄到她的胸部，他必须把眼睛睁大一点儿。但坦白讲，他看起来已经很努力地睁大眼睛了。她目视前方，小心驾驶，他爱干什么、爱想什么就随他便吧。

她肯定会把他轰出家门，这毫无疑问，搭车客心想，但也许她会先让他眯一小会儿再轰他出去。

哈！没门儿！她会让他看着盛满干巴巴晚餐的烘烤盘，说烤箱已经坏了，尽管他十分想一头栽下去睡一大觉，但她就是不让。这就是他在A9公路上像疯子一样疾驰的原因，每周都是如此，周复一周，没完没了。他的女朋友。他的卡特里奥娜。只要他想，他完全可以把她举起来，像扔花瓶一样扔到窗外。她老是把他差来遣去。干吗要对他这么刻薄呢？嗯？

让他搭便车的这个女孩，要是做他女朋友，应该不会差。他看得出来，她会在他困得不行的时候让他睡觉。她决不会在他昏昏欲睡的时候戳他一下，然后说："你该不会要睡着了吧？"她有一双和善的眼睛，胸部也大得离谱。可惜没见着她的车上有什么装汽油的罐子。即便如此，他也不能抱怨，对不对？抱怨也没用。就像他老爹常说的那样：微笑着面对未来。但是得提醒一下，老爹从未见过卡特里奥娜。

这姑娘会把他载到哪儿？如果他能弄到一些汽油，她还愿意载他回到他的车那儿吗？他不想把车丢在那个阴沟里，没准儿会被偷走。不过小偷开走它也得需要汽油。但也许有的偷车贼在后备箱里备着大桶汽油，开着车在乡下四处转悠，就是为了专门寻找像他那辆一样没油的汽车。有些人就是这么道德败坏，是不是？说一千道一万，都是因为这是个狗咬狗的世界！

他已经迟到了，等他到了卡特里奥娜那里，她肯定会宰了他。要真是那样，其实还不算太糟糕，但她绝对不会让他睡觉，这才是最糟糕的。如果他能弄到点儿汽油，他或许可以睡在车里，等到明天早晨再去卡特里奥娜那儿。或者可以整个周末都睡在车里,白天去"小厨师"餐馆里坐着,周一早上再开车回去上班。这也太爽了,对不对?嗯?

如果他仰头靠在椅背上休息几分钟,这个女孩应该不会介意吧?反正他也不怎么爱说话。"你那嘴唇就跟两块厚木板条似的。"卡特里奥娜总是这么数落他。

但木板条究竟能有多厚呢?这取决于木板的厚度,不是吗?嗯?

伊瑟莉咳嗽一声,想让他清醒一些。咳嗽对她来说并不容易,但她还是会偶尔尝试一下,只是想看看她能否让搭车客相信她咳嗽得跟真的一样。

"嗯?嗯?"他迷迷瞪瞪地叫道,充满血丝的眼睛和鼻涕横流的鼻孔像受惊的野生动物般在昏暗中猛然张开。

"你是做什么的?"伊瑟莉问。她刚才以为搭车客在色眯眯地窥视她,所以没有说话,但没过一会儿,从他的方向传来一阵哽塞的鼾声,她便知道,原来他是在睡觉。

"伐木,"他说,"砍树。在这一行干了十八年了,拿着链锯砍了十八年,两条胳膊两条腿依然健全!嘿!嘿!嘿!还不赖,对吧?嗯?"

他摊开双手,举到仪表板上方,扭了扭手指,估计是想证明他的十根手指都还在。

"你这工作经验可真丰富,"伊瑟莉恭维道,"想必在伐木这一行,没有公司不知道你的大名吧?"

"那可不。"他坚决地点点头，每点一下，下巴都像是被发达的胸肌给弹回来似的，"他们一见到我过去就狠狠数落我。嘿！嘿！嘿！但你还是得保持微笑啊，对吧？"

"你是说，他们对你的工作不满意？"

"他们说我不守时，"他含混不清地说，"说我让那些树等得太久了，你明白吗？迟到，迟到，迟到，我总是这样，迟……到……"他把头歪向一边，最后一个字的元音尾音慢慢减弱，直至消失。

"太不公平了，"伊瑟莉大声说，"重要的是你能把工作做好，而不是你能不能守时，这当然毋庸置疑。"

"谢谢安慰，谢谢安慰。"伐木工傻笑着说，小脑袋耷拉得更低了，浓密的头发也随之缓缓滑向下方。

"所以，"伊瑟莉大声说，"你住在埃德顿喽，对吗？"

他再次打了个响鼻，清醒过来。

"嗯？埃德顿？是我女朋友住在那儿。她准会把我揍得半死。"

"那你住哪里？"

"天天睡在车里，或者睡在提供住宿加早餐的简易旅馆里。一干起活儿来就十天连轴转，有时候是十三天。夏天一般早晨五点就开工，冬天是七点。也许我……应……该……"

他又把脑袋耷拉下去。她刚想把他叫醒，他就一个激灵醒过来，调整了一下坐姿，把脸贴在头枕上，像枕着真正的枕头一样。他再次眨了眨眼，挤出疲惫且讨好的微笑，对她咕哝道："五分钟。就五分钟。"

伊瑟莉觉得很好笑，便任他睡去，她则一声不吭地开着车。

差不多五分钟后，他猛然惊醒，一脸茫然地盯着她，把她给微微吓了一跳。但是，当她正欲跟他说些什么时，他却再次瘫软下去，并将脸部靠在头枕上。

"再给我五分钟，"他讨好地噘着嘴说，"五分钟。"

他又睡了过去。

伊瑟莉继续开着车，还时不时地查看仪表板上的数字时钟。果不其然，大概三百秒后，伐木工再度猛然惊醒。

"五分钟。"他哼唧道，转过脑袋，换另一边的脸颊贴在头枕上。

这次他一口气睡了二十分钟。伊瑟莉起初并不着急，但随后路过的一块路标提醒她，他们很快就要驶到一个维修站的岔路口，她觉得她必须得干正事了。

"你的这个女朋友，"她待他醒来时问道，"她一点儿也不理解你，是这样吗？"

"她脾气可爆了，"他承认道，像是被马刺扎了一下似的，第一次口齿清楚地说道，"她准会把我往死里揍。"

"你从没想过离开她吗？"

他龇牙一笑，嘴巴咧得很大，宛如一个把他的脑袋一切为二的刀口。

"好姑娘可不好找啊。"他用怨怪的口吻对她说，嘴唇几乎一动不动。

"可是，假如她根本就不关心你……"伊瑟莉追问道，"比如说，如果你今晚没有露面，她会担心你吗？她会出去找你吗？"

他叹了口气，悠长的呼气声中透出无尽的疲倦。

"她能喜欢我的钱就够了。"他说，"再者说，我的肺里有肿瘤。换句话说就是肺癌。我感觉不到，但医生说它就藏在那儿。我可能活不长了，你明白吗？干吗要放弃到手的鸟儿呢？你明白吗？嗯？"

"唔，"伊瑟莉含糊其词地回道，"我明白你的意思。"

他们又掠过一块提醒司机前方不远处有维修站的路标，但伐木工再次用脸颊蹭着头枕，并喃喃道："五分钟。再让我眯五分钟就好。"

他又一次昏睡过去，鼻息携着一股酒气轻缓地喷出来。

伊瑟莉瞥了他一眼。他瘫坐在那里，脑袋懒洋洋地倚靠在头枕上，张开橡胶皮似的嘴巴，闭紧眼皮发红的双眼。他的状态如此差劲，还不如挨上一针伊卡帕图亚呢。

外面的声音被车窗隔绝，车厢内很是安静。伊瑟莉一边开车在夜幕中穿行，一边在心中权衡着是否应该拿下他，赞成和反对分立两方，激烈对阵。

赞成方认为，所有认识伐木工的沃迪塞尔都知道他有酗酒的毛病，而且睡眠严重不足，如果他没有出现在应该出现的地方，他们并不会感到意外。他的车子终将会被找到，届时，他们会发现汽车被遗弃在一条位于两座山丘之间暴风肆虐的狭窄山路上，车厢里装满了空酒瓶。他们会很自然地以为，这个司机肯定是喝醉后下了车，跌跌撞撞地掉进了一片结冰的沼泽或悬崖。警察会尽职尽责地寻找尸体，但他们打一开始就已经在心里放弃了，因为他们清楚得很，尸体可能永远都找不到。

反对方认为，伐木工并不健康：他曾亲口承认，他的肺里长满了肿瘤。伊瑟莉试着想象这样一幅画面：有人把他的身体切开，突然被一股由香烟焦油和发酵痰液所组成的恶臭黑浆喷了一脸。然而，她怀疑这个可怕的幻想是基于自己对浓烟入肺的深深厌恶。真实的癌症可能根本不是这样。

她眉头紧蹙，努力回想在这里学到的东西。她知道癌症与细胞增殖的失控有关……突变细胞无限制地生长。这是否意味着这个沃迪塞尔的胸腔被一个超大的、病变的肺塞满了？她可不想给农场里的男人带去任何麻烦。

但从另一方面来讲，谁会在意沃迪塞尔的肺部是否过大呢？反正不管肺有多大，它无疑都会被丢弃。

然而，再转念一想，她没法让自己把一个她明知患病的沃迪塞尔带到农场。倒不是说曾经有人千叮咛万嘱咐她千万不能这么做，只是……只是，她对于是非对错有自己的准绳。

伐木工在睡梦中喃喃自语，嘴唇微张，发出"哼哼"的低吟声，仿佛是在安抚一只动物。

伊瑟莉看了看仪表板上的时钟。他这次已经睡了超过五分钟，而且比五分钟长得多。她深吸一口气，靠在椅背上坐好，继续开车。

差不多一个小时后，她绕过泰恩，向多诺赫大桥的环岛驶近。她忽然意识到，此时的天气状况与今天早些时候她在科索克大桥上经历的天气可谓大相径庭，他们就像是来到了另一颗星球上。道路两旁立着细长的电线杆，杆上的霓虹灯照亮了漆黑的夜晚，风平浪静，路上一辆车也没有，灯光映照下的环岛在这万籁俱寂中显得甚为诡异。伊瑟莉把车开上呈螺旋形上升的陡峭坡道，同时斜睨了伐木工一眼，想看看闪耀的灯光能否将他刺醒。他一动也不动。

伊瑟莉驱车在高踞于地面的车道上不慌不忙地缓缓行驶，车子在超现实主义风格的混凝土曲径上画出一道弧线。这座高架环岛太过丑陋，若不是头顶有开阔的夜空，伊瑟莉很可能会误认为它是新伊斯特德的建筑。她向左转弯，以避开通往多诺赫湾的支路，然后道路开始陡然下降，车子驶入一片枝繁叶茂的幽暗之境。她把车头灯打到最强光，光柱扫过"耶和华见证人王国聚会所①"的侧翼，然后扎进泰洛希森林中。

这时，伐木工竟然在睡梦中不自在地扭来扭去。方才环岛的刺眼灯光没有让他产生任何反应，此时尽管漆黑一片，他却似乎感觉到了森林向狭窄道路挤压而来。

"哞哞，哞哞，哞哞。"他疲倦地低吟道。

伊瑟莉一边开车一边俯身向前，窥视着如地底般令人压抑的黑暗。她感觉很好。森林给人的那种仿佛被深埋于地底的感觉毕竟只是错觉，它不可能像新伊斯特德那样幽闭得让人作呕。她很清楚，挡住头顶天光的屏障只不过是由细软树枝构成的树冠，树冠之上便是能抚慰人心的永恒天空。

几分钟后，汽车钻出密林，驶入环绕着埃德顿的牧场。用于出售牲畜的拖车寄养场显得很是凄凉，欢迎她来到这座极小的村庄。路灯

---

① 耶和华见证人，指一个不认可三位一体的另类新兴宗教派别，主张千禧年主义与复原主义，被传统基督教视为异端。王国聚会所，指耶和华见证人成员用来聚会的礼堂。

照亮了荒弃的邮局和用稻草搭建的公交候车亭。没有任何生命存在的迹象。

尽管周围一辆车也没有，但伊瑟莉还是打开了转向灯开关，并将车子停在路灯光线最明亮的地方。

她用强有力的手指轻轻戳了戳伐木工。

"你到了。"她说。

他猛地惊醒，双眼圆睁，像是盯着马上就要击中他头部的钝器似的。

"什——到——哪儿了？"他含含糊糊地说。

"埃德顿，"她说，"你的目的地。"

他连眨好几下眼睛，努力说服自己相信她的话，然后眯起眼睛透过挡风玻璃和副驾驶侧的窗玻璃看向外面。

"这就到了？"他惊呼道，转着脑袋查看车外那熟悉且乏味的环境。他不得不承认，显然除了埃德顿之外，其他地方不可能是这个样子。

"天哪，这……我不知道……"他呼哧呼哧地说，咧嘴笑起来，笑容里掺杂着尴尬、焦虑和满足的情绪，"我一定是睡着了，对吧？"

"我想是的。"伊瑟莉说。

伐木工又眨了眨眼，突然紧张起来，提心吊胆地透过挡风玻璃望向前方空荡的街道。

"希望我女朋友别出来，"他做了个鬼脸，"我希望她不会看见你。"他看着伊瑟莉，眉头紧锁，心想这么说可能会冒犯到她，

"我的意思是，"他边摸索着解开安全带边补充道，"她脾气可爆了。她会……怎么说呢……嫉妒你。就是这个词：嫉妒。"

他下了车，却犹豫着没有关上车门，直到想到恰当的告别词。

"而且你很——"他深吸一口气，发出刺耳的声音——"漂亮。"他对她眉开眼笑。

伊瑟莉也冲他笑笑，突然感到筋疲力尽。

"再见了。"她说。

映照在埃德顿村庄稻草公交候车亭附近的路灯下，伊瑟莉将车熄火，在车里静坐了很久。不论离开这里需要什么力量的驱使，她都已经耗光了。

在等待那股力量流回体内时，她把胳膊搭到方向盘上，下巴压在胳膊上。她的下巴很小，仅有的那么一点儿也是经受了无数次痛苦但设计精巧的整形手术的成果。能够把下巴搁在胳膊上已经算是一个小小的胜利了，或者也可以说是一种羞辱，她永远也无法决定应该将其视为胜利还是羞辱。

最后，她摘下眼镜。这么做很冒险，也很愚蠢，哪怕是在这座沉睡中的村庄里，但泪水在眼镜塑料框的内侧聚集渗出并淌到她脸上的感觉终于让她不堪忍受。她痛哭流涕，同时一边用母语低吟，一边小心地观察街道，以防被游荡过来的沃迪塞尔看到。什么都没发生，时间仿佛也静止了，执拗地不肯流逝。

她抬头看着后视镜，转动头部，直到在镜子里看到她那苔绿色的眼睛和前额的刘海儿。被微弱光线照亮的这一小片脸颊，是她如今唯一看到时不感到嫌恶的部位，也是唯一没有被动过的部位。这一小片脸颊便是她通往理智的窗口。这些年来，她曾有很多次像现在这样坐在车里，透过这扇窗口凝视自己的内心。

一对车灯在地平线处微光闪闪，伊瑟莉便重新戴上眼镜。那辆车要驶到埃德顿还有一段时间，而她现在已经振作起来了。

那是一辆安装着有色玻璃车窗的紫红色奔驰车，穿过村庄的过程中，它冲伊瑟莉打了几下闪灯。这是友好的表示，跟警告或交通规则不是一码事，只是一辆车向另一辆外形和颜色与之略有相似的车致意，至于司机是谁，那并不重要。

伊瑟莉发动自己的车，掉转车头，跟在那位心怀善意的陌生司机后面驶出埃德顿，进入森林。

返回阿布拉赫农场的路上，她一直在想着阿姆利斯·维斯的到访，寻思着当他得知她空手而归时可能会怎么想。他会不会以为她之所以躲在自己的小屋里，是因为对无功而返感到愧疚？好吧，随便他怎么想。如果他选择这样认为，或许她今日的任务失败会让他清楚地知道，她的工作并不容易。像他这种养尊处优的人，对她的工作一知半解，很可能认为这项任务就像在路边采摘野花，或是……或是像到海边捡海螺一样简单——如果他对海螺为何物，或者对海边是什么样有一丁点儿概念的话。埃斯维斯说得对：去他的阿姆利斯·维斯！

也许她最后应该把伐木工带到农场。他的手臂多么粗壮啊！肌肉块太厚实了，比她遇到过的任何一个沃迪塞尔都要大。他本来非常符合条件。唉，可惜他有癌症……她真的应该弄清楚患有癌症的猎物究竟能不能要，以供将来参考。不过，问农场里的男人也没用。他们愚笨不堪，就是那种典型的伊斯特德人。

阿布拉赫农场白雪茫茫，当她驶入杂草丛生的汽车专用车道时，这里还是一如既往地宁静。其实进出农场的路有两条，另一条名义上是给重型车用的，但两条路都裂缝纵横、崎岖不平、杂草疯长，选择哪条路，伊瑟莉全凭自己的心情。今晚，她拐上了那条所谓的汽车专用车道，尽管除了她的车之外，从来没有其他车辆在上面行驶过。在阿布拉赫农场的入口处，立着一大簇警示牌，上面绘着"死亡""剧毒"和"擅闯者将受到法律制裁"之类的标识。伊瑟莉知道，一旦有人闯过这些警示牌，就会触发安装在前方四分之一英里处的农场建筑里的警报器。

她喜欢这条路，尤其是其中长满了金雀花的那个路段，她称之为"兔子坡"，因为那里栖居着成群的兔子，不管白天还是黑夜，经常能看到它们蹦蹦跳跳地横穿车道。每次路过这里，伊瑟莉总是开得很慢，极其小心地不轧到这些可爱的小动物。

透过车道尽头树木的遮掩，她瞥见了埃斯维斯那栋农舍的灯光，继而想起了今天早上他们那场尴尬的谈话。虽然她跟他不怎么熟，但她完全想象得到此时他的后背一定让他苦不堪言，她对他感到同情、蔑视（他本可以拒绝刷墙的，不是吗？），还隐隐有一种感同身受的痛苦。

她开车经过马厩，车灯照亮了那扇橙黑相间的大门，门上的油漆已经起了泡。马厩里并没有马，只有恩塞尔胡乱组装的一件失败品。

"它肯定很像，我知道这样肯定能行。"他曾经这样告诉她，但没过几天就放弃了那个项目，并让埃斯维斯把组装出来的那玩意儿给拖走了。她当然没有表现出丝毫感兴趣的样子。如果你稍微显得有点儿兴趣，像他那种男人准能让你烦得要命。

她把车开到主楼旁时，发现墙壁已经白得离谱，新刷的油漆在月光下白光闪闪。她刚关掉引擎，巨大的金属门就打开了，几个男人匆忙赶出来。恩塞尔像往常一样走在最前面，两眼紧盯着副驾驶侧的车窗口。

"我今天一无所获。"伊瑟莉说。

恩塞尔就像伐木工所做的那样把鼻子探进车厢内，闻了闻尚有酒气的座套。"我闻得出来，你尽力了。"他说。

"嗯，是的。"伊瑟莉回道，她讨厌即将说出口的那句话，但她还是说了出来，"这份工作没那么容易，阿姆利斯·维斯也得接受这一点。"

恩塞尔注意到了她的不安，于是笑了笑。他的牙齿不是很好，他对此心知肚明，为了不让她看见，他低下了头。

"不管怎样，昨天你弄来了一个大家伙，"他说，"可以说是迄今为止最棒的之一。"

伊瑟莉凝视着他的眼睛，只有这一次，她在心底暗暗渴望他的恭维是发自内心的。她刚意识到心中长出这株感情用事的可鄙的幼芽，便立刻将其连根拔起。他真是个伊斯特德劣等人，她心想，同时移开目光，决心要尽快把自己安全地关在小屋里。今天过得真是太漫长了。

"你看起来累坏了。"恩塞尔说。其他男人已经返回门内,他却还在试图跟她单独说一会儿话。他偶尔会这么做,可惜每次都选在不合时宜的时间。

"是的,"她轻叹一声,"可以这么说。"

她记起一两年前有一次,他也像今天这样缠着她——当时,他俯身探进车窗,她居然也蠢得关掉了发动机。他用一种有些温柔的语气鬼鬼祟祟地告诉她,他给她准备了一份礼物。"谢谢。"她说着,从他手中接过那个神秘的小包裹,然后扔到副驾驶座上。后来,她拆开包裹,发现里面是一块薄得近乎透明的红烧沃迪塞尔肉片——这一定是恩塞尔偷来的。这片美味佳肴躺在防油纸里冲她眨巴着眼睛,余温未消,微微湿润,让她难以抗拒,同时也让她有点儿恶心。她吃掉了它,甚至连防油纸折缝里的汁液都舔得干干净净,但她事后从未跟恩塞尔提起过,那件事也就到此为止了。然而,他后来仍然时不时地试图用别的方式讨她欢心。

"阿姆利斯·维斯可能会在凌晨时分到达。"他说着往车子里探得更深了。他的手很脏,而且满是疙疙瘩瘩的结痂。"是今晚凌晨。"他补充说,免得让她误解。

"我那会儿肯定在睡觉。"伊瑟莉说。

"没人知道他要在这里待多久。他可能会等到货物装完以后乘同一艘船离开。"恩塞尔用一只手比画出船起程的样子,仅有极少数人才有权搭乘的返程船消失在无尽的虚空之中。

"嗯,我想到时候自然就会知道。"她语调轻快地说,真希望刚才没有关掉发动机。

"那么……我到时候要告诉你吗？"恩塞尔试探地问。

"不用，"伊瑟莉说，她竭力让声音保持镇定，"不用，我想还是不必了。他到达和离开的时候，你可以代我向他问好和告别，怎么样？我现在真得上床睡觉了。"

"当然可以。"恩塞尔说，弓着腰把脑袋退出车窗框。

这个狗杂种，伊瑟莉一边驱车离开一边心想。她身体疲惫，心理脆弱，根本没法集中注意力，一不小心就说漏了嘴，透露出了一点儿她必须"上床睡觉"的细节。毫无疑问，恩塞尔很喜欢听这种细节，并且会与其他男人分享，这是她已经不像人类的证据，知道这个会让他们兴奋不已。她要是能早一点儿摆脱他，他就不会知道这一细节，他和其他男人仍旧会以为她在那座秘密小屋里睡觉时，会像人类一样睡在地上。

她居然在因空手而归而感到丢脸的时刻，不假思索地把真相告诉了他，让他知道了她睡觉时的粗鄙状态：她这个丑陋的怪物是睡在一个由木棉布包裹着的奇怪的长方形铁架上的，她身上覆盖着旧亚麻布被单，像个沃迪塞尔一样。

5/

伊瑟莉发过誓，在那艘船到来的时候她要漠不关心地呼呼大睡。但此时，她却于午夜的黑暗中躺在床上，侧耳倾听船只抵达的声音。

自从躺下之后她就没换过姿势。十足的焦虑搅得她无法入眠。她如此焦虑，是因为害怕那些男人会把她从床上唤醒，或者更糟糕的情况——被阿姆利斯·维斯唤醒。

最令她害怕的还不是这一点，而是她睡得正酣时听不到他们敲前门的声音。如此一来，他们可能会擅自进屋，上楼来到她的卧室，好好欣赏一番她这个浑身赤裸的怪物，这个滴水嘴兽似的女人是如何在一张简陋小床上呼呼大睡的。恩塞尔毕竟是伊斯特德的劣等人，他心里就没有尊重他人隐私的概念。当她告诉他自己不想被打扰时，他似乎压根儿就听不见，不一会儿就能忘得一干二净。而且，他决不会只是想看外科医生对她腰部以下所做的改造！没门儿，去他的吧。

不知不觉间，几个小时便过去了。失眠和胡思乱想让伊瑟莉的眼睛肿胀发痒。她在褪色的老旧床垫上缓慢地不停扭动，同时留意着外面的动静。

那艘船是在凌晨两点过后不久抵达的，停泊时几乎悄无声息：她差点儿没把它同马里湾的海浪声区分开来。但她知道它到了。它每个月都会在同一时间到来，她对它的气味、它的庞大、它停靠时发出的隐约的吱嘎声，以及它嵌入那栋农场主楼时的金属刮擦声，都非常熟悉。

伊瑟莉继续睁着眼躺在床上，等待遮住月亮的云层散开，等待那些男人，等待阿姆利斯·维斯敲响前门——如果他们胆敢舰着脸过来的话。"要不，给我看看那个伊瑟莉吧。"她想象着阿姆利斯·维斯如此说道，那些男人便一溜烟儿跑来叫她过去。"滚蛋。"她会这么对他们大喊。

她又醒着躺了一个多小时，把"滚蛋"两个字挤到舌尖上，做好随时吼出去的准备。就连月光都变得惶恐不安，犹豫地照进她的卧室，在寥寥无几的陈设上描出一道白线，并在床边骤然中断。窗外，一只猫头鹰开始尖叫起来，叫声又长又高、尖锐刺耳，虽然那只鸟处于冷静沉着的状态，但它的声音听起来却很像一大群惊恐万分、极度痛苦的生物在哀鸣。

在这样的小夜曲中，伊瑟莉睡着了。

似乎刚睡了没几分钟，她就被小屋前门急切的砸门声惊醒了。

她挺身而起，双腿并拢，手忙脚乱地抓住皱巴巴的床单遮在胸前。敲门声还在继续，砰砰声在光秃秃的橡树丛中回荡，就像幽灵在捶打几十栋虚幻房屋的大门。

伊瑟莉的卧室门仍然关得严严实实，屋内温暖舒适，但透过窗户，她可以看到漆黑的夜幕开始渗出黎明前的蓝色天光。她眯眼看向壁炉架上的时钟：已经五点半了。

伊瑟莉把床单裹在身上，匆忙赶到楼梯平台上，那里有一扇小小的四格门式窗。她拨开铰链，把头探到黑夜里，向下看去。

原来那是埃斯维斯，他还在大力砸着她的前门。他穿着他最好的那身农夫装，戴着猎鹿帽，挎着猎枪。他看起来既可笑又骇人，被他停在旁边的路虎车的车头灯照得煞白。

"别砸了，埃斯维斯！"伊瑟莉用有些歇斯底里的声音警告道，"难道就没有人知道我对阿姆利斯·维斯的到来一点儿也不感兴趣吗？！"

埃斯维斯从门口退后几步，抬起头，好让自己看见她。

"我倒无所谓，"他毫不客气地说，"不过你最好快点儿穿上衣服出来。"他正了正肩带上的猎枪，那架势像是在暗示她：如果她拒绝，他有权向她开枪。

"我告诉过你——"她开口道。

"先别管阿姆利斯·维斯了，"埃斯维斯厉声道，"他的事先放一放。有四个沃迪塞尔逃跑了。"

伊瑟莉刚睡醒，反应还有些迟钝。"逃跑？"她重复道，"你说'逃跑'是什么意思？"

埃斯维斯暴躁地挥舞手臂，扫向阿布拉赫农场及其以外的广阔空间。

"你觉得我是什么意思？"

伊瑟莉猛地把头从窗框里缩回来，跌跌撞撞地回到卧室穿衣服。当她挣扎着把脚伸进鞋子里时，她已经完全理解了埃斯维斯那句话的含义。

不到一分钟的工夫，她已然来到门外，跟埃斯维斯一起穿过结霜的地面，赶到他的车旁。他身子一晃坐到司机座位上，她则跳上副驾驶座，并砰的一声关上车门。车子冷得像块石头，挡风玻璃上的泥污和霜冻呈现出乳白色的旋涡状。由于睡眠导致新陈代谢过快，伊瑟莉浑身发热，汗流满面。她把副驾驶侧的车窗摇下来，将一只手伸到汽车冰冷的车门外侧，做好在黑暗中搜寻的准备。

"他们是怎么逃出去的？"埃斯维斯发动引擎时，她问道。

"是咱们那尊贵的客人主动放出去的。"埃斯维斯一边低声咆哮着说，一边驱使车子从满地的冰晶和碎石上碾过，发出嘎吱嘎吱的声音。

对伊瑟莉而言，坐在副驾驶座感觉很奇怪，甚至有些害怕。她在座套的缝隙中摸索着，但假使埃斯维斯的车上真有安全带，它们也一定被藏得很深。她不想把手指往更深处探寻，因为到处都是油污和泥垢。

开到那座老马厩附近坑坑洼洼的泥潭时，埃斯维斯并没有绕过去的意思。伊瑟莉的脊柱狂颠不停，就像有个愤怒的袭击者正在猛踢她的座椅后背一样。她看了看一旁的埃斯维斯，想知道他是怎么忍受这般折磨的。他并非以每小时十英里的速度在农场里慢慢地转悠，很显然，他没有像她那样专门学过开车。他趴在方向盘上，疼得龇牙咧嘴，尽管路面隐患重重，天色昏暗，挡风玻璃也花得一塌糊涂，但车速表指针依然在三十和四十之间来回摆荡。树枝和树叶拍打着伊瑟莉的左肘，她便把胳膊抽回车内。

"但是为什么没人阻止他呢？"她在发动机的轰鸣声中大声喊道。她脑海中浮现出一个场景：阿姆利斯·维斯举行了一场赐予沃迪塞尔自由的仪式，工人们站在旁边，紧张地鼓着掌。

"维斯叫人带他参观了一下工厂，"埃斯维斯低吼道，"他好像大受震撼。然后他说很累，得去睡觉了。结果谁都没想到，主楼的大门居然被人打开了，四个沃迪塞尔不翼而飞。"

汽车一个急转弯，冲过农场大门，猛地左拐，驶上公路，整个过程甚至都没减速。对埃斯维斯来说，转向灯和刹车似乎是跟他格格不入的摆设，得亏这辆车是自动挡。

"靠左行驶，埃斯维斯。"当他们猛然冲入黑暗之中时，伊瑟莉提醒道。

"你只管留意沃迪塞尔的踪迹就行。"他说。

伊瑟莉用力将反击的话咽回去，然后凝视旷野和矮树丛，竭力分辨浑身无毛的粉红色动物的身影。

"咱们要追捕的是哪个阶段的？"她问。

"养了一个月大的，"埃斯维斯回道，"差不多可以出圈了。本来是要用今天这艘船运走的。"

"哦，不会吧。"伊瑟莉说。想到一个毛发被剃光、遭到阉割、被催肥、肠道被改造、用化学方法清洗干净的沃迪塞尔出现在警察局或医院里，那简直就是噩梦。

他们忧心忡忡地开车沿着农场边界线绕了一圈，这是一个巨大的扇形区域，周长约为三英里。他们没看到任何异常之物。公路和进出阿布拉赫农场的两条车道上都空空如也，至少没有比兔子和流浪猫更大的动物。这意味着那些沃迪塞尔要么已经逃掉了，要么还躲在农场的某个地方。

最可能的藏身之处是弃置的牛棚、马厩和旧粮仓。埃斯维斯挨个儿驶到这几个地方，将路虎车头灯发出的明亮光柱射向肮脏且空荡的黑暗空间里，希望能扫到那四个沃迪塞尔惊恐的身影。但是，牛棚里只有阴森可怖的空旷，地上纵横着一道道由雨水和牛粪混合而成的稀泥，虽然里面早就没有牛了。马厩里也是如此，跟往常并无区别，里面的东西全是非生命体。马厩后面凌乱地堆放着伊瑟莉前几辆车的零碎物件（比如拉达车的车门、尼桑车的底盘和车轮，等等），其余空间主要被恩塞尔的失败品给占据了——他曾经试图将一台法尔·森地皮特牌翻草机和一台撕裂者牌叉车组装起来。当埃斯维斯把那东西拖出农场建筑时，它身上隆起的焊接件大杂烩看起来既怪诞又滑稽。在车灯光柱照射过去的昏暗光线中，它那生锈的脚爪和闪光的棘刺看起来愈加阴险。伊瑟莉往油乎乎的、溅满焊料的马厩里仔细看去，确认并无沃迪塞尔躲在里面。

旧粮仓里像迷宫般错综复杂，到处都是可以藏身的角落和隔层，但只有会飞、会跳或者会爬梯子的生物才能钻进那些缝隙。被圈养一个月的沃迪塞尔足有四分之一吨重，行动相当笨拙，断不可能这么灵巧。他们要么在旧粮仓的地板上，要么根本不在旧粮仓里。实际上，他们的确没在那里。

回到农场主楼后，埃斯维斯在尖锐刺耳的刹车声中停车，用胳膊肘把车门顶开，随身带着那杆猎枪下了车。接下来应该干什么，他和伊瑟莉无须商讨。他们翻过农场围墙的台阶，开始脚步沉重地穿行在通往卡布尔森林的田野里，地上铺满了结霜的农作物残茬。

　　埃斯维斯递给伊瑟莉一只保温瓶大小的手电筒。在他们匆匆走向森林的当口，她用手电筒在田野中来来回回地照着。

　　"要是下场雪肯定会有帮助。"她气喘吁吁地说，广阔的田野中漆黑一片，地上只有烂泥和扎人的农作物碎屑，不见任何动物的足迹。

　　"找血迹。"埃斯维斯急躁地说，"红色的。"他补充道。好像如果没有这句额外的指导，她就会茫然无措似的。

　　伊瑟莉沉默不语，跌跌撞撞地跟他并肩前行，心中感到甚是羞辱。他是不是以为一大摊深红色血迹会在绵延数英亩①的田地里闪着刺眼的光，一抬眼就能看见？他只是扮演一个农夫和地主的角色，这并不意味着他的线索比她更多。男人啊！大多数男人只会干坐着耍嘴皮子，却把脏活儿累活儿全派给女人去做。

　　他们到达森林边上，伊瑟莉用手电筒在茂密的树木间来回扫射。在那里边搜寻猎物似乎毫无希望：一英亩之广的幽暗密林中，一束由电池催生的细细光柱，它的光线暗淡得几不可见。

　　然而，没过多久，她就在漆黑的枝丫间瞥见了一抹粉红，眨眼间它又杳无踪影。

　　"在那边。"她说。

---

① 英制面积单位，1英亩约等于0.4公顷。

"哪儿？"埃斯维斯问，他眯起眼睛的样子看起来十分怪异。

"相信我。"伊瑟莉说，同时体味着这一绝妙的发现：他的目光并不比她敏锐。

他们一起大步穿过树丛，伊瑟莉在前面带路。不一会儿，他们就听到除自己以外，其他动物踩断欧洲蕨的咔嚓声和沙沙声，紧接着，那个动物便出现在视野中。他们的目光穿过林地瞪着彼此：四束目光来自人类的大眼睛，两束来自野蛮动物的小眼睛。

"就一个啊，嗯？"埃斯维斯做了个鬼脸，用虚张声势的失望表情掩饰他的如释重负。

伊瑟莉气喘吁吁，尴尬地喘着粗气，心脏在胸腔里怦怦直跳。她真希望地里现在能长出一个树苗那么大的伊卡帕图亚按钮，她可以使劲按下去，使针头从泥土里钻出来。她忽然意识到，她并不知道埃斯维斯究竟想让她怎么做。

那个沃迪塞尔蹒跚着停下，怔怔地站在手电筒的光圈里，浑身赤裸，抖抖索索，显得有气无力。随着它呼哧呼哧地喘息，几团明亮的水蒸气升腾起来，环绕着它的脑袋。它从温暖的围栏里跑出来，很不适应当前的环境，它的身上有上百道擦伤，伤口里渗出鲜血，皮肤被冻成了淡蓝色，真是个可怜虫。它就是典型的被圈养一个月后的那种样子，被剃光头发的脑袋瑟缩在大得不成比例的躯体上，看着跟小花骨朵似的。它那被剜空的阴囊在深色的橡子般的生殖器下耷拉着，宛如一片苍白的橡树叶。一股黑中带青的稀薄排泄物哗啦啦地落到它两腿之间的地上。它攥紧拳头，在空气中痉挛似的挥动。它的嘴巴张得很大，露出整个牙槽和残余的舌根。

"不——！"它呼喊道。

埃斯维斯一枪打中它的脑门儿。它向后飞去，撞到树干上，重重落地。就在这时，附近突然爆出一阵刺耳的咯咯声，埃斯维斯和伊瑟莉吓得跳将起来。两只野鸡从躲藏处冲了出来。

"嗯，搞定一个。"埃斯维斯多此一举地咕哝道，大步走上前去。

伊瑟莉帮他把尸体从地上抬起来。她抓住它的脚踝，双手立刻被鲜血和冻僵的碎肉弄得湿滑，很难抓牢。阿姆利斯·维斯放走这个可怜的动物对它并没有什么好处。

就在他们准备搬走尸体、寻思着如何抓握关节部位才能最合理地平衡它的重量时，埃斯维斯和伊瑟莉同时得出一个结论：留给他们的时间不多了。地平线上渗出一抹霜白色的暗淡晨光，向上朝着青紫色的天空弥漫。

他们把这具沃迪塞尔尸体扔在灌木丛下，以便稍后来取，然后急匆匆地穿过田野，回到路虎车旁。埃斯维斯几乎没等伊瑟莉在副驾驶座上坐定，就发动了汽车，引擎发出一阵可怕的噗噗声，一股呛人的汽油味随之传来。他似乎对车速很不满意，迟迟没有松开换挡杆，一直让车子保持全速行驶。

他们再次开车在阿布拉赫农场周围搜寻了一圈，公路和农场的两条车道上仍然和上次一样空空如也。现在已经可以清晰地看到多诺赫湾以外的山脉的轮廓，令他们担忧的是，在通向泰恩的路上有灯光闪烁，看起来像是另一辆汽车。在返回农场的路上，薄雾笼罩的开阔海面上开始有曙光从黑暗中透射而出。

"它们要是已经跑到峡湾了可怎么办？"路虎车再次挂着空挡停在农场主楼前时，伊瑟莉问道。

"那边根本无处可逃，"埃斯维斯轻蔑地反驳道，"它们能去哪儿？跳进海里游到挪威吗？"

"但跑到那边之前，它们不会知道那儿是海。"

"咱们最后再去那边搜寻。沿着马路找到的可能性更大。"

"假如其中一个沃迪塞尔淹死了，它可能会被冲到任何地方。"

"是的，但它们但凡有点儿脑子，也不会往海边跑。"

伊瑟莉把手搁在大腿上，攥紧拳头，努力克制自己的怒气。突然间，她注意到某种异样的声音，便皱起眉头，试图在马达的嗡嗡声中听出些什么。

"把引擎先关一下吧。"她说。埃斯维斯照办了：他的手先是在方向盘周围不知所措地晃了一会儿，好像他不熟悉方向盘的样子似的。随后，汽车震动几下，安静下来。

"仔细听。"伊瑟莉低声说。

冷冽的空气中传来慌张行进的低沉声音，虽然遥远，但她不会听错：那是好几个大型野兽一齐奔跑的声音。

"基尼斯附近的田地。"埃斯维斯说。

"是兔子坡。"伊瑟莉在同一瞬间确认道。

他们迅速驱车前往，看到两个沃迪塞尔正在试图爬出西边的田地，逃离身后那一大群喷着鼻息、蹬着蹄子的公牛。

那两个沃迪塞尔的眼睛里充满了恐惧。尽管带刺铁丝网只高及腰部，但它们的腿已被冻僵，而且伤痕累累，再加上在围栏里被圈养一个月增长了大量的脂肪和肌肉，使腿的负担过重，所以它们的双腿根本没法从冰冷的地面上抬起太高。它俩看上去像是趴在铁丝网上毫无条理地做着健美操，或者在做芭蕾舞正式开跳前的热身运动。

它们发现路虎车停下来，便呆呆地站住了。然而，看到埃斯维斯那张满脸胡须的陌生脸庞从司机侧的车窗里探出来时，它们却激动万分，一边挥手一边大声嚎叫。牛群被车头灯吓了一跳，此时已经一溜儿小跑钻进了昏晦之中。

伊瑟莉率先下车，两个沃迪塞尔立刻停止嚎叫。其中一个东倒西歪地往田地里跑，另一个弯腰捡起一个土块，朝伊瑟莉直直地丢过去。然而，它的胳膊和胸部聚积了太多的脂肪和肌肉，手臂摆动受到严重阻碍，显得滑稽可笑，土块噗的一声无力地落到水泥路面上。

埃斯维斯先是瞄准并射杀了逃跑的那个，紧接着打死了另一个。他精湛的枪法显然弥补了车技的不足。

伊瑟莉爬进田里找到尸体。她将最近的那具尸体拖到铁丝网旁边，把它的四肢抬起搭在铁丝网上，好让埃斯维斯有地方可抓。这具尸体是掷土块的那个沃迪塞尔的，它的胸膛和手臂上都刺满了醒目的文身。把尸体抬到铁丝网上递给埃斯维斯时，她想起一个关于这些文身的奇妙细节——这个沃迪塞尔曾经告诉她，它的文身是在西雅图做的，出自一个"他妈的天才"之手。伊瑟莉被"西雅图"这个词给迷住了。她当时心想，这个词可真美好，此刻她再次想到，依然觉得很美好。

尽管他们尽了最大的努力，但沃迪塞尔背部的肉还是被铁丝网刮得稀巴烂，他们一边用力一边哼唧，力图将它从带刺的铁丝网上抬下来，并尽量减少对皮肉的伤害。在此期间，血液一直从被子弹轰烂的头部汩汩涌出，洒到水泥路面上，它血肉模糊的破碎下巴像半脱的铰链一般松垮垮地悬荡着。

"他们会清理干净的。"埃斯维斯坚忍地咕哝道。

另一个沃迪塞尔要轻一些，伊瑟莉在用力把它的尸体举过铁丝网、避开尖刺的过程中险些伤到自己。

"别犯傻，"埃斯维斯说，"你可能会后悔。"但他也暗暗使劲，不愿在一个女人面前丢脸。

把这两具沃迪塞尔尸体安稳地放到路虎后座上之后，伊瑟莉和埃斯维斯才互相看了一眼，一同放声大笑起来。二人万万没有想到，找回这些动物居然是一项如此肮脏的活计。他们的衣服和胳膊上都沾满了由牛粪、鲜血和泥土混杂而成的黏稠胶状物，啪嗒啪嗒地滴到地上，甚至连脸上都沾有这种污迹，看起来就像军人的迷彩涂料。

"搞定三个了。"埃斯维斯说着为伊瑟莉打开副驾驶侧的车门，动作中多了一丝敬意。

他们又绕着农场转了一圈，路上依旧一无所获。一切看上去都与刚才迥然不同，因为在阿布拉赫靠近海岸一边的某处，在悬崖下面无法看见的地方，太阳正从海平面上冉冉升起。随着时间一分一秒地流逝，黑暗逐渐消散，显露出一片终将变得晴朗温暖的天空，仿佛是在邀请其他司机也尽早上路。羊群和牛群一整夜都在不停移动，在漆黑夜幕下难以计数，而且几不可见，此时也开始渐渐显形。甚至远在四分之一英里以外的有些动物都能看清。

最后一个沃迪塞尔也很容易被发现，只要它能在恰当的时间出现在恰当的地方。

开车回到阿布拉赫农场的小路上，埃斯维斯遥望田野之外，注意到峡湾那边有一艘渔船正在向岸边漂来。他羞愧地握紧方向盘，伊瑟莉猜测，此刻他的脑海中正浮现出与她之前想象的一模一样的画面：一个赤裸的两足生物站在岸边，疯狂地挥手。

"也许你现在应该去海边散步了。"埃斯维斯尴尬地打趣道，试图对自己的让步表现得满不在乎。当然，他态度上的大转变实际上并不像表面上那么谦恭——假如她在峡湾那边什么都没发现，他还可以假装自己这样建议好像只是放任她浪费了宝贵的时间而已。

"不用，"伊瑟莉说，"我有种直觉。咱们再转一圈吧。"

"随你。"他十分窝火地嘟囔道。看来，如果明天的报纸头条是渔民发现怪物，就得算她的错了。

他们沉默无言地开车翻过兔子坡。汽车在水泥路上来回行驶的过程中，轮胎上沾染的血迹中混入了泥土，还有一部分被蹭到了轮胎缝隙里，使血红色被稀释了一些。不过之后仍需好好清洗一番。

假如还有之后的话。

在进出阿布拉赫农场的两条车道之间的公路上，伊瑟莉身体前倾，背部袭来一阵痛彻心扉的刺痛感，疼得她汗流浃背。

"在那儿！"他们刚翻过山顶，向山下的交叉路口俯冲时，伊瑟莉喊道。

事实上，不用多么敏锐的观察力也能发现目标。交叉路口毫无遮蔽，那个沃迪塞尔就站在十字形的正中心。它那肥硕的肉体在朝阳的映照下泛着金蓝色的光，仿若一个旅游景点里展示的花哨的玻璃纤维工艺品。听到有车辆从后面驶来，它直挺挺地转过身，抬起一只胳膊，侧身指着泰恩方向。

伊瑟莉在座位上满怀期待地猛然站起，但令她难以置信的是，驶到路口时，埃斯维斯并没有停车，而是径直向前开去，沿着农田边界向波特马霍默克村驶去。

"你在干什么？"伊瑟莉尖叫道。

埃斯维斯猛然畏缩了一下，好像她在死命抓挠他，或者试图把方向盘从他手中夺过去。

"泰恩方向有车头灯的灯光。"他低声咆哮道。

伊瑟莉试图回头去看，但路口已经过去，而泰恩方向的道路已被树木掩蔽。

"我没看见什么车头灯。"她反驳道。

"就在那边。"

"老天啊，有多远？"

"很近！很近！"埃斯维斯喊道，同时用一只手猛砸方向盘，汽车立即急转弯，让他们虚惊一场。

"行了，别再往前开了，"伊瑟莉压低嗓音厉声道，"拐回去看看！"

埃斯维斯把车停在佩特利农场边上，做了一个三点转向①，但他执行的却足足有六个点甚至更多。伊瑟莉无助且狂躁地坐在副驾驶座上，无法相信刚刚发生的一切。

---

① 司机在狭窄场所转弯掉头的方法，先向前，再后退，然后再前进。

"快点儿！"她抱怨道，攥紧拳头撑着下巴，双拳不住地颤抖。

但埃斯维斯似乎突然谨慎起来，慢悠悠、小心翼翼地朝路口驶去，还未到达便停下车，把车子藏在树木后面。透过枝叶，他们能清楚地看到那个沃迪塞尔，它仍然带着期盼的神情直挺挺地站在柏油路上。任何方向都不见其他车辆的踪影。

"刚才绝对有辆车驶来，"埃斯维斯坚持道，表情严肃得学究味十足，"就在复活节农场附近。"

"它也许拐进了复活节农场，"伊瑟莉暗示道，尽量不尖声叫嚷，"那里边有沃迪塞尔居住，你知道的。"

"即便如此，仍然很有可能——"

"看在老天爷的分儿上，埃斯维斯，"伊瑟莉高声嚷道，"你怎么回事？它就近在眼前。咱们赶紧过去吧！"

"我们怎么把它弄进车里？"

"开枪打死它。"

"现在可是白天，这还是个十字路口。随时可能有车过来。"

"那就趁着还没车过来，抓紧打死它。"

"只要有人看到我们朝它开枪，或者把它扔进车里，我们就完蛋了。哪怕地上留一摊血也后患无穷。"

"要是它搭上别的车，咱们也得完蛋。"

他们在这个荒唐的僵局中僵持了好几秒钟，与此同时，阳光穿过脏兮兮的挡风玻璃照在他们身上，两人的身上开始蒸腾出一股几乎无法忍受的屎臭味。随后，埃斯维斯发动汽车，车子猝然起步，驶到了十字路口。

那个沃迪塞尔蹒跚着向前走了几步，迎接他们的到来。它抬起一只胳膊，再次指向泰恩方向，并攥起肿胀的手，吃力地竖起有点儿发蓝的大拇指。近距离观察，他们可以看出它双脚血肉模糊，目光呆滞地竭力站稳，身体不由自主地左摇右晃，看样子快要被冻死了。

不过，看到一辆汽车缓缓停下时，它的眼里又闪现出一丝智慧的微光。它驱动嘴巴微微抽动，两片嘴唇被冻得僵硬，并且由于过度肥胖而难以做出任何表情，但仍能看出它是在试图微笑。

埃斯维斯把手伸向后座，摸索着已经滑落到车厢地板上的猎枪。在此期间，那个沃迪塞尔朝车子蹒跚走近。

"别用猎枪了。"伊瑟莉说着向后转身，打开一扇后车门。

沃迪塞尔低下脑袋，一头扎进车里，重重地落到后座上，精疲力竭地瘫软在那里。伊瑟莉弯起一根手指用力拉上车门。

"第四个拿下。"她说。

刚开回农场建筑跟前，埃斯维斯还没来得及冲着对讲机说出自己的名字，铝门就开了。随着门缝越开越大，四个男人推搡着探出鼻子，焦急地用脚刨着混凝土地面。

"找到它们了吗？找到它们了吗？"他们喊道。

"找到了，找到了。"埃斯维斯疲惫不堪地低声吼道，并指了指路虎车。

男人们一拥而出，来到明亮的屋外帮助卸货，他们呵出的气体液化为一道白色雾气。埃斯维斯和伊瑟莉没跟他们一起走，而是继续站在门口，像是在挡住溜达到这里的闯入者的视线。毕竟，这栋建筑里正停着一艘外来货船，它可不是那种能被误认为是拖拉机的东西。

伊瑟莉看着他们猛地扯开路虎的侧门，最后找到的沃迪塞尔那肿胀的、血淋淋的双腿扑通一声耷拉下来，像两条巨大的鲑鱼。她移开目光。飞船棚的墙壁在阳光下白得刺眼，里面钨丝灯发出的黄光因此显得愈加昏暗微弱。

埃斯维斯的身子突然微微一弓，仿佛肩膀里的某个部位松脱了，他倚靠在建筑外墙上，扶在骷髅头标志下的毛茸茸的手颤抖不止。

"我回家了。"他叹着气说。

伊瑟莉看着他缩头弓身的样子，不知道他所谓的"回家"到底是回哪里。但埃斯维斯指的显然是他的农舍。他拖着脚步向它走去。

"你的车怎么办？"伊瑟莉冲他喊道。

"我回头会过来开走。"他咕哝道，头也不回。

"如果你愿意，我可以帮你开回去。"她提议道。

他举起一只手，又颓然落下，依然没有停住脚步，也没有回头。伊瑟莉分不清这个手势代表的究竟是感谢还是回绝。

路虎车旁边传来一句用她的母语发出的震惊咒骂：那几个男人发现了塞在车后座上那两具血肉模糊、沾满粪便的尸体。伊瑟莉对他们的疑虑置之不理。她和埃斯维斯已经尽力把这些动物完好地带回来了，他们还想怎么着？

为了不再听到男人们的抱怨，也为了避免帮他们把尸体抬进去，她便溜进农场主楼里，想去找出引发这场麻烦的元凶：阿姆利斯·维斯。

谷仓里回响着她的脚步声，这里空空荡荡，只有屋顶天窗的正下方停着一艘巨大的黑色椭圆体运输船。就连平常象征性地散乱丢在这里，以备应付政府检查的农具也被收走了，这都是为了能畅通无阻地往船上装货。假如一切顺利，每个月的这个时候，那些男人都会忙着把货物装到船上，但伊瑟莉能察觉到他们今天一点儿货也没装。

飞船棚的一角矗立着一个巨大的钢筒，高七英尺，直径至少五英尺，上面装饰的一头牛和一只羊的浮雕图案已经生锈褪色，侧面向外伸出一个黄铜水龙头。伊瑟莉扭动把手，钢筒向上打开，一条肉眼不可见的缝隙像眼皮睁开一样分开，平稳地越张越大。

她走了进去，金属盖合上，电梯将她送往地下。

到达负一层时，电梯门自动滑开，这是工人们的厨房和娱乐厅。这儿天花板低矮，灯光刺眼，颇像高速公路服务站，看上去非常碍眼，原因在于设计者只在乎实用功能。这儿总是弥漫着一股油炸土豆、不洗澡的男人们的汗臭以及穆桑塔酱的味道。

里面没人，伊瑟莉便继续下降。她希望阿姆利斯·维斯没有躲在最深的一层，那是屠宰和加工的场所。她从来没去过那里，现在也不愿意看到里面的情形。那绝非患有幽闭恐惧症的人该去的地方。

电梯再次停下，这层是男人们的生活区，现在一想，她觉得这是阿姆利斯·维斯最可能出现的地方。伊瑟莉只来过这里一次，那还是她刚到阿布拉赫农场的时候。此后，她再也找不到理由踏足这个挤满了男人的黏湿发霉的地底洞窟：这地方让她想起了伊斯特德。不过，她现在有理由了。当金属电梯门打开时，伊瑟莉已经绷紧浑身肌肉，为一场即将到来的愤怒对峙做好了准备。

首先映入眼帘的便是阿姆利斯·维斯本人，他的位置离电梯出奇地近，把伊瑟莉吓了一跳。她没想到他能离得这么近，近得就像他准备跟她一起步入电梯似的。但他只是一动不动地站在那里。事实上，一切似乎都保持着完全静止的样子：时间好像一下子就停滞了，伊瑟莉刚把嘴张开，准备对他大骂一通，但张开的嘴唇却惊得无法合拢。

他是她见过的最美的男人。

亲眼见到这位名人，伊瑟莉很是紧张，一种莫名的熟悉感扑面而来，但同时她也对他感到极其陌生，就好像她从未见过他一样。她朦胧记忆中从媒体上看到的照片连他半分的魅力都没有传达出来。

像伊瑟莉所属种族中的所有人（当然，伊瑟莉和埃斯维斯除外）一样，他赤身裸体，四肢着地，他的四肢长度完全相同，且都同样灵活。他还有一条能卷握东西的长尾巴，如果需要腾出前肢，他可以把尾巴当成另一条肢体，与两条后肢组成一副三脚架来保持平衡。他的胸膛往前逐渐收窄，优美地缩为一条修长的脖颈，脖子末端安放着他那奖杯似的脑袋。头上有三个向外凸出的器官：两个又长又尖的耳朵、一个狐狸似的鼻子。他的大眼睛呈完美的圆形，长在面孔正前部。他的脸上也覆着柔软的毛皮，就跟他身体的其他部位一样。

如果仅是这样，那么他只不过是个通常意义上的普通人，与站在他身后、紧张地看着他的那些工人并无二致。

但他确乎与众不同。

首先，他高得离谱，他的头与她的胸部平齐，如果他也做过她那样的外科手术，让自己能够直立行走，那么他必定会比她高出许多。一定是财富和特权使他不必如伊斯特德男性——就像此时守卫在他身后的那个男人——那样，普遍发育不良。他像个巨人，但很苗条，看上去并不壮硕或笨拙。他的毛发颜色异常丰富（时常有小道消息说那并非天生的）：背部、肩部和侧腹是深褐色，面部和腿部是纯黑色，胸部是纯白色。他的皮毛也极富光泽，特别是他的胸部，那里毛发最浓密，甚至显得有点儿蓬乱。他的肌肉颇为精瘦，刚好能够支撑他庞大的骨架。他的肩胛骨在绸缎般光滑的毛皮下明显突出。但是，最引人注目的是他的脸：在与伊瑟莉共事的男人里，没有一个人脸上不长有粗毛、秃斑、色斑和难看的疤痕。而阿姆利斯·维斯从耳尖到喉部的优雅弧面上长满了毫无瑕疵的黑色软毛，仿佛是一个追求完美的工匠用黑色麂皮精心制作的绒面革。在这片完美的黑色深处，镶嵌着他那黄褐色的眼睛，像亮莹莹的琥珀一般光芒闪烁。他深吸一口气，准备开口说话。

这时，电梯门忽然合拢滑落，仿佛为这道奇景拉上了窗帘。直到现在，伊瑟莉才意识到，电梯门开着的那几秒钟里，她甚至忘了走出电梯。时间一到，电梯门自动关闭，将阿姆利斯挡在了外面。电梯轿厢轻轻震动起来。

电梯继续下降，朝着加工大厅和沃迪塞尔围栏那一层而去——伊瑟莉最不想去的就是那里。她暴躁地用手掌拼命拍打上升按钮。

电梯停下来，电梯门抽动了一下，像是要打开，但刚打开一两厘米的小缝，轿厢便突然一晃，向地面升去。只有一股阴湿发臭的动物气味钻了进来，除此以外，再无其他。

上到男人们生活区那一层，电梯门再次打开。

阿姆利斯·维斯已经从电梯门口稍稍退后，往守卫他的那个工人身边更靠近了一些。他仍然是那么美，但他适才从她眼前消失的那一会儿，让伊瑟莉有时间重新燃起自己的怒火。不管他长得好看与否，维斯都要对他幼稚的捣乱行径负责，就因为他的幼稚，今天她的身心才受尽煎熬。他的出现吓了她一跳，仅此而已，这算不上什么。她早已预料到他除了做出顽劣愚蠢的行径之外，其他什么都不会。只不过他是个名人，所以她必须适应他的愚顽。

"哦，很好，我还以为你打算跟我们对着干呢。"阿姆利斯·维斯说。他的声音既温情又悦耳，而且极有上流社会范儿。这句话令伊瑟莉心中满是愤恨，气得浑身发抖，她暗下决心，要坚决将这种愤怒贯彻到底。

"少跟我扯俏皮话，维斯先生。"她说着走出电梯，"我已经累得够呛了。"

她故意把尖锐的目光转向另一个她迟迟没有认出是谁的男人，这时终于认了出来，那人原来是恩斯，这儿的工程师。

"你觉得呢，恩斯？"她说，很高兴能在向他发问之前及时想起他的名字，"现在把维斯先生送回地面，安全吗？"

恩斯是个经验丰富的老手，皮肤黝黑，样貌奇丑，他为难地龇着沾满污渍的牙齿，与阿姆利斯飞快地交换了一下眼神。很明显，在伊瑟莉和埃斯维斯追捕外逃的沃迪塞尔期间，这两个人有充足的时间交谈，并且对于这场人为造成的"追捕—逃亡"的荒唐行为感到暗爽。

"呃……是啊，"恩斯做了个鬼脸，"反正他现在也没什么事做，对不对？"

"我觉得维斯先生应该回地面上去，"伊瑟莉说，"瞧瞧那些男人抬进来的东西。"

她直勾勾地盯着阿姆利斯·维斯，同时旋转手臂，伸到身后，按下召唤电梯的按钮。没想到这么做的时候如此疼痛，她疼得面部肌肉微微抽搐，而且她能看出来，他也看到了她脸部的抽搐——他妈的。她很少有机会用到她天生的多关节肢体，总是小心翼翼地用沃迪塞尔那种铰链般的粗鲁肢体来移动，她的肌肉因这个动作而有些发僵。他不是很想知道她的身体能做什么、不能做什么吗？那就给他看吧！

电梯到了，阿姆利斯·维斯乖乖走了进去。他骨骼和肌肉的摆动在柔软的毛皮下隐约可见，丝毫没有大摇大摆的派头，而是像个优雅的舞者。他很可能是双性恋，就像所有的有钱人和名人一样。

阿姆利斯·维斯注意到电梯轿厢容纳不下三个人，他便看了看伊瑟莉。但她明确表示让他和恩斯先走，她稍后就上去。她试图从自己的姿态中传达出一种厌恶感，仿佛阿姆利斯·维斯是某种大型动物，唯恐他会弄脏有洁癖的她，虽然她现在看上去很狼狈，但那只是因为她太累了，根本没力气把自己弄干净。

电梯刚一上升，她就感到很不舒服，好像大地向她沉沉压来，她吸入的是一种氧气被耗光的污浊空气。不过，她已经料到会有这种感觉，她告诉自己再坚持一下。每次下到地底对她来说都像是一场噩梦，尤其是像当前这样的地方，你得退化成更低等的生命形态才不至于发疯。

"快点儿啊。"她低声说着，无比渴望重见天日。

等到他们所有人——伊瑟莉、阿姆利斯·维斯和五个农场工人——齐聚农场主楼地上一层的飞船棚时，一幅冷峻的超现实主义景象已经展现在了他们眼前。那几个沃迪塞尔已被抬了进来。首先看到的是那个还活着的，然后是那三具血淋淋的尸体。事实上，活着的那个也已经没了气息：在把它抬进来的路上，恩塞尔给它注射了小剂量的伊卡帕图亚，但不幸的是，它那负担过度的心脏似乎连这么点儿剂量也承受不住，最终停止了跳动。

尸体在主楼的水泥地面正中央摆成一排。最完整的那具尸体的腿上仍有血液渗出并黏结成块；被爆头的那几具尸体的头部基本上已经不流血了。四具尸体全都皮肤苍白，因为结了冰霜而寒光闪闪，看起来就像用蜡油制成的巨大雕像，从毛茸茸的蜡烛芯往下不匀称地熔化了。

伊瑟莉看着它们，然后看了看阿姆利斯·维斯，紧接着又看了看那些尸体，像是在他和尸体之间画出一条直线，以便指引他注意力的方向。

"怎么样？"她质问道，"为你的行径感到骄傲吗？"

阿姆利斯·维斯盯着她，同时龇牙咧嘴，对此表示怜悯和嫌恶。

"你知道吗，你这么问很奇怪，"他说，"打爆这些可怜动物脑袋的又不是我。"

"你不妨认为罪魁祸首就是你。"伊瑟莉厉声说。这时，恩斯在她身后不合时宜地哼了一声，她立刻恼怒不已。

"你说是就是吧。"阿姆利斯·维斯说。面对精神错乱的搭车客时，她也会用这种语气（如果称不上口音）来敷衍。

伊瑟莉怒不可遏，气得僵在那里。这该死的上流阶层浑蛋！他表现得好像压根儿不需要为自己的行为辩护一样。真是典型的富家子弟，典型的娇生惯养的贵公子。不管他们做出何等出格的事，都无须为之辩护，不是吗？

"你为什么这么做？"她毫不客气地问。

"我不赞成杀害动物，"他用低沉的声音说，"仅此而已。"

伊瑟莉对此感到不可思议，瞠目结舌地瞪了他一会儿，然后勃然大怒，指了指沃迪塞尔死尸的脚趾，示意他仔细看看：在他们面前的混凝土地面上，四十个肿胀的脚趾参差错落地排成一排。

"看到这些部位了吗？"她一边怒气冲冲地说，一边用手指着其中损伤最严重的脚趾，"看到脚趾泛灰糜烂的样子了吗？这个被称为'冻伤'，因为天太冷，这些部位的肉全都坏了，维斯先生。只要跑出去，这些生物必死无疑。"

阿姆利斯·维斯局促不安起来，显得很是尴尬，这是他认怂的征兆。

"这简直让人难以置信，"他皱起眉头，"外面毕竟是它们的世界。"

"外面？"伊瑟莉大吼道，"你在开玩笑吗？这个——"她用手指戳了戳那些被冻伤的脚趾，无意间在其中一个脚趾上又划开一道口子，"——对你而言，难道这看上去像是它们刚刚在属于自己的世界中奔跑过的样子吗？难道这看上去像是它们刚才一直在外面……嬉戏的样子吗？"

阿姆利斯·维斯正欲开口说话，但他转念一想，决定作罢。他叹了口气，这么做的时候，胸前的白毛也随之延展开来。

"看来我惹你生气了，"他正色道，"非常生气。但奇怪的是，我并不认为这些动物所受的伤害是我导致的。我的意思是，你们本来很快也要杀死它们，不是吗？"

所有男人和维斯一起询问似的看向伊瑟莉，眼神中透出残忍的凶光，但他们对此毫无意识。伊瑟莉沉默不语，攥紧拳头。她忽然想起她为什么永远都不该攥紧拳头了：每次攥拳，她两只手的第六根手指被切除的部位都会疼痛难耐。而这又反过来提醒她，她与隔着几具尸体、围成半圆形站在她对面的那些人还有很多其他的不同之处。她本能地感到有些不自在，挺直的身体突然松懈下来，仿佛要四肢着地支撑身体，但她并没有那么做，而是将双臂交叠在了胸前。

"在维斯先生乘船回去之前，我建议你们还是让他少惹麻烦为好。"她冷冷地说，不知道在向谁发号施令。然后，她一步一步缓缓地走出飞船棚，每走一步都痛苦不已，但她竭力保持着自己的尊严。

剩下的人默默地站了一会儿。

"她喜欢你，"最后恩斯对阿姆利斯·维斯说，"我看得出来。"

6//

在大风肆虐的A9公路上行驶一小时，开出四十英里后，伊瑟莉困得睡眼惺忪，这时，她眯着眼睛抬起头，看到一块巨大的电子交通标志牌，上面写着"疲劳驾驶会出人命，停车休息一下吧"。这明显是一块"试验性"的标志牌，牌子下缘写着一个电话号码，希望司机能打过去对试验效果发表意见。

在去因弗内斯的路上，伊瑟莉已经从这块标志牌下面经过了数百次，她每次都在想，它有一天会不会显示某些重要的交通信息，比如，通报司机前方出现了交通事故或严重堵车，或者实时播报科索克大桥上的恶劣天气状况。但是，那上面从未显示过任何此类信息，只有关于注意车速、注意礼让、切勿疲劳驾驶之类的陈词滥调。

今天经过时，她对着标志牌上的那行建议苦涩地笑了笑。它说得没错：她的确很累，而且应该停车休息一下。被一台没有灵魂的机器如此提醒，在某种程度上来说很是滑稽，但这也让人更容易服从。如果建议来自她的人类同伴，她向来不愿意听从。

她把车停在路旁停车处，熄掉引擎。灼热的阳光直刺她的眼睛，她打算把车窗调暗，但想了想还是作罢，以防自己睡过去，最后被警察敲打她那不透明的琥珀色车窗的砰砰声给唤醒。这种情况还没有发生过，但假如真的发生，那将是她的末日。警察要求查看的东西里，有一些她很可能根本就不具备，其中就包括一双沃迪塞尔那般大小的眼睛，而藏在她那副又大又厚的镜片后面的双眼并不是那样。

伊瑟莉的眼睛现在很酸痛，这是由于睡眠不足和隔着厚镜片长时间紧张地观察外面导致的。她眨了眨眼，紧接着又眨了眨，眨得越来越慢，直到眼皮彻底合上。她只想让眼睛休息一小会儿，然后她会掉头往北开，好好睡一觉。不是去农场，而是找个别的地方。农场里此时可能又骚乱起来了，因为阿姆利斯·维斯那个白痴还没走。

她知道有个地儿，下了主路，在前往巴林托尔的B9166支路旁某处，有一座中世纪修道院的遗迹，她有时会把车停在那里打个盹儿。尽管那是一处公开的旅游景点，但她从未见过沃迪塞尔去那里，因为它的宣传标牌距离景点太远，也过于稀少，没法吸引过往司机的注意。那里正是她理想的休憩之地，伊瑟莉可是几乎一宿没睡，还不得不在黎明前花了好几小时追捕逃跑的沃迪塞尔。

伊瑟莉将脑袋和一只胳膊埋进搁在方向盘上的靠垫里，幻想着自己已经来到费恩修道院，很快就睡着了。

她先是梦见了修道院那没有屋顶的残垣断壁，仿佛她正睡在里面，头顶上是蔚蓝的天空和条纹状的卷云。但紧接着，像以往经常会发生的那样，她跌进更深层的梦境，仿佛陷进并穿透齑粉似的地壳，最后坠入伊斯特德那地狱般的地底世界。

"你们肯定搞错了，"当监工带领她朝着用夯实的铝土建成的迷宫更深处走去时，她对他说道，"我在高层认识有权势的朋友。他们要是知道我被送来这里，绝对会暴跳如雷。他们现在肯定还在想办法帮我把工作重新定级。"

"很好，很好。"监工一边拽着她往更深处走去，一边喃喃道，"现在，我会告诉你，你的工作是什么。"

他们来到黑黢黢的工厂最深处，那里有一个混凝土大坑，坑壁是一圈光滑的斜坡，坑内填满了糜烂植物所形成的发光稠浆。巨大的根和块茎在蛋白色的浆液里慵懒地翻转，肥厚的叶子像搁浅的魔鬼鱼一般，在银光闪闪的液面上猛烈抖动，气泡剧烈翻腾，一股股蓝色气体冲破表面张力的束缚，从气泡中喷薄而出。在这个急骤翻滚的大坑周围和上方那令人窒息的空气里，绿色蒸汽裹挟着泥炭藓颗粒疯狂地打着旋儿。

伊瑟莉忍住强烈的反感，凑近去瞧，发现数百根像工业用的软管一样粗厚的管子，它们垂挂在坑壁四周的边缘上，往下没过几米，就消失在黏稠似胶的黑暗之中。其中一根管子正在被一台难辨轮廓的机械装置卷起，那根垂直的、亮闪闪的管子长得根本看不到头儿，说明这个大坑简直深不可测。过了一段时间，在管子末端出现一件膨大的潜水衣，它通过一条人工脐带与管子相连，整个儿浸泡在漆黑的稠浆里。潜水员的手套里还攥着一把铲子似的工具，他正笨拙地滑到混凝土坑壁边缘，挣扎着往上攀爬。

"这里，"监工解释说，"就是我们给上面的人制造氧气的地方。"

伊瑟莉尖叫着惊醒过来。

她发现自己正坐在一辆车里,汽车停在一条公路边,而这条公路则匍匐在一片陌生而遥远的土地上,向前后两方无限延伸。车窗外的天空是蓝色的、透明的,仿佛高得没有尽头。数百万计、数十亿计,甚至数万亿计的树木正在没有人为干涉的情况下制造氧气。一轮初升的太阳照耀着大地,看样子,她只眯了几分钟。

伊瑟莉伸了个懒腰,三百六十度旋转着纤细的手臂,同时有些痛苦地哼唧一声。她仍然疲惫不堪,但刚才的噩梦让她暂且不想继续睡觉,而且她觉得她应该不会再在开车时打瞌睡了。她得投入到工作中去了,等到日落时分再来评估自己是何感觉。她昨天本想把货物交付给老板的儿子,即那位尊贵的访客,以获得他的啧啧称赞,并因此感到压力倍增,而现在,那股压力显然已经全然消失。很明显,带一个沃迪塞尔回家不可能讨得阿姆利斯·维斯的欢心,她也不可能用任何她希望的方式打动他。然而,撇开那个来访的怪人不谈,她确实很想完成今天定下的预期目标。

伊瑟莉继续驱车往南开,刚过了因弗内斯,她就看到一个大块头搭车客手举着一块写着"格拉斯哥"的硬纸板牌。

出于习惯,也是出于对工作程序的遵循,她从他身边径直驶过,但她毫不怀疑自己会在第二次驶近时就让他上车:他身体魁梧健壮,而且正值壮年。任由这样一个猎物站在那里而不将其拿下,简直就是罪过。

她把车停在他附近。尽管他块头很大，但他跑过来的动作却相当灵活，这总是一个好兆头，醉酒或残疾的沃迪塞尔走起路来只会跌跌撞撞。

　　"最远把你送到皮特洛赫里行吗？"她说，从他那憨厚的、急欲取悦她的表情来看，伊瑟莉知道这项提议足够让他满意了。

　　"太好了！"他激动地说，然后跳进车里。

　　他有一张肉嘟嘟的大脸，有点儿像圈养了一个月的沃迪塞尔，满头的金发打着紧密的小卷。不过他的卷发很稀疏，皮肤粗糙且斑点累累，仿佛这个沃迪塞尔的脑袋在其生命的某个阶段被丢失在了海里，然后被冲上岸边，饱经风吹日晒，多年以后终于与身体重聚。

　　"我叫戴夫。"他冲她伸出一只手，她便不情愿地伸出一只手让他握住。当他按到她原来长着第六根手指的位置时，她竭力忍住疼痛，不让自己皱眉蹙额。搭车客如此介绍自己是很少见的，她迟迟想不出应该如何回应。

　　"我叫露易丝。"她过了好一会儿才回道。

　　"很高兴认识你。"他喜笑颜开，急忙给自己系上安全带，仿佛他们马上要进行一场专业车手的刺激活动，比如，即将驾驶赛车突破音障，或者在多岩石的地形上试驾吉普车。

　　"你看起来心情不错嘛。"伊瑟莉一边将车驶离路缘，一边观察他。

　　"一点儿没错，姑娘。我高兴得很咧。"戴夫证实了她的判断。

　　"是跟你要去格拉斯哥办的事有关吗？"她追问道。

　　"又猜对了，姑娘。"他咧嘴一笑，"我弄到了一张约翰·马丁①巡回演唱会的门票。"

伊瑟莉在脑海中回想她晨练时在电视上看到过的明星，或者由于某些原因出现在晚间新闻里的艺人，但她不记得听说过"约翰·马丁"这个名字，所以他很可能并没有用意念弯曲勺子的超能力，也没有违反禁吸烟叶的法律。

"我不知道他。"她说。

"你绝对听过他的歌，"戴夫保证道，难以置信地皱起眉头，"《愿你永远不会》可太火了。"他突然毫无征兆地引吭高歌，"啊——愿——你永远不会低下你的头，永远不会孤身一人……这你没听过？"

伊瑟莉被惊吓得猛打方向盘，汽车急急转向马路中央，她慌忙把车子拐回车道。

"那《翻山越岭》呢？"戴夫又问，他用一只肌肉发达的手在胸前做出扫弦的动作，另一只手拨弄着看不见的吉他琴颈，然后唱道，"我一直牵挂我的孩子，一直牵挂我的妻子；对生活牵肠挂肚的男人，只有一个地方可去；我要回家，嘿嘿嘿，翻山越岭！"

"你很担心你的妻子吗，戴夫？"伊瑟莉平静地问，眼睛始终紧盯着路况。

"是啊，我担心她会发现我去哪里，哈哈哈哈。"

"你们有孩子吗？"她知道这么问很鲁莽，但她感觉今天没有那个心情浪费时间。

---

① 约翰·马丁（1948—2009），英国民谣歌手。

"没有孩子，姑娘。"戴夫说，他的语气突然冷静下来，并将双手搁在了大腿上。

伊瑟莉搞不清她是否越界了。她便闭上嘴巴，挺起胸脯，继续往前开。

真可惜啊，戴夫心想，这个叫露易丝的姑娘只能把他送到皮特洛赫里。照这个速度，他会比预期的时间早四个小时到达格拉斯哥，多出来的时间，搞一搞这个妞儿也是个不错的选择。倒不是说他性别歧视，只不过她说话直爽，容易到手的女孩说话都是这种风格，而且她还让他搭车了，可别忘了，咱们得承认，像他这样的大块头，女人很少会愿意搭载他。她的胸脯很丰满，眼睛甚至比希妮德·奥康娜①的还要大，头发也很好看，虽然确实有点儿乱，像拖把一样往前奔拉，他都没法从侧面看到她的脸。也许女人说"今天真不顺②"就是这个意思。也许他应该谈谈"不顺的日子"方面的话题，让她知道他对这种事情的见解。女人喜欢能跨越两性间不可逾越的鸿沟，表现得很理解她们的男人，这可以让她们心甘情愿张开双腿，他早就发现这一招屡试不爽了。

或许在去往皮特洛赫里的路上，他们之间会发生点儿什么呢！毕竟，亲热的时候床并不是必需品。露易丝可以把车停在路侧停车带，让他领教一下她的真本事。

---

① 希妮德·奥康娜，1966年出生，爱尔兰摇滚女歌手。
② 此处为双关语，原文"bad hair day"的字面意思是"头发糟糕的日子"，意指"倒霉的一天""很不顺利的一天"。

痴心妄想，痴心妄想啊，戴夫。真实的情况会是这样：到达皮特洛赫里时，她会把他放在路边，然后闪闪尾灯以示告别，驾车离去。故事到此结束。

但重要的是，他终于能看到约翰·马丁了啊。

试图跟一个女人发生性关系这种事，在以后回想起来时总是会觉得有点儿尴尬，但一场精彩绝伦的演唱会却能让人回味无穷。

还是想想这个吧：这女孩的车里都有什么风格的音乐？在他膝盖正上方即是车载卡带播放机。在到达皮特洛赫里之前，他有足够的时间听二十世纪九十年代的老歌了。

"你有磁带吗，姑娘？"他指着播放机说。伊瑟莉瞥了一眼那条金属狭缝，努力回想多年前刚买下这辆车的时候，那里面是不是有东西。

"是的，里面应该有一盘。"她回道，同时依稀记起她在熟悉仪表板上的控制按钮时，还被突然响起的刺耳音乐声吓了一跳。

"太好了，那就播放呗。"他边催促边拍打大腿，仿佛马上就要开始敲起鼓点了。

"你来弄吧，"伊瑟莉说，"我开车不方便。"

她感觉他在注视着自己，对她的小心翼翼表示不敢相信。但不断地有车辆超过她的车，她紧张得根本不敢低头看播放机。坐在埃斯维斯那个疯子的车里高速行驶、四处转悠时，她全程惊恐万分，此刻完全没心情让自己的车速超过每小时四十五英里。

戴夫按下播放机按钮，音乐立时传了出来。起初，伊瑟莉松了一口气，因为他总算如愿以偿地听到了音乐。但她很快就感觉到有点儿不太对劲，于是集中注意力倾听着。音乐似乎每隔几秒钟就闷闷的，像是穿过水的屏障传出来似的。

"哦，天哪，"她烦躁地说，"是不是我的机器出故障了？"

"不是，是磁带的问题，姑娘。"他说，"它失去弹性了。"

"哦，天哪。"伊瑟莉重复道。身后那辆车的司机因为她拒绝超过前面那辆观光巴士而懊恼地狂按喇叭，她眉头紧锁，专心开车，"需不需要把它……呃……扔掉？"

"不用！"戴夫向她保证道，乐呵呵地摆弄着卡带播放机的按钮，弄出一阵令她难以忍受的哔哔声，"只需往前转几圈，再往后倒几圈就行。保准管用。你看着吧。人们一觉得磁带坏了就扔掉。其实没必要扔。"

他忙活了几分钟，鼓捣着卡带播放机，然后重新按下播放按钮。扬声器里随即传来歌声，像电视机里的一样清晰刺耳。一个带点儿鼻音的男声正在高歌，歌词大意是彻夜开着卡车，把他和那个叫作"心痛"的小镇之间的距离拉开了一百英里。欢快的唱腔中还透着一丝忧郁。

伊瑟莉确信戴夫现在肯定感到很满意，但事实并非如此，他的脸上流露出困惑的神情。

"啊，我得说，露易丝，"过了一会儿，他说道，"你居然听西部乡村音乐，这可太有趣了。"

"有趣？"

"怎么说呢……对女人来说很不寻常，至少对年轻姑娘来说是这样，你知道吧？你是我见过的第一个车里放着西部乡村音乐磁带的年轻姑娘。"

"你本来觉得我会听什么类型的音乐？"伊瑟莉问。（有些稍大的加油站也卖磁带，或许她可以在那里买到"正确"的磁带。）

"噢，舞曲之类的。"他耸耸肩，有节奏地挥动着拳头，"Eternal乐队、Dubstar乐队、M Pipple，或者比约克、Pulp乐队、Portishead乐队①……"最后的三个名字在伊瑟莉听来就像三种动物饲料的牌子。

"我想我的口味有点儿怪吧，"她承认道，"你觉得我会喜欢约翰·马丁吗？他的歌好听吗？你能给我形容一下吗？"

她的问题使搭车客的脸上绽放出一种既平静又高度聚精会神的容光，仿佛他一生都在努力准备，只为迎来这关键的一刻，而他也知道自己完全有能力应对这一挑战。

"他光是用回音器和脚控踏板就能做出很多种东西，你知道吧？都是原声的，但听起来像是插电的，甚至非常空灵。"

"嗯。"伊瑟莉说。

"前一秒他还柔声弹奏着原声吉他，下一秒突然就哐当当！咣咣咣咣咣咣咣！简直燃到没边儿了！"

"嗯，"伊瑟莉说，"听起来……很厉害的样子。"

"他不光演奏乐器，还开口唱歌呢！那家伙唱起歌来，就跟全世界只剩他一个人似的！那就像……"戴夫又唱了起来，他含混不

---

① 均为20世纪90年代较为流行的乐队和歌手。

清地开着花腔，同时大声咆哮，这使他听起来像是酩酊大醉一样。多年以来，伊瑟莉一直坚持着不搭载醉得一塌糊涂的搭车客的原则，以免她还未掌握足够的信息来判断是否应该对他使用伊卡帕图亚时，他就已经昏睡过去。如果戴夫刚才用这段离奇的表演跟她打招呼，她决不会让他上车。好在他的声音又恢复了正常："他其实是故意这么唱的，就像爵士乐一样，你知道吧？"

"嗯，"她说，"所以，约翰·马丁的演唱会你肯定看过很多场了吧？"

"噢，这些年总共看过六七场吧。但他嗜酒如命，你知道吧？像他那样的家伙，你都不知道他哪天突然就翘辫子了。到时候你只能自我安慰说，我本来可以去看约翰·马丁的演唱会的，但他已经死了，再也没机会了！到那时候我还能怎么办呢，嗯？我就只能看电视了！"

"你大部分时间用来干这个吗，戴夫？"

"没错，姑娘。一点儿没错。"他郑重地承认道。

"白天也是吗？"

"白天不是，姑娘，"他哈哈大笑，"白天我得工作。"

伊瑟莉思考着这句话，大失所望。她原本有种强烈的预感，以为他是无业游民呢。

"这么说，"她决定追问下去，希望能打探出他在工作中出勤率低的消息，"你今天是请假去看演唱会的喽？"

他用有点儿同情的眼神看着她。

"今天是周六，姑娘。"他语气温柔地告诉她。

伊瑟莉皱了皱眉。"当然，当然。"她说。她确信，这一切在某种程度上都是阿姆利斯·维斯的错。他那愚蠢的捣乱行径除了让她今天无法集中精神以外，没有取得任何效果。

"你还好吗，露易丝？"坐在她旁边的沃迪塞尔问道，"心情不好吗？"

她点点头。"工作太辛苦了。"她叹息着说。

"啊，我猜也是。"他同情地说，"好啦，打起精神来：别忘了，现在可是周末呀，你可以休息！"

伊瑟莉笑了笑。她确实可以在周末好好休息，他也可以随便利用他自己的周末。他的同事们肯定以为下周一还能再看到他，但是，假如到时他没有现身，他们也会以为他在从格拉斯哥回去的路上遇到了麻烦。她终究还是会把他拿下。他真的太令人满意了。

"话说回来，你到格拉斯哥之后住哪儿呢？"她说，她的手指悬在伊卡帕图亚按钮的上方，如果他像大多数人那样说"住哥们儿家"或者"住酒店里"，她就会按下按钮。

"住我老妈家。"他立即回道。

"你老妈家？"

"我老妈家，"他确认道，"她人超棒。她骨子里就是那种喜欢狂欢聚会的人。要不是天太冷，她保准跟我一起去看约翰·马丁的演唱会。"

"真好啊。"伊瑟莉说，手指一蜷，从伊卡帕图亚按钮旁移开，重新抓住疙疙瘩瘩的方向盘。

在余下的路程中，他们几乎没有对话。那盘西部乡村音乐磁带播放完了，戴夫又将它翻转过来，把另一面的歌也听完了。那个既欢快又忧郁的歌手真假音来回切换，一刻不停地吟唱关于甜蜜的回忆、漫长的公路和错失的机会之类的歌词。

"你知道吗，我觉得我已经对这种音乐不感冒了。"伊瑟莉最后对戴夫说，"几年前我还挺喜欢的，但现在我打算听点儿别的。也许我下次会买几张约翰·马丁的专辑听听。"

"非常好。"他鼓励地说。

到达皮特洛赫里后，她把他放在路边，然后闪闪尾灯，驾车离去。

五分钟后，当她从马路对面驶过时，他仍然站在原地，举着那块写着"格拉斯哥"的硬纸板牌。如果他看见了她（她几乎可以肯定他看见了），他一定会纳闷儿，他刚才是不是哪里说错话了。

下午两点时，太阳已经没入石板灰色的云海深处：看样子还要下雪。如果雪下得早一些，那么天色应该很快就会黑下来，而不是要再等一个半小时。在这样的天气里，只有精神严重错乱或走投无路的沃迪塞尔才敢冒险出来搭车。伊瑟莉觉得她今天已经没有精力对付精神严重错乱的家伙，也没有那个运气碰到走投无路的搭车客。现实地讲，只要第一片雪花落下，她今天就可以收工了。

然后呢？然后她能去哪里？要是还有其他选择，她绝对不想回阿布拉赫农场。她想去一个更清静的地方，在那里，没人会对她进行监视或无端猜忌。她想去一个只有自己知道的地方。

也许她可以试试在费恩修道院睡一觉——睡一整宿，不是打个盹儿。一张床真有那么重要吗？她完全可以不睡床，而是像正常人那样睡一个晚上！就让恩塞尔和他的密友们绞尽脑汁地琢磨她到底出了什么事吧，在此期间，她要躺在星空下呼呼大睡，丝毫不会受到干扰。

她知道这个想法很蠢。她的脊椎不允许她这么做。当你的脊柱被截掉一半，并在剩下的那一半里插上金属钉时，你就休想躺在坚硬的地面上舒服地蜷成一团。但是，若想端正地坐在汽车方向盘后面，就必须付出这个代价。

再次驱车北行时，伊瑟莉开启了自动驾驶功能，她自己则密切留意路边是否有搭车客，或是望向远方，寻找马里湾上的海豹身影。然而，她眼前却浮现出一幅更加生动的画面：她在农场里的那张柔软的床。这是她幻想出来的场景。她多么渴望现在能躺在床上啊！像往常一样呈X形四肢大张，让身体尽情舒展，把背部承受的重担移交给床垫，那种感觉简直美妙极了。那张旧床经过几代沃迪塞尔的使用，现在的弹性可谓恰到好处：下凹的程度足以使她的脊椎放松并微微弯曲，但又不至于让里面的金属钉刺入肌腱——她开车时，一旦在方向盘上弓身弧度过大，金属钉就会毫不留情地刺痛她。真悲惨，但钉子就在那里，她也毫无办法。

她希望那些男人不要总是在她刚回到农场时就急匆匆地跑出主楼，不管她有没有带回沃迪塞尔。这个愚蠢的习惯到底是怎么养成的？他们就不能等一等，直到她给他们发出某种特定信号再过来吗？为什么她不能不被人注意地开进农场，溜进她的小屋，然后上床睡觉？有没有合理的理由来解释为什么她从来没有被赋予"靠近农场时可以关闭警报系统"的权力？"每当她回到农场总是能引得男人们大惊小怪围上来"是不是某个人想出来的馊主意，好让她感到压力，从而每次出车都全力而为？谁会琢磨这种鬼点子？不管是谁，都去他的吧。这很可能是老维斯为了让他的工人们乖乖听话而使的小把戏。他可能和他儿子一样变态且疯狂，只是侧重的方向不同……

忽然，随着一下剧烈得令人作呕的颠簸，她发现自己置身于一个怪异且骇人的紧急情况中，仿佛穿越了时空一般：电子喇叭声在她周围尖叫，她迷失在一片黑暗之中，不知身在何处，被催眠了似的看着一道耀眼的光圈迅速逼近，不断扩大。她感觉不到自己在移动，好像她是一个行人，仰望着一颗陨石或燃烧弹向自己直直坠来。她怔在那里，等待死亡的火焰将她烧成灰烬。

第一辆车从她身边呼啸而过，一声巨响，后视镜被撞碎，玻璃碎片像雨点般倾泻而来，直到这一刻，伊瑟莉才意识到自己在哪里，以及到底发生了什么。尽管被刚才的车灯晃得眼花缭乱，但她还是逆时针打着方向盘，其他汽车连忙转向避让，紧贴着她的车子与她擦身而过，激起一阵旋风，呼呼地击打着她的车门一侧。

然后，危险骤然消失，就像发生时一样突然，伊瑟莉的车重回正确的车道，与其他车辆一起行驶在这条光线昏暗的马路上，井然有序地朝瑟索方向奔去。

一有机会，伊瑟莉就把车开进路侧停车带停下，就这么在车里静坐了一会儿，吓得瑟瑟发抖、满身冷汗。这时，夜幕降临，雪花悄无声息地飘落。

她没死，但一想到她刚才很有可能会被撞死，她就全然不知所措。人的生命太脆弱了，只要稍不留神、稍微偏离正确的方向，就有可能立刻殒命。活着不是理所当然的事情，它取决于你的注意力是否足够集中，你是否足够幸运。

这种事会促使你思考。

这是她自上公路起，离死亡最近的一次事故，甚至连她刚学会开车、紧张万分地上路的那段日子也包括在内。应该怪谁呢？伊瑟莉毫不怀疑：这次也该怪阿姆利斯·维斯。她已经开了四年的车，在此期间从未发生过任何事故。她肯定是全世界最谨慎的司机，那么，与以往相比，今天的变数是什么呢？阿姆利斯·维斯，他就是那个变数。他和他那幼稚的破坏行径差一点儿就把她送进了鬼门关。

他来这里到底他妈的要干吗？他连沃迪塞尔和他自个儿的屁股都分不清！是谁让他上那艘货船的？老维斯难道不知道他儿子是个大祸害吗？他很可能会给农场带来惨重损失，难道就没有任何人能管得了他？

伊瑟莉花了好几分钟才冷静下来，这才意识到自己已经狂乱到了极点。确切地说，是她的头脑变得狂乱至极。即使现在意识到了这一点，她仍然难以理性地思考。整整一天，非理性情绪的浪潮一波接一波地向她涌来，誓要将她淹没。她必须强迫自己忖量一下更迫切、更现实的需要。对阿姆利斯·维斯的愤怒，对恩塞尔和他那些蠢货密友的无端猜疑——等到安全驶离公路后再消化这些情绪吧。（但是，她转念一想：维斯抨击她的时候，竟没有一个男人站出来为她辩护，这难道不让人震惊吗？毫无疑问，这都是他妈的因为他们是男人——或者，还有更深层次的原因吗？）算了，先不想这些了，检查油表要紧。

汽车油箱快见底了。她得想办法解决这个问题。

此外，她现在又想到，她肚子里的"燃料"早在几小时前就已经耗干了：她饿得饥肠辘辘，马上就要晕倒了！天哪，她有多久没进食了？上次吃饭还是昨天早上！而且，她昨夜几乎一宿没睡，今天从破晓之前就跟个疯子似的东奔西跑。

说实话，她不得不面对这样一个事实：打从她今天开车上路的那一刻起，就为后来的事故埋下了祸根。

伊瑟莉筋疲力尽、头昏眼花地在基尔达里村的唐尼汽车修理厂停下，给车加油。她希望自己也能如此轻易地买到身体所需的食物。在许多司机正排着长队等待付款之际，她偷偷摸摸溜进店里，渴望地注视着惨白荧光灯照射下的货架上的零食。就她所知，那些食物没有一种适合人类食用。

但是，其中肯定有她可以吃的。关键在于她能不能做出正确的选择。这并不容易。上次她大着胆子吃下专为沃迪塞尔制作的食物，结果在床上躺了整整三天。

在犹豫不决的当口，她在店里环视了一圈，想看看有没有约翰·马丁或其他名字像动物饲料牌子的音乐家的磁带，正好是五英镑或十英镑的价格。但这里一盘磁带也没有。

于是她又回想起吃下沃迪塞尔食物的不幸经历：也许她之前的错误在于，她选择了一些看上去与烘烤成棒状的塞尔利达皮一模一样的食物。也许这次她可以不根据外观，而根据包装上所写的配料来选择食物。事实上，她确实应该找机会挑选一些食物。即便是吃下不合适的食物导致生病，也肯定比她在饿肚子的情况下长期不进食要强得多。

排队付款的司机们已尽数离去：她必须立刻去付汽油钱，否则很可能会引起注意。她从一个小金属笼子里取出一包薯片，费了好大的劲儿才看清那反光的包装上用微小文字写着的成分表。它似乎不包含任何奇异的成分，只有马铃薯、油和盐。农场里的男人们经常在食堂里吃一种炸马铃薯片，看着跟包装里这种非常相似，尽管农场里是用另一种油来炸制的。

伊瑟莉匆匆计算了一下价格，选择了三包薯片、一个装着巧克力的礼盒和一份《罗斯郡日报》，加起来正好是五英镑。她递给柜台后面那个百无聊赖的年轻沃迪塞尔两张纸钞，然后急匆匆地回到车上。

十五分钟后，伊瑟莉把车停在另一处路侧停车带内，让发动机隆隆地空转，她趴在引擎盖上，用手掌的拇指一侧刮掉松软地积在挡风玻璃上的雪。三包炸焦的薯片下肚，她感到格外口渴。她捧起一团雪，感激地吸进嘴里。她的嘴唇毫无知觉——这个部位向来没有知觉——但冰雪入口即化，口腔和喉咙内柔软的肉一触到那如天堂般美味的纯净之水，就感到分外兴奋。

吞下足够的雪后，她便回到驾驶座上。

在离家仅有十英里的地方，她看到一个搭车客孤零零地站在黑暗中，比画着手势。她从他身边径直驶过。

在把他抛在身后、驱车爬上一道山坡的当口，她心想，这次还是算了吧。

但紧接着，仿佛她大脑中负责成像的化学物质被激活了，他的形象开始渐渐清晰起来。他的身材确实相当不错。不管怎样，都值得再去看一眼。反正现在才下午五点钟，要是在夏天，这会儿还是大白天呢。这个时间，很多没有精神错乱的沃迪塞尔也可能会出来搭便车。她决不能对他这般不屑。

伊瑟莉折了回去，掉头的时候小心翼翼、稳稳当当。没有车辆冲她按喇叭或闪起警示灯。在其他司机看来，她就是一个再普通不过的司机而已。而在她内心深处，她的疲惫感也比先前轻了许多，看来那几包食物对她还是有好处的。

当她从公路对面经过那个搭车客时，车头灯的光圈从他身上一扫而过，他看起来闷闷不乐，但没有攻击性。他并未携带标牌，在这种天气下穿得或许有点儿单薄，但也无可厚非。他毕竟还戴着一副皮手套，皮夹克的拉链一直拉到脖子上。雪花落在他黑色的头发、胡子和肩膀上，闪闪烁烁。按照苏格兰标准，他身材高大，而且非常强壮。在这短促一瞥中，伊瑟莉觉得他的表情中透出一种快要冲破他忍耐限度的不耐烦的神色，像是如果没有司机马上停车捎上他，他就会放弃搭便车的打算。

于是，她再次掉头，原路返回，在他身边停下车。

她将副驾驶侧的车窗摇下一半，他把脸凑了过去。

"这种天气出门可真不走运。"她谨慎地说，希望这话能激起他的兴致，解释出门的原因。

"我参加了一场求职面试。"他回道，融化的雪水从胡子上滴落下来，"结束的时间比他们说的晚。本来一小时后有一趟公交车，但我想试试运气，看能不能搭到便车。"

她打开车门，把副驾驶座上空着的薯片包装袋拂下去。

"谢谢。"他说，脸上毫无笑意，只是发出一声深沉的低叹，想必是在表达感激之情。他脱下手套，系上安全带。他的一双大手上各有一只燕子文身，随着他系安全带的动作，燕子在拇指和食指之间的掌纹中翩然飞舞。

在汽车驶离路缘的过程中，伊瑟莉突然想起一件事。

"今天可是星期六啊。"她说。

"是啊。"他承认道，"这次面试不是职业介绍所之类的机构组织的，而是私人安排的。"他盯着她看了片刻，似乎是在评估她是否值得信任，然后补充说："我还跟他们说我把车停在了附近。"

"找份工作可太难了，"伊瑟莉安慰道，"有时候你必须耍点儿花招才能拿下。"

他并未回应，仿佛不愿意一下子失掉太多自尊。不过，过了一会儿，他又开口道："其实，我真的有一辆车。但是得缴纳公路税了，还得做旧车性能检测①。这些就得花费好几个星期的工资。"

"那你觉得刚才面试你的那些人会把工作给你吗？"伊瑟莉说着朝那些被抛在后面的神秘面试官扬扬头。

他立刻苦涩地回道："纯属浪费时间。他们只是做做样子，压根儿没想招人。你明白我的意思吧？"

---

① 英国对超过三年的机动车进行的强制性检测。

"是的，我明白。"伊瑟莉说，在座位上坐得更直了。

搭车客观察着他的大救星，心中不为所动。现在的女人为什么总喜欢把乳沟露出来？他心想。你在电视上经常能看到她们这样，像伦敦那些女孩，总是打扮得油头粉面，去夜店的时候穿着黑色背心，那布料少得甚至遮不住一条腊肠犬。假如她们不得不在野外生存，肯定会小命不保，这是他对此唯一的评价。难怪军队不愿意招女兵。你会把自己的性命托付给一个在冰天雪地里露出大半个胸脯的人吗？

天哪，这女孩就不能开快一点儿吗？现在这车速不比走路快多少。他真该建议他们交换座位，他能让这辆车以当前速度的两倍行驶，即便这是辆蹩脚的日本货。哦，要是还能开上他在二十世纪八十年代买过的那辆沃尔斯利该有多好啊！他仍然记得握住变速杆的感觉。球头上的皮革手感真棒啊，像猪皮一样柔软，很可能就是猪皮。那辆沃尔斯利现在在哪儿呢？也许某个拥有手机的白痴大款正开着呢，也许它已经被撞坏了。不是谁都能驾驭得了沃尔斯利的。

今天压根儿就不该出门去见那些浑球。他们都来自典型的双工薪家庭，一副娘娘腔的样子，就喜欢在人前显摆自己优渥的生活。他们炫耀着自己装有声控灯的豪宅，家里有各种各样的咖啡，每个房间都有电脑，枫木书架上摆满了该死的《风水与园艺》和《性爱圣经》之类的书籍，还养了一条纯种萨摩耶犬，虽然他们对养狗一窍不通。

"别咬那块上等的羊皮地毯啊，亲爱的。"天哪，要是换作他，他肯定会把地毯从狗嘴里拽出来，然后狠狠收拾它一顿，让它知道家里的规矩。

也许开办一家犬类训练营就能解决这个问题。只不过，你得努力说服那些笨蛋他们需要矫正爱犬的举止，这可比说服他们花大价钱雇一个园丁还要难。现在全都是这种雅皮士①。曾几何时，他跟贵族们打交道就没遇到过这样的麻烦。因为他们明白一分钱一分货的道理，而且，他们知道怎么把狗调教好。

那些好日子啊，就这么过去了。这种日子还会回来吗？不可能了。放眼望去，正儿八经的贵族阶级全都没落了。没准儿下一个被赶下宝座的就是女王本人。千禧年之后，各种各样的奇葩层出不穷：既有身穿大号西装、脸上长满粉刺的男同性恋，也有蠢兮兮、露出大半个胸脯的外国女人。

每小时四十五英里！我的天哪，简直慢到家了！

他双臂交叠放在胸前，陷入了沉默。伊瑟莉偷偷瞥了一眼这位搭车客，试图搞清楚他到底在想什么。他看起来和她一年前载过的一个搭车客几乎一模一样，从阿尔内斯到阿维莫尔的一路上，那家伙一刻不停地谈论着英国地方自卫队方面的话题。事实上，有那么一会儿，她确信他就是去年那个搭车客，但随后她想起来这是不可能的：他最后告诉她，他一心只想着地方自卫队的事，结果导致婚姻破裂，这才认识到谁是他真正的朋友，没过一会儿，她就把伊卡帕图亚的针头刺进了那个沃迪塞尔的皮肉里。

她当然知道这些生物从根本上讲是完全一样的。几个星期的集中

---

① 一般指都市里的"唯美"男士，他们受过高等教育，在事业上十分成功，只关心赚钱，追求舒适的生活。

圈养和标准化喂食之后，这一点就变得再明显不过了。但是，当它们穿上衣服，把头发设计成各种奇怪的样式，吃着被扭曲成怪异形状的奇怪食物时，它们每个看上去都与众不同，这种差异性如此之大，甚至有时会让她觉得以前在什么地方见过它们，给她一种它们也是人类的感觉。不论那个来自地方自卫队的沃迪塞尔经历过什么而最终变成了那副样子，身边这个一定有过类似的遭遇。

他留着浓密的胡子，修剪得与他那两片红色大嘴唇的唇线严格平行。他的眼睛布满血丝，写满了长久强忍着的痛苦，仿佛唯有排山倒海般的复仇加上全世界的领袖卑躬屈膝的道歉，才有希望消除这种痛苦。他中分的头发向后梳，像是被冲洗掉颜料的画笔，发际线下面的前额紧蹙，线条分明的皱纹宛如雕刻出来的一般。他肌肉发达，但腰部有一圈赘肉。浅黄褐色皮夹克的皮子已经开始一片片剥落，牛仔裤的裤兜也被钥匙和钱包坚硬的边角磨破了，支棱出轻软的毛边。

伊瑟莉很想冲口而出，直接问他地方自卫队的事，但她发现很难开口，便把话咽了回去。她再次怪罪到阿姆利斯·维斯头上。他那副道貌岸然的姿态和虚伪的正义感让她恼火至极，以至于如果在另一个生物身上发现了一丝这方面的苗头，她都会感到难以容忍。她真想趁他还没开口来烦她，就探查出这个愚蠢的沃迪塞尔最感兴趣的话题的引线，然后粗暴地拉扯出来。

她十分渴望给他注射一针伊卡帕图亚，结束这场狩猎游戏，她知道这是一个非常糟糕的迹象。这表明她极有可能会粗心大意，做出愚蠢的行为，也许与阿姆利斯·维斯那种人对她的期望没有太大差别。为了保持职业操守和个人自尊，她决不能堕落到他那种地步。

所以，她决定挑起话头。"跟我说说，"她欢快地说，"你今天面试的是什么工作啊？"

"我目前在做一些庭园设计的活儿，就是凑合着过渡一下。"他回答说，"我的本职工作，怎么说呢，就暂且搁置吧。"

"那你的本职工作究竟是什么呢？"

"培育品种狗。"

"狗？"

"纯种狗。主要是视觉猎犬和嗅觉猎犬，不过从……前几年开始吧，也开始培育獒犬和小猎犬。但都是crème-de-la-crème[①]的那种。你明白我的意思吗？全是能在赛事中拿奖的。"

"好厉害啊，"伊瑟莉说，终于决定把前臂向前下方弯垂，"我猜你肯定把狗卖给过名人和有权势的人吧？"

"蒂吉·莱格-伯克[②]就从我这里买过一条，"搭车客证实道，"肯特郡的迈克尔公主也买过一条。很多娱乐圈的人都有，像是头脑简单乐队[③]的米克·麦克尼尔，还有威猛乐队[④]的一个家伙，他们都人手一条。"

伊瑟莉不知道这些人是谁。她看电视只是为了学习当地语言，以及查看是否有警察调查搭车客失踪的案件。

"辛辛苦苦把狗训练好然后送走，你心里一定很难受吧。"她评论道，已然对他失去了兴趣，但她尽量不让这种情绪表现出来，

---

① 法语，最棒的。
② 前英国王室保姆。
③ 苏格兰知名摇滚乐队。
④ 英国知名男子乐队。

"它们会对你产生依恋，对不对？"

"那倒不会，"他反驳道，"训练它们然后送给别人，这就是我的本职工作。从一个主人家到另一个主人家，对狗来说没有任何问题。狗是牲畜，它们需要的是主人，而不是什么亲密伙伴——呃，反正不是两条腿的伙伴。人们对狗太感情用事了，其实他们对狗一无所知。"

"我在这方面也是一窍不通呢。"伊瑟莉承认道，同时心想，她是不是错过了问他想在哪里下车的恰当时机。

"对狗来说啊，"搭车客当即兴奋起来，"你首先应该让它认识到的一点就是，你是它的主人。但前提是你得提醒它谁是老大，用狗群首领的方式。在狗群中，不存在慈眉善目的老大，你明白我的意思吗？就拿我那条母牧羊犬格蒂来说吧，它要是胆敢在我的床上睡觉，我就会走过去，一把把它推下去，让它砰的一声掉到地板上。就像这样。"他抬起那双大手，猛然前推，不小心按开了手套箱的扣环，箱盖一下子弹开，一团毛茸茸的东西掉出来，滚落到他的大腿之间。

"天哪，这是什么？"他咕哝道。幸好他自己把那顶假发捡了起来，免得伊瑟莉把手伸到他的裤裆处摸索着去拿。她不安地把目光从路上移开片刻，抓住那团假发，轻轻地夺到自己手中，然后扔到黑漆漆的后座上。

"没什么，"她说着从被塞得满满当当的手套箱里取出巧克力礼盒，接着啪的一声合上箱盖，"随便吃。"

她为自己能一边开车一边应付这么多挑战而感到自豪，不禁笑了起来。

"你刚才说到哪儿了？"在他笨手笨脚地撕掉巧克力包装纸的当儿，她问道，"你把你的狗推下床……"

"是啊，"他回道，"那是为了提醒它，床是我的地盘。你明白我的意思吧？对狗就得这么强硬。主人要是个软蛋，那狗也不会快乐，这时它就会开始撕咬地毯、在沙发上撒尿、偷吃桌上的东西，就跟小孩一样，极度渴望受到一点儿管教。没有所谓的恶犬，一只狗变成恶犬没有别的原因，就是因为主人无能。"

"你好像很懂狗啊，你一定是个很棒的饲养员。那你现在为什么干起景观设计的活儿来了？"

"九十年代初，养狗业一下子跌入了谷底，就是因为这个。"他的语气突然变得闷闷不乐。

"是什么导致的呢？"

"布鲁塞尔甘蓝①。"他阴郁地说。

"噢。"伊瑟莉说。她想竭力找出狗和那种绿色的小球状蔬菜之间的联系。她几乎可以肯定，狗是彻彻底底的肉食动物。也许这个饲养员会喂他的狗吃甘蓝。如果是这样，难怪他的生意最后失败了。

"法国佬和德国佬，那些下等佬②。"他刻薄地解释道。

"噢。"伊瑟莉说。

---

① 产自比利时布鲁塞尔的球状甘蓝类蔬菜。
② 原文为"Frogs, Sprouts, Clogs and Krauts"。"Frogs"和"Krauts"分别是英国人对法国人和德国人的蔑称。"Sprouts"有布鲁塞尔甘蓝的意思，也有其他侮辱性意思。"Clogs"在方言里指工人阶级。根据语境，上文中可能是伊瑟莉将搭车客口中的侮辱性话语误解为布鲁塞尔甘蓝。

她现在觉得，她确实应该听从自己在夜幕降临前的那番疑虑：只有精神错乱的沃迪塞尔才会在天黑后搭便车。但没关系，距离通往海滨村庄的岔路口仅有几分钟的车程，到时候她就可以摆脱这个家伙了，当然，除非他要前往她的居所附近。她希望不是这样。糟糕的感觉再次袭来，疲惫和无以名状的痛苦像毒药般在她体内剧烈涌动。

"那些浑蛋躲在离这个该死的国家很远的地方——请原谅我说了粗话——对我们妄加裁断，"养狗者气势汹汹地说，同时把手指捅进包装里，笨拙地挑选着巧克力，"关键是他们对我们的情况他妈的一点儿也不了解。你明白我的意思吗？"

"嗯，我马上就要往我住的方向拐了。"她说着皱起眉头，脑袋左摇右摆，在黑暗中寻找熟悉的B9175支路指示牌。

他立刻变得忧心忡忡，仿佛这则消息来得过于突然，令他一时难以接受。

"我的天哪！"他呻吟道，"你压根儿就没有听我说。一帮从你那边来的外国佬彻底毁掉了我的生活，你明白吗？有一年，我在银行里有八万英镑存款，有一辆沃尔斯利车，有一个老婆，还养了很多狗，多到我都管不过来。结果五年后，这一切都化为乌有！我在博纳布里奇一个人住在该死的预制房屋里，后院里那辆该死的福特蒙迪欧都锈得不成样子了！而我还在谋求一份该死的园丁的活计！这样的生活有什么意义，嗯？你告诉我！"

转向灯开始嘀嗒作响，在昏暗的车厢内闪闪烁烁。伊瑟莉放慢车速，准备转弯，从残存的后视镜中检查后面的路况。然后，她转身面对着他，巨大的双眼与他那双呆滞的小眼睛四目相对。

"毫无意义。"她安慰道,然后按下伊卡帕图亚的按钮。

回到农场后,恩塞尔像往常一样第一个走出农场建筑,带着一种近乎荒唐的热切心情奔向汽车。他的两个同伴还只能在灯光中隐约看见轮廓,他们慢吞吞地跟在后面,仿佛在向恩塞尔的某种例行特权鞠躬致意。

"希望你别再这样了。"当恩塞尔把他的长鼻子从副驾驶侧的车窗探进来,欣赏着那个被麻痹的沃迪塞尔时,伊瑟莉生气地说道。

"哪样?"他眨巴着眼睛反问道。

伊瑟莉俯身越过养狗者的大腿,打开副驾驶侧的车门。

"急匆匆跑出来看我有什么收获。"她咕哝道,脊柱上传来一阵刺痛,令她眼前一黑。车门打开,沃迪塞尔的身体瘫倒在恩塞尔的怀里。其他男人围过来一起帮他。

"要是我有所收获,"伊瑟莉坚持道,小心翼翼地直起身来,"能不能让我自己过去告诉你?或者,你也可以直接去我的小屋,而不是这么大张旗鼓?"

恩塞尔在沃迪塞尔的躯干上胡乱摸索,试图找到一个便于抓握的部位。令人震惊的是,他们刚把这个生物抬起来,它瘫软的沉重肉体就突然倾斜,将其牛皮外套的拉链给撑开了。

"但是,哪怕你一无所获,我们也不会介意。"恩塞尔用受伤的语气抗议道,"没人会责怪你。"

伊瑟莉紧握方向盘,忍住愤怒和疲惫的泪水。

"这跟我是否有收获没有关系,"她轻叹一声,"有时候我就是……太累了，仅此而已。我只想一个人待着。"

恩塞尔从车里退了出去，拽住他那头儿的沃迪塞尔的躯干，拖到等在一旁的手推车上。当他和两名同伴推着猎物朝建筑内的灯光走去时，他边用力边皱起眉头。不过，他皱眉或许也是因为对她刚才的那番抨击感到不快。

"我只是……我们只是想帮你一把，仅此而已。"他可怜兮兮地对她大喊道。

伊瑟莉把头伏在手臂上，重重地趴到方向盘上。

"哦，天哪。"她轻声呜咽道。在极端恶劣的天气里辛苦工作了一整天，又险些在路上命丧黄泉，现在还得应付其他人类那脆弱又复杂的情绪，她真的有些吃不消了。

"算了吧！"她大喊道，低头直视着脚边黑暗中的混乱景象，那里有油腻腻的脚踏板、脏兮兮的橡胶垫、皮手套和撒落的巧克力，"明天早晨再谈吧。"

当农场主楼的大门被关上，阿布拉赫农场再度恢复宁静时，伊瑟莉又开始哭了起来，泪水浸湿了眼镜，所以当她最后不得不摘下眼镜时，眼镜差点儿从指间滑落。

该死的男人，她心想。

伊瑟莉从黝黑的无底洞般的睡梦中挣扎着爬出来，睁开眼睛，发现天还黑着。漆黑的虚空中飘浮着微弱的光点，那是小闹钟的数字计时，此刻正不停地闪烁着0，0，0，0。看来得更换内置电源了。她早该预料到这一点，她心想，而不是……而不是什么？而不是把钱浪费在一盒她根本不打算吃的巧克力上。

她四肢缠结，瘫在床单上，心中感到困惑、迷惘和轻微的焦虑。虽然在黑暗中除了闪烁的闹钟数字，她什么也看不见，但她的脑海中却突然浮现出一幅清晰的画面，那是汽车内部地面的景象，是她坠入睡梦之前想到的最后一件事。下次开车上路前，她一定得记着把撒落的巧克力清理干净，否则它们准会被踩碎。她看到那个养狗者咬过一块。巧克力里有某种黏稠物质，会沾得哪里都是，而且过段时间肯定会变馊。

她最近的工作状态有点儿失常，她必须尽早恢复正常。

伊瑟莉不知道自己睡了多久，也不知道这个漫长冬夜究竟是刚刚开始，还是即将结束。她甚至有可能一口气睡过了阳光暗淡的短暂白昼，现在已经是夜幕降临的翌日下午了。

她试图通过身体的感觉来判断自己昏睡了多长时间。她热得就像一台温度过高的发动机，汗液从她身上那些仍能出汗的部位冒出来。这就意味着，假设她依然可以相信她的节律周期，那么，她睡的时间要么很短，要么很长。

她小心翼翼地伸展四肢，疼痛程度并不比平时更甚，不过，平时的那种疼痛已经很糟糕了。不管现在是什么时间，她必须起床去做锻炼了，否则她最终将完全站不起身，被彻底困在自己的骨骼和肌肉构筑的牢笼里。

随着瞳孔渐渐扩大，她终于看清了月光在卧室里勾勒出的一些细节。虽然卧室空空荡荡，但仍有许多细节在月光中显形：墙壁上的裂缝、剥落的油漆碎片、失灵的电灯开关，以及炉膛内关闭的电视机屏幕反射的珍珠般的暗淡白光。伊瑟莉感到口干舌燥，摸索着找到床边的水杯，但里面是空的。她将杯子举到嘴边，颠倒过来，杯口朝下，以确认是否真的没有水。确实如此。不要紧，她可以等。她很坚强，不会被基本的生理需求打败。

她坐起身，笨手笨脚地解开乱作一团的床单，跳下床垫，歪歪扭扭地落在地板上，险些侧身倒地。那根长长的金属钉刺进她的脊骨底部，亦即被截掉的位置，传来一阵剧痛。她又想用尾巴保持平衡，但失败了。她来回摇晃着身体找到新的重心，脚掌被汗液浸湿，紧贴着冰冷的地板，微微有些发黏。

她没法仅靠昏晦的月光来做锻炼。她不知道为什么非得看见自己的四肢才能锻炼它们，但她就是得这样。如果看不见，她就会感觉仿佛身处茫茫黑暗中，无法确定自己是什么生物。她需要确认原来的身体还有什么残存了下来。

也许电视不但能提供一些照明，还可以助她适应当前的困境。虚幻的云雾环绕在她的周围，就像伊斯特德地底深处那座制氧大坑上方疯狂盘旋的浊气——她又做那个噩梦了。

每次梦到那个大坑，能在阳光普照的安全世界中醒来，她总是深感安慰。就算醒来看不到阳光，能看到闹钟发出满怀希望的暗光，她也会感到安心。但即便这两样都没有，她照样会感到很庆幸。

伊瑟莉跌跌撞撞地走到壁炉前，打开电视。屏幕缓缓亮起，像是微风吹动下的余烬重新渐渐燃起。随后，一幅明亮的图像显现出来，犹如炉膛里生出的一簇迷幻火焰。与此同时，伊瑟莉做好准备，开始扭转躯体。

两个雄性沃迪塞尔身穿淡紫色紧身裤和饰有褶边的上衣，戴着像尼斯湖水怪玩偶一样怪异的绿色帽子，站在一个地洞旁边，洞内松散的泥土被接连抛出，就像一股股呼出的棕色气息。其中一个沃迪塞尔手里抓着一个白色小雕塑，正是阿布拉赫农场主楼门上的那个危险符号的三维实体。

"……现在却让蛆虫伴寝，"他用一种比格拉斯哥腔还要古怪的口音对雕塑说道，"他的下巴也脱掉了，一柄性感的未摘除卵巢可以在他头上敲来敲去。①"

---

① 出自英国作家莎士比亚的戏剧《哈姆雷特》，最后一句应该为：一柄工役的锄头可以在他头上敲来敲去（朱生豪译本）。因为伊瑟莉听错了一些台词，故而如此翻译。

伊瑟莉思忖了这句话好几秒钟，同时高抬右腿，哼哼着反复用力弯下僵硬的躯干。

电视镜头转入（啊呀，好疼！）地洞内部，里面有一个丑陋的老沃迪塞尔在挖土。他一边吃力地干活儿，一边用约翰·马丁那样含混不清的嗓音唱着歌。

"尿靴一只，切除卵巢，切除卵巢呀朋友，殓衾一方，哦，挖松泥土深深掘下……[①]"

这些词听起来都让人有点儿抑郁，所以伊瑟莉用脚指头换了个频道。

一大群沃迪塞尔正在一条用石头铺就的洒满阳光的宽阔街道上行进。队伍中的每个成员都被床单裹得严严实实，只在眼睛处留出一条窄缝。其中一个沃迪塞尔高举着一块标语牌，上面贴着一张放大的、模糊不清的报纸照片，照片里的生物和他们一样被床单严严实实地包裹着。一名记者说，现在全世界最关心的问题就是，这些妇女到底能走多远。

伊瑟莉盯着游行队伍看了一会儿，对这些沃迪塞尔能走多远很是好奇，但镜头并没有继续追踪，而是切换了一个完全不同的场景：一大群雄性沃迪塞尔挤在一座体育场里。他们中有许多跟养狗者外貌相像，有一些正扭作一团，冲彼此拳打脚踢，而警察则在试图把他们分开。

画面切换为一个沃迪塞尔的特写镜头，他的肌肉异常发达，把

---

① 同上页。原文应该为：锄头一柄，铁铲一把，殓衾一方掩面遮身；挖松泥土深深掘下……

那件五颜六色的足球衫撑得紧绷绷的。他用大拇指将上唇推到鼻子下，露出黄色牙齿上方那块蠕动不止的湿乎乎的粉红色软肉，上面印着一个单词：英国。然后，他把下唇拉到下巴处，露出另一个单词：斗牛犬①。

伊瑟莉又换了个频道。一个胸脯几乎跟伊瑟莉的一样硕大的雌性沃迪塞尔看见一个伊瑟莉从未见过的生物，便立刻双手捂脸，歇斯底里地尖叫起来。那生物像是一只巨大的昆虫，跟螃蟹似的挥舞着螯爪，却是用两条腿笨拙地行走。一个雄性沃迪塞尔跑进镜头，用一把塑料手枪状的东西射出的光柱射中了那只昆虫似的生物。

"我记得告诉过你，要跟其他人待在一起！"雄性沃迪塞尔对雌性沃迪塞尔厉声喊道，与此同时，那只昆虫状的可怜生物则在痛苦地打着滚儿。在嘈杂的管弦乐曲中，它临死前的叫喊几不可闻，但令她惊讶的是，它的声音听起来与人类的惊人地相似，就像人类发情时发出的噬噬声。

伊瑟莉关掉电视。她现在清醒多了。这时，她想起一件从最开始就应该明了的事情：想用电视来引导自己适应当前的情况是不可能的，反而只会让情况变得更糟。

多年以前，电视对她来说是一位很好的老师，不断地给她提供杂七杂八的信息，她如果搞懂了，就直接用在工作中，如果还没搞懂，就暂且不管。与埃斯维斯为她收集来的书籍不同，不论她是否在听，炉膛里那个发光的盒子都会不知疲倦地喋喋不休，从来不会卡在某个

---

① "英国斗牛犬"是一种追逐游戏，参加游戏的人必须成功冲过封锁到达场地的另一端，而不被站在中间的"斗牛犬"捉住。

单词或某一页上。在最初的几个月里，伊瑟莉一直在阅读、放弃、重新阅读，但那本由治安法官、艺术学会会员、文学硕士W. N. 威奇所撰写的《世界历史》，每次都让她止步于开头几个段落（要知道，即使是那本细节详尽得令人生畏的农事手册《如何选用旋耕机？》都没有这么艰涩得让人气馁），但是，她只看了两个星期的电视，就已经把沃迪塞尔心理学方面的基础知识搞得一清二楚了。

但奇怪的是，几年前，她似乎已经到达一个极限点，也就是说，她再也不能从电视里学到新知识了。电视里的东西不再像从前那般大有裨益，而是重新变为不知所云的胡言乱语。

她仍然想知道今天是星期几，以及太阳还要多久才会出来。她决定等热身完毕就出门，亲身判断一下现在是夜间几时。事实上，为何要等呢？她可以到海滩上，在夜幕的掩护下完成锻炼。她强烈怀疑现在是下半夜，星期一黎明前的时刻。

她正在恢复对身体的控制。

她扶着栏杆，摸索着下了楼，来到浴室。卧室和浴室是她在小屋里最熟悉的两个房间，其他房间对于她来说，都有点儿神秘。但去浴室并不是难题。她曾无数次在黑暗中摸索到那里——尤其是冬天的那几个月里，她基本上每天会在清晨时分过去。

伊瑟莉在黑灯瞎火中走进浴室。她的脚掌感觉到了地面从木板到腐烂油毡的变化。她几乎不费吹灰之力便找到了需要的东西。浴缸、水龙头、洗发水、突然喷出的加压水流，所有这些都在老地方，等待她的到来。从未有人乱动过它们。

伊瑟莉小心且耐心地冲着澡，特别注意她毫无知觉的疤痕部位和参照这里的外星生物身体构造所划开的裂口——这些地方都很危险，可能会感染，稍不注意，那些从未彻底愈合的伤口也可能会被她扯开。她把奶油状的沐浴乳均匀地涂抹在身上，用双手来回揉搓，弄出的泡沫比她预想的还要丰富。她想象着自己被泡沫萦绕包裹，不时有云朵般的小小一团飘落，宛若被海水冲上阿布拉赫海滩的污物所激起的白色泡沫。

她想得出了神，意识逐渐抽离，在温暖的水瀑下缓慢旋转。她的双手和胳膊继续在沾满泡沫的光滑皮肤上来回揉搓，渐渐定格在一个固定的节奏和一条固定的曲线上。她闭上了眼睛。

直到意识到几根手指正在两腿之间游走，摸索着寻找原本长在那里、现在却早已被切除干净的结构时，她才回过神来，用最快的速度把身体冲洗干净。

伊瑟莉像是要去工作一样穿戴整齐，穿过树枝遮盖的林荫小道，向海边走去。她的靴子踩在冰冻的泥地上，发出轻柔的噼啪声。湿漉漉的头发在冷冽的空气中冒着白色蒸汽。她小心翼翼地前行，在昏暗中丈量着脚步，双手悬停在臀部后方，随时做好如若不慎摔倒就撑住身体的准备。她在途中停下来一次，转过身，等待呼出的气体冷凝成的白雾散去，以便确认她走了多远。她的小屋已经变成模糊的剪影，蜷缩在夜空下，楼上反射着月光的两扇窗户像是猫头鹰的双眼。她转回身，面向峡湾，继续往前走。

从林中小道走出来后，世界变得一览无遗，阿布拉赫农场尽收眼底。伊瑟莉走上一条长满草的漫长小径，这条小径蜿蜒地穿行于一大片处于休耕期的大麦田和马铃薯田之间。大海已经进入视线，海浪声仿佛就在耳畔。

月亮低悬在峡湾上空，数不清的小星星在最黑暗、最深远的宇宙腹地闪耀。现在一定是凌晨两三点。

农场主楼里，男人们很可能正忙着把最后一批货装船。这是好事。越早完事，船就能越早离开。当阿姆利斯·维斯被送回他本来所在的地方时，一切都会恢复正常。紧张情绪得到缓解的一刻该有多么美妙啊！

她深吸一口气，期待那一刻的到来，幻想着他乘船离开的情形。男人们会殷勤地领着他前往船舱，他将傲慢地信步而行，炫耀着他那养尊处优、光彩夺目的身体，昂首挺胸，摆出一副富家子弟的不屑姿态。就在踏入舱门前的一瞬，他可能会转过身，向围观的群众投去尖锐的一瞥，他琥珀色的眼睛在精致的黑色皮毛中释放出灼热的光辉。然后他就会离开，彻底消失。

伊瑟莉已经走到阿布拉赫农场的边界，那里用栅栏将农场和悬崖以及通往海边的陡峭小径分隔开来。大门是由铸铁、半石化的木板和铁丝网打造而成的庞然巨物，用铰链与两根树干般粗壮的大柱子连接起来。锁和铰链就像焊接在木头上的笨重的汽车发动机，尤其是在月光下，显得越发相像。幸而农场的前主人在大门两边各修建了一道小小的木梯，以方便两条腿的过路者上上下下。木梯共有三级，伊瑟莉艰难地逐级而下，动作滑稽得像个小丑，幸好没人看到她这副窘态。换作正常人类，随便谁都能轻松地一跃而下。

在栅栏外边离大门不远的地方，有一小群牛趴在阿布拉赫农场边界和悬崖边缘之间的狭窄草地上休息。伊瑟莉走近时，它们紧张地打着响鼻，其中长着浅色皮毛的牛在昏暗中闪着微弱的冷光。一头牛犊站起来，眼里闪着的光仿佛火焰上飞进的火星般打着旋儿。紧接着，整个牛群都醒了过来，沿着农场边界向远处撤退，发出牛蹄蹬地的噔噔声和牛粪落地的沉闷噗噗声，听起来格外地别具一格。

伊瑟莉转身回望农场。她自己的小屋被树木遮得严严实实，不过埃斯维斯的农舍却显露无遗。那里面的灯都关着。

埃斯维斯很可能睡着了。她敢肯定，昨天早晨那场激烈的追捕行动对他的折磨，比他肯在她这个女人面前表现出来的还要严重。她想象着他四肢大张地躺在一张和她的一样的床上，仍旧穿着那身可笑的农夫装，鼾声如雷。暂且不管他是否坚强，单从年龄上来说，他也比她大得多，在维斯公司把他从伊斯特德那个地狱捞出来之前，他已经在那里苦干好些年了，而伊瑟莉只在那里干了三天就被"救"了出来。而且，他接受整形手术的时间也比她早了整整一年。外科医生极有可能在他身上做过更糟糕的操作，拿他当小白鼠来试验不甚成熟的技术，到伊瑟莉接受手术时，相关技术已经趋于完善。假如真是这样，那么她对埃斯维斯感到分外同情。他每天夜里必定痛苦难耐。

伊瑟莉沿着牛群踏出的小径向海滩走去，在陡峭的斜坡上小心地择路而行。往下走到一半，马上就到了坡度变缓的分界点，她停了下来。羊群正在坡底吃草，她不想把它们吓跑。在所有动物中，她最喜欢的就是羊。它们天真无邪，宁静专注，与粗野狡猾、脾性暴躁的动物——比如沃迪塞尔——相比，简直是天壤之别。在微弱的光线下，它们看上去像极了人类的孩子。

所以，伊瑟莉停下脚步，准备在悬崖的半腰处做锻炼。牛群在她上方某处心神不安地游荡，羊群则在下方泰然自若地吃草。她觉得这个位置非常合适，于是展开手臂，指向银色的地平线，随后对着马里湾的方向弯下腰，接着向一侧扭转躯体，先是扭向坐落着罗克菲尔德和灯塔的北边，然后是南边，那里有巴林托尔和沃迪塞尔更为密集的远处聚居地，最后身体挺直，双臂上举，指向满天繁星。

她一遍又一遍地重复着这套动作，就这么做了很长时间，仿佛被月亮和单调的动作催眠了，最终达到一种迷迷糊糊的状态，她今天坚持的时间远超平时。最后，她的身体变得异常柔韧，每一个动作都优雅而流畅。

今天的锻炼宛如在翩翩起舞。

回到小屋时，离天亮还有好几个小时，伊瑟莉的心情又变得阴郁起来。她在卧室里徘徊良久，感到既无聊又烦躁。

她真该让男人们给这栋小屋接上电线，这样她就能用电灯了。主楼里有电灯，埃斯维斯的农舍里也有电灯，没理由不给她的小屋也安上电灯。事实上，仔细一想，她的小屋里居然没安电灯，真是不可思议，甚至相当离谱。

她试着回忆来这里生活的情形。不是在路途中，当然也不是在伊斯特德，而是她刚到阿布拉赫农场发生的事情。他们原先是怎么安排的？那些男人是不是本想让她跟他们一起住在主楼地下那个臭烘烘的洞穴里？如果是这样，她定会果断地拒绝这个烂主意。

那么，她刚到这里的第一晚是在哪里睡的呢？她的记忆就像一团快要燃尽的篝火中被烧黑的灰烬那般模糊不清。

或许是她自己选择了这座小屋，也可能是埃斯维斯建议的，毕竟他来得更早，有一整年的时间熟悉农场里的一切。伊瑟莉唯一知道的便是，与埃斯维斯的农舍不同，她刚搬进小屋时，这里已被废弃很久，当然，现在差不多仍然是废弃状态。

但是，那根蜿蜒着穿过她的房子，将电视机、热水器、室外照明灯与发电机相连接的电线，是谁安排的？做这番安排的时候，他心里得有多么不情愿？这是不是她被当成一台没有头脑的粗蛮机器般被使唤、压榨的另一个证明？

她努力回忆着，忽然感到颇为尴尬，同时还有点儿不知所措。

那些男人——虽然她记不起具体有谁，但很可能主要是恩塞尔——从她抵达的那一刻起，就围在她身边忙得团团转，主动为她做各种各样的事。他们用怜悯的眼神入迷地盯着她看，并联合起来用行动消除她的疑虑，让她感到安心。是的，看到维斯公司对她身体所做的一切，他们认识到对此已经无能为力，但这不是世界末日。他们会补偿她，他们会把这座小屋，这个漏风的、近乎废墟的地方，变成她真正的家，变成一个舒适的小窝。她那会儿看上去可怜兮兮，她对自己被……被改造成这副鬼样子，一定感到非常难过，是的，他们全都明白，瞧瞧埃斯维斯那个可怜的老家伙吧。但她当时也很勇敢，是的，她是个刚毅的女孩，他们会把她当成一个毫无怪异或丑陋之处的普通人来对待，因为在皮囊之下，她和他们没有任何分别，难道不是吗？

她告诉他们，她对他们别无所求。

她会做好自己的工作，他们只需管好自己那摊事。

若要把工作做好，她需要他们提供一些最基本的物资：一盏挂在停放汽车的棚子内或棚子附近的灯、热自来水，以及一个为收音机或类似设备供电的电接头。其余的她自己可以搞定。她会照顾好自己。

事实上，她还明白无误、清清楚楚地对他们说了一件事，免得他们过于蠢笨，听不懂她的暗示：她最需要的是隐私，他们千万别来打扰她。

但那样她不会感到孤独吗？他们如此问道。不会，她不会孤独，她对他们说，她会忙得不可开交。她必须为接下来的工作做好准备，而这项工作之微妙复杂，他们根本无法理解。她有大量的脑力劳动要做。她必须从零开始学习与工作相关的一切东西，否则他们所有人都得跟着遭殃。她要应对的挑战绝不像把一捆捆稻草搬进粮仓或在地下挖洞那么简单。

此时，伊瑟莉在卧室中踱来踱去，收音机闹钟的微光闪烁不停。她穿着鞋踩在光秃秃的地板上，脚步声显得响亮而空洞。她在室内很少穿鞋，除非她马上要离开小屋。

她急躁地再次打开电视——回到小屋之后她打开过一次，但最终还是气恼地关掉了。

因为电视才用过没多久，所以屏幕马上就亮了起来：几分钟前还在用双筒望远镜偷窥在晾衣绳上随风飘扬的各式各样色彩鲜艳的内裤的雄性沃迪塞尔，现在正舔着嘴唇，面颊颤搐。几个雌性沃迪塞尔聚集在晾衣绳下，抬手解下夹住衣服的夹子。令人费解的是，麻绳挂得很高，她们要费很大力气才能够到。她们踮起脚，像婴儿一样跃起，粉红色的胸脯像果冻般微微颤动。

她切换频道：几个表情严肃的雌性沃迪塞尔和雄性沃迪塞尔肩并肩坐在一张桌子后面，他们头顶上方有一块窄长的电子显示屏，颇像科索克大桥附近的那块电子交通标志牌，上面显示着一串字母和空格：| I | | I | I | U | I | | Y |。

"R？"其中一个沃迪塞尔大着胆子说。

"不不不，恐怕你答错了。"画面之外的一个声音轻声说。

伊瑟莉的汽车空转着发动机停在棚子旁边，被那盏孤零零的钨丝灯照亮。她正在清理车厢，若有所思，动作缓慢，每一下都持续很久。太阳还藏匿在弯曲的地平线以下，距离升起还有很长时间。

伊瑟莉跪在车旁，从敞开的车门处向内探身。她把《罗斯郡日报》垫在地上，以免这条绿色天鹅绒裤子的膝盖处沾上泥巴。她用指尖摸索着找到撒落的巧克力，一块一块捡起来扔到身后。她敢肯定，鸟儿很快会过来把它们吃光。

想到这里，她忽然感到浑身虚弱、饥饿难耐。除了昨天下午的薯片、一点儿雪，以及今早直接对着淋浴水流喝下的大约一升温水之外，她从昨天早晨到现在什么东西都没下肚。这点儿东西的能量远不足以维持人体的代谢活动。

除非饿到饥肠辘辘、险些昏厥，她似乎从未意识到自己已经饿了，真是奇怪啊。这是一种不幸的特异体质，也是一种潜在的危险，她必须小心应付。生活作息规律很重要，比如，每天早上出发前和男人们一起吃早餐，但这种习惯已经被阿姆利斯·维斯扰乱了。

伊瑟莉深呼吸，好像吸几口新鲜空气就能让她多挺一会儿似的，然后继续清理车厢。撒落的巧克力仿佛永远都清理不完，它们像又肥又圆的甲虫般钻进了每一道缝隙。她不知道倘若吃下一些，她的身体能否安然无恙。

她把巧克力礼盒连同养狗者的手套一起捡起来，先将手套放在地上，留待以后烧掉，然后把那个长方形的硬纸盒举到灯光下，眯眼看着上面的配料表。"糖""奶粉"和"植物油"看上去非常安全，但"可可粉""乳化剂""卵磷脂"和"人工香料"就显得颇为危险了。事实上，"可可粉"看起来绝对能置她于死地。她的肠胃反射性地泛起一阵恶心，这可能是她的身体在暗示她，还是只吃熟悉的食物为好。

但是，假如去地底食堂跟男人们一起吃饭，她有可能会碰到阿姆利斯·维斯。这是她最不想看到的一幕。她还能坚持多久？他要到几时才会离开？她凝视着地平线，盼望着清晨第一缕阳光的到来。

多年来，她竭力与男人们保持着最低限度的必要接触，这使她变得非常自立，尤其是在养护汽车方面。她已经自行把撞碎的后视镜换好了，她曾经需要恩塞尔帮忙才能完成这项工作。如果能避免再出车祸，她可以永远开这辆车，根本无须换车。它是由钢铁、玻璃和塑料制成的，怎么会用坏呢？无论何时，只要它需要，她就给它加燃料、加油、加水，加一切能加的东西。她可以慢悠悠地开着它，小心地避让其他车辆，并且注意躲开警察的视线。

新的后视镜是从那辆差不多已被拆卸一空的灰色尼桑旅行轿车上卸下来的。现在，那辆尼桑车只剩一具残骸，看起来让人感到分外悲伤，但没必要为此多愁善感。后视镜与她的红色花冠车完美适配，这次事故的所有痕迹都已被抹除干净。

伊瑟莉把车子修理完毕，处理得了无痕迹，她欣赏着自己的成果，又继续清理了一会儿小花冠。汽车发动机仍在空转，这台运转顺畅的机器向阴冷的空气中排放着芬芳的气体。她喜欢这辆车，这是一辆好车，真的。如果她能把它照料好，它绝不会让她失望。伊瑟莉一丝不苟地擦掉脚踏板上的泥浆和油渍，把手套箱里的东西摆放整齐，并用一个尖嘴瓶把副驾驶座下的伊卡帕图亚储液槽加满。

也许她可以开车出去找一家通宵营业的汽车修理厂，给自己买点儿吃的。阿姆利斯·维斯很快就会离开，估计也就是这一两天的事。吃上一两天的沃迪塞尔食物，她还死不了。在那之后他就回去了，她的生活也可以恢复正常了。

然而，她知道现在上路会有风险：这会儿或许会有某个脾气乖戾的疯子站在路边竖起大拇指，做出想搭便车的手势。这种概率虽然很小，但确实存在。而以她对自己的了解，她很可能会捎上他，结果发现他完全不符合条件，最终她会让他在凯恩戈姆斯下车。她老是这样。

男人们的早餐总是很丰盛，富含蛋白质和淀粉。盘子里堆得高高的，热气腾腾。肉馅儿饼、香肠、调味肉汁，还有刚出炉的面包，你愿意切多厚都行。她总是把自己的面包片切得很薄，并且切片一定要齐整，厚度均等，而不是像男人们那样乱切一气，切出奇形怪状的一大块。她通常会吃两片，最多三片，每片都涂上古苏或穆桑塔酱。但今天……

伊瑟莉站起身，砰的一声关上车门。她绝不可能去地下食堂听那个爱捣乱的自大狂高谈阔论，而与此同时，一群伊斯特德下等男人则在一旁围观，心想她会不会突然精神崩溃。饥饿是一码事，原则是另一码事。

她绕到汽车前面，打开引擎盖，俯身检查发动机，发动机是温热的，散发着浓烈的气味，此刻正在轻轻颤动。她确认已将那根细长的不锈钢天线放回原来的凹槽内，不久前她刚把它插进油箱查看油位。现在，她把从唐尼汽修厂购得的喷雾剂喷在火花塞和点火线上。她用手指拨弄着，露出那个储存液态阿维尔的锃亮圆筒，这是对这辆车的原装发动机做过的重大改动。圆筒的金属壳体是透明的，伊瑟莉可以清晰地看到里面的阿维尔，它那紧绷的油质液面随着发动机的震动而轻微发颤。这里刚装上时是什么样，现在还是什么样，但伊瑟莉希望自己永远都不会用到它。

她扣上引擎盖，又一时冲动，坐在了上面。透过纤薄的裤子面料，她感到温热的金属壳震动不休，传来一种令人愉悦的感觉，使她暂且忘记了肚子正饿得咕咕直叫。地平线上，一抹曙光勾勒出群山的轮廓。就在她的眼皮底下，一片雪花盘旋而落。

"伊瑟莉。"伊瑟莉冲着对讲机说。

农场主楼的大门立即打开，她匆忙走到灯火通明的室内。一片像松针般尖利的雪花打着旋儿随她一同进入，就像被真空吸尘器吸进去的一样。随后，大门再度关闭，将她与外面的阴冷天气隔绝开来。

如她所料，飞船棚里的工作正在有序进行，两个男人正忙着装船。其中一人坐在船舱边沿，等待更多亮莹莹的货物被递上来。另一个正推着手推车，手推车上已经高高地堆满了粉红色的包裹，那是价值不菲的生肉，全都被整齐地分成若干份，用透明纤维胶捆扎好，摆在塑料托盘上。

"嘿，伊瑟莉。"推着手推车的工人停下来跟她打招呼。伊瑟莉正往电梯那边走，她犹豫了一下，也朝他挥手致意，尽可能表现得很敷衍。但他却像受到鼓励一般，将堆满托盘的手推车留在原地，向她慢慢走来。伊瑟莉完全不认识他。

毫无疑问，她刚到农场时，曾经跟每个男人当面互相介绍过，但她实在想不起现在这个人叫什么了。他长得愣头愣脑，又矮又胖——比阿姆利斯·维斯矮了整整一头——他的皮毛让她想起了A9公路边干透的动物尸体，它们那灰色的坚硬皮毛在汽车轮胎和风吹日晒的作用下变得难以辨认。此外，他还患有某种令人作呕的皮肤病，使他的半边脸看上去像发霉的水果。伊瑟莉起初很不愿意直视他，但随后又担心这样会冒犯到他，导致他攻击她的畸形样貌，所以她便向他靠得更近了些，把注意力集中到他的眼睛上。

"嘿，伊瑟莉。"他又说了一遍，好像用这种他们都会的语言想出这两个词很费力，不多说几遍就是浪费。

"我觉得在开工之前，"伊瑟莉用一种干练的语气说，"最好先吃顿饭。海岸上没人吧？"

"海岸？"脸颊发霉的男人困惑地眯起眼睛看着她。他的脑袋不自觉地转向峡湾的方向。

"我的意思是，阿姆利斯·维斯没在那儿吧？"

"噢，没有，他不会打扰咱们，"发霉的男人用比恩塞尔浓重一倍的口音慢吞吞地说，"他要么待在食堂里，要么待在沃迪塞尔围栏那层，我们就在这一层继续装船。一切正常。"

伊瑟莉张口欲言，但她不知该说什么。

"他再也不会捣乱了，"发霉的男人向她保证道，"恩斯和恩塞尔现在轮流看着他。他基本上只是闲待着，说一堆废话。他不在乎别人能不能听懂。要是工人们听得腻烦了，他就去说给动物们听。"

在那一瞬，伊瑟莉忽然忘记了那些沃迪塞尔是没有舌头的，一想到它们与阿姆利斯·维斯交流的场景，她便感到分外担心。但紧接着，发霉的男人放肆地哈哈大笑，又补充道："我们就跟他说：'那些动物会不会跟你顶嘴啊？'"听到这里，她平静了下来。

他又大笑一声，只有在伊斯特德被折磨了半辈子的人才能发出这种粗鄙的嘶叫声。"真是个有趣的家伙，很适合用来打发无聊的时间。"他眨巴着眼评价道，"他走后，我们会想他的。"

"呃，也许吧……你这么说我没意见。"伊瑟莉做了个鬼脸，急忙向电梯走去，"失陪一下，我太饿了。"

她上了电梯。

阿姆利斯·维斯并不在食堂里，食堂也是大家的休息厅。

伊瑟莉屏息凝气，在这间屋顶很低的简陋大厅内扫视一圈，核实了这一点，然后恢复正常呼吸。

大厅虽然很大，但挖得很糙，没有墙角或壁凹，只是一个粗略的长方体。这里除了低矮的餐桌外，几乎没有其他东西。没有什么物体大到足以隐藏一个斑纹美得摄人心魄的高个子男人。他确实不在这里。

尽管大厅里空无一人，但厨房外的长条矮凳上已经摆好了一碗碗调味品、一盘盘冷菜、一盆盆穆桑塔酱、新出炉的面包、蛋糕、一壶壶水和埃津，以及盛放餐具的大号塑料托盘。一股美妙的烤肉香味从厨房里飘了出来。

伊瑟莉急不可耐地扑向面包，切下两片，胡乱抹上很多穆桑塔酱，将它们叠在一起，做成三明治的样子，开始狼吞虎咽地吃起来，把食物从她那毫无知觉的嘴唇塞进饥渴的嘴里。今天的穆桑塔酱显得格外美味。她起劲地咀嚼着，用力地吞咽着，迫不及待地想切下更多的面包片，抹上更多的穆桑塔酱。

从厨房里飘来的气味让人陶醉，里面在烹饪平常吃不到的好东西，比油炸土豆还要新奇得多的菜肴。的确，伊瑟莉很少在饭菜还没做完时过来，一般来说，她到食堂的时候，饭菜已经凉了，厨师早已离开，大多数男人也吃完了。她会在剩菜里挑挑拣拣，尽量不引起别人的注意，以掩饰她对冷却下来的脂肪气味的厌恶。但今天的气味与平时截然不同。

伊瑟莉把三明治攥在手里，慢慢走到敞开的厨房门前，向里面偷看，瞥见厨师西里斯那宽厚的棕色背影。他这人出了名的警觉，立刻意识到有人过来。

"滚一边儿去！"他头也不回地愉快喊道，"还没做好呢！"

伊瑟莉难堪地后退，这时，西里斯转过身来，一看到是她，便张开一条毛发被烧焦的粗壮胳膊以示安抚。

"伊瑟莉！"他大喊道，嘴巴咧得大大的，就连他那大鼻子都快被扯得跟脸颊一样平了，"你干吗总是吃那些垃圾食物呢？你可太伤我的心了！进来看看我在做什么好吃的！"

伊瑟莉把那块不受他待见的三明治搁在外面的矮凳上，尴尬地走进厨房。通常情况下，除他之外，谁都不被允许进入这里。西里斯对他这块火光闪耀的专属领地保护欲极强，独自在里面埋头苦干，像一位在潮湿的、光线惨白的实验室里醉心科研的科学家一样。超大号的银制器皿挂满了墙壁，总共得有几十种烹饪专用的器具和小玩意儿，就跟唐尼汽车修理厂的墙上挂着的那些工具似的。尽管大部分食物贮藏在冰箱和金属桶里，但架子和工作台上摆着透明的罐子和瓶子，盛在里面的调味料和酱汁五彩缤纷，使颜色单一的金属台面增色不少。西里斯毛发浓密，魁梧强壮，精力充沛，他本人无疑就是厨房里最鲜活的生命体。伊瑟莉跟他不熟。这些年来，她跟他的对话估计统共也就四十句。

"快过来，快过来！"他低声喊道，"当心脚下。"

烤箱都是嵌入地下的，这样当有人料理里面的食物时，身体就不至于失去平衡。西里斯弓身伏在最大的烤箱上方，透过厚厚的玻璃门俯视灼光闪闪的内部腔体。他急切地摆了个手势，示意伊瑟莉也过去看看。

她走到他身边，跪下去瞧。

"看看这个。"他得意地说。

在烤箱内，六根烤肉扦子在橘黄色的光晕中缓缓旋转，每根扦子上都插着四五块大小一致的肉，全都被烤得微微发亮。肉块被烤成了棕色，就像新犁的耕地一样，闻起来无比美味，嗞嗞地冒着油，闪闪发光。

"看着真不错。"伊瑟莉附和道。

"就是很不错。"西里斯断言道,他放低抽动着的鼻子,尽可能地靠近玻璃,"比我平时烤的肉要好,这毫无疑问。"

最好的肉总是留着装船,西里斯只能分到脖子、内脏和手脚等肉质较差的部位,而且都是碎肉。所有人都知道这是他的心头之痛。

"我刚一听说老维斯的儿子要来,"他说,沐浴在烤箱橙色的火光中,"我就寻思,我应该可以随意支配一点儿好肉,做一顿不一样的。我事先也不知道他是啥情况,对不对?"

"但是……"伊瑟莉眉头紧锁,看着在烤箱里旋转的美味肉排,百思不得其解:阿姆利斯早就到这儿了,为何拖到现在才烤肉呢?西里斯咧嘴一笑,打断了她的沉思。

"那个疯子杂种还没到呢,我就已经把这些肉排腌制二十四小时了!我还能怎么办?在水龙头下把它们冲洗干净吗?这些小肉块完美无缺,我告诉你,它们串在扦子上绝对他妈的无可挑剔。它们的味道肯定他妈的无与伦比。"西里斯兴奋起来,变得有些歇斯底里。

伊瑟莉低头盯着烤肉。香气穿过玻璃,直直钻进她的鼻孔里。

"你闻到了,对吧?"西里斯扬扬得意地宣告道,仿佛尽管困难重重,但他仍有责任变戏法般烹饪出一些美味来,努力让香气穿透她那被手术损毁的、小得可怜的鼻孔,"是不是特别香?!"

伊瑟莉点点头,对烤肉的渴望涌上心头,她头晕目眩起来。

"是!"她低声说。

西里斯安静不下来,便在厨房里踱着步子绕起小圈,显得烦躁不安。

"伊瑟莉，拜托你尝一尝。"他恳求道，手中握着一把叉子和一把切肉刀，在左右手里来回倒腾，"拜托了。你一定得吃点儿这个。让我这个老人家高兴高兴。我知道你会欣赏美食。你还是个小姑娘时就天天跟上层人士泡在一块儿，那些男人都这么说。你跟伊斯特德的那些蠢货不一样，他们是吃垃圾食物长大的，你不是。"

他被自己的表现欲激得异常兴奋，猛地掀开烤箱盖子，一股浓郁的鲜香热气扑鼻而来。

"伊瑟莉，"他乞求道，"让我切一片给你吃吧。让我切吧，让我切吧，让我切吧。"

她尴尬地大笑一声。"好吧，切吧！"她急切地应允道。

他以迅雷不及掩耳之势切下一片，他的切片手法炉火纯青，一眨眼的工夫就搞定了。

"快吃快吃快吃。"他激动地说，从地上一跃而起。当他用切肉刀的锋利刀尖扎住热气腾腾、咝咝作响的肉片，送到离她嘴边只有几英寸①的地方时，伊瑟莉稍稍退缩了一下。她小心翼翼地咬住肉片，将其从刀尖上扯了下来。

厨房门口传来一个柔和的声音。

"你们根本不知道自己在做什么。"阿姆利斯·维斯叹息着说。

"未经允许，任何人都不准进我的厨房！"西里斯立即驳斥道。

阿姆利斯·维斯后退一步，但公平地说，他刚才仅有极少的部

---

① 英寸，英制长度单位，1英寸等于2.54厘米。

分探进了房间，只有他那张令人惊艳的纯黑面庞，或许还有他那鼓凸的纯白胸膛探了进来。他的后退看起来甚至不像是退缩，更像是漫不经心地调动肌肉驱使身体移位，以便重新调整重心。严格来讲，他整个身体停在了厨房外面，但他依旧目光炯炯，能够看到厨房内的大部分空间。并且，他的目光对准的并不是西里斯，而是伊瑟莉。

伊瑟莉不自然地嚼着剩余的一小片美味，紧张得不敢动弹。幸好肉片十分鲜嫩，入口即化。

"维斯先生，你是不是有毛病啊？"最终，她还是开口了。

阿姆利斯气得绷紧下巴，肩膀上的肌肉高高隆起，像是准备攻击她。但是，他却突然放松下来，仿佛刚刚给自己注射了某种镇静剂。

"你吃的那片肉，"他柔声道，"来自一个跟你我一样生活和呼吸的生物身体。"

听到这里，西里斯对这个年轻人的愚蠢和自命不凡感到既绝望又同情，咕哝了一声，翻了个白眼。紧接着，在伊瑟莉惊诧的注视下，他转身背对着另外两个人，抓起最近的一个烹饪锅，继续投身到手头的工作中去。

阿姆利斯那番话仍然在她耳边回响。伊瑟莉壮起胆子，把注意力集中在他那上流社会的口音上，集中在他那由财富和特权培养出来的天鹅绒般柔和的吐字上。她刻意回忆起自己被上层阶级宠爱又弃如敝屣的遭遇；她想象着那些决定她更适合去伊斯特德做苦工的当权者的嘴脸，那些男人有着和阿姆利斯·维斯相同的口音。她允许那口音畅通无阻地进入脑海，聆听着它在内心深处激起用怨恨谱写的刺耳和弦，并任由这段和弦在体内回荡。

"维斯先生，"她冷冷地说，"我实在不愿跟你说，但我真的怀疑，你我的生活、你我呼吸的空气究竟有多少相似之处，更不用说——"她舔了一下牙齿，让挑衅的意味更浓烈一些，"——我和我的早餐了。"

"在皮囊之下，我们都没有分别。"阿姆利斯说，她察觉到他的语气里有一丝愠怒。她将把火力瞄准他的这一弱点：他摆出一副理想主义者的姿态，实则满身铜臭，对社会本相视而不见。

"要是你也跟我们一样做了非常繁重的工作，"她冷笑道，"那你是怎么保持你的容貌的呢？这不是自相矛盾吗？"

正中靶心，伊瑟莉心想。阿姆利斯摆好姿势，似乎又准备跳起来攻击她，他满眼怒火，但紧接着，他再次放松下来——仿佛又注射了一针与先前相同的镇静剂。

"这样争下去不会有任何结果，"他叹了口气，"跟我走。"
伊瑟莉难以置信地张大嘴巴。

"跟你走？"

"是的，"阿姆利斯说，像是在进一步确认他们已经同意参加一场冒险，正在确认细节，"到下面去。下到圈养沃迪塞尔的那一层。"

"你……你一定是开玩笑吧。"她说，短促地笑了一声，本想传达出轻蔑的意味，但笑声实际上却紧张得发颤。

"为什么不想跟我去？"他一脸天真地反问道。

她的回答像一根细小的肉丝般卡住喉咙，险些让她透不过气来。因为我对地底深处充满恐惧，她想，因为我不想再被活埋。

"因为我还有工作要做。"她说。

他死死地盯着她的眼睛，并无咄咄逼人之意，更像是在判断他和她之间的距离，以便精准地跃入她的灵魂之内。

"拜托了，"他说，"我在下面看到一些令人费解的东西，需要你跟我解释一下，真的。我已经问过那些工人了，但他们都不懂。拜托你了。"

短暂的沉默。在此期间，她和阿姆利斯都一动不动地站着，而西里斯则不断地拍打敲击，制造出铿锵巨响。然后，伊瑟莉惊愕地听到她迟来的回答，这回答仿佛来自很远的地方，她只是隐约听到，甚至无法确定确切的措辞。但不管她具体说了什么，最终的意思是"可以"。在恍惚间，伴随着超现实般的金属撞击声和烤肉的嗞嗞声，她答应了他。

他转过身，迈着轻盈的步子翩然而去。她紧随其后，离开西里斯的厨房，朝电梯走去。

此时，食堂里已经聚集了几个男人，他们闲站着，一边悄声嘟囔着什么，一边嚼着食物，注视着伊瑟莉和阿姆利斯·维斯从他们中间走过。

谁都没有上前制止。

谁都没有威胁阿姆利斯：他若胆敢再往前一步，他们就弄死他。

电梯门打开时，警报器并没有尖叫，当他们一起踏入轿厢时，电梯门也没有不肯关闭。

总而言之，所有人，包括农场的相关系统，似乎并不觉得其中有什么不对劲儿。

在平淡无奇的电梯轿厢内，伊瑟莉与阿姆利斯并肩而立，目视前方，她完全不知所措，但她能意识到他修长的黑色脖颈和脑袋就在她肩膀旁边，在离她臀部几英寸的地方，他光滑的侧腹随着呼吸缓缓起伏。电梯无声无息地下降，最后响起嘶嘶声，到达目的地。

　　电梯门慢慢滑开，伊瑟莉的幽闭恐惧症突然发作，痛苦地轻声呻吟。电梯外的一切都隐没于近乎全然的黑暗中，就像是他们被丢进了两层致密岩石之间的狭窄裂缝里，只有一只晃动的手电筒发出幽微的光柱，为他们照亮前路。不远处飘来一股发酵的尿液和粪便的恶臭，在红外线灯光那微弱光线的勾勒下，里面的铁丝网呈现出蜘蛛网般的轮廓。此外，还有成片成片的眼睛，仿佛遍布所有角落，萤火虫似的在他们面前摇荡闪烁。

　　"你知道电灯开关在哪里吗？"阿姆利斯客气地问。

伊瑟莉摸索着找到电灯开关。刺眼的光线汹涌而至，填满了从地板到天花板之间的空间，就像潮水冲进岩石裂隙一样。

"啊。"她神经质地呻吟道。下到如此深的地底，对她来说简直是噩梦成真。

"跟噩梦似的，对吧？"阿姆利斯·维斯说。

伊瑟莉向他看去，她很是害怕，希望能得到他的安慰，但从他脸上那既愤怒又怜悯的表情中，她看得出来，他所说的"噩梦"指的当然不是她的幽闭恐惧症，而是这里的牲畜。男人的典型做派，就是对自己理想主义的信念太过执着，反而无法对一个在他眼前遭受折磨的人产生同情。

伊瑟莉决不想在他面前出丑，便走出了电梯。几分钟前，她还想把脸埋进他脖颈上的纯黑软毛里，紧紧抱住他那岿然不动的身体呢，但现在，她只想宰了他。

"这只是动物的臭味。"她闻了闻空气里的味道，当他蹑手蹑脚地踱到她身边时，她背过脸去，避免看到他的身影。只听嘶嘶作响，电梯门在他们身后关上了。

在挖掘这最深的一层时，工人们在坚硬的三叠纪岩石上仅挖出了最必要的空间。天花板还不足七英尺高，牲畜们呼出的水汽积聚在荧光灯周围，使灯光显得格外朦胧。沃迪塞尔的围栏一个连着一个，像电晕一样沿着墙壁排列开来，几乎占满了地板上的所有空间，只在中间留出一条刚好能过人的走道。左边的围栏里是圈养满一个月的沃迪塞尔；右边的是不足一个月的，也就是过渡期的；靠在最里面的墙边、正对着电梯的围栏里，是刚被送来的。

"你是第一次来这里，对不对？"伊瑟莉耳边传来阿姆利斯的声音。

"不是。"她急躁地反驳道。他一定在密切关注她的肢体动作，这使她感到局促不安。

事实上，她以前来过一次，那会儿她刚到农场，这儿尚未开始圈养动物。为了庆祝她的到来，男人们想向她展示他们的杰作：一切都已准备就绪，就差最后一道至关重要的工序，也就是由她负责的那部分工作。

"非常棒。"她当时如此说道，也可能说的是其他差不多意思的话，然后迅速逃离了这里。

多年后的今天，她又回来了，身边还站着一个全世界最富有的年轻人，只因他想问她一个问题。所谓"超现实"远不足以描述这个情况。

围栏比她记忆中的更加肮脏和狭小。木梁上满是小洞，现在已经变色了。铁丝网脏得不得了，好几处都被黑色的粪便和其他无法辨认的物质给糊住了。当然了，那些牲畜的存在也让恶臭越发浓烈、围栏愈显逼仄、空气愈加潮湿。这里面总共圈养着三十多个沃迪塞尔，伊瑟莉对此感到颇为震惊：她才意识到自己工作得多拼命。

仅剩的几个圈养满一个月的沃迪塞尔挤在一起，像是一座急促喘息的肉堆，一个个肌肉发达的身体紧紧挨着，难以区分那些躯体和四肢究竟属于哪一个主人。它们手脚胡乱地抽搐着，仿佛一大团醉得迷迷糊糊的生物体正在徒劳地竭力协调所有肢体；肥硕的小脑袋毫无二致，仿佛海葵上的珊瑚虫一样挤作一团，摇摇曳曳，在突然照来的光线中傻头傻脑地眨着眼。但你一定想不到，倘若把它们放出去，它们为了逃跑能变得多么狡猾。

圈养满一个月的沃迪塞尔周围铺着厚厚的长而尖的麦秆，上面糊满了黑色的腹泻物，反射着莹莹的光。它们巨大的肚子里，所有可能不利于人类消化的东西都被杀灭了，每一种异星微生物都被清除，替换为对人类最有益、最值得信赖的细菌。它们互相依偎着，像是在拼命维持现有的数量不被减少。它们现在还剩四个，昨天是五个，前天是六个。

隔着干干净净的走道，过渡期的沃迪塞尔有气无力地蹲在围栏里，每一个都占据着自己的一小片麦秆。按照某种心照不宣的、源于本能的算数法则，它们将地板上的空间划分开来，哪怕彼此间只隔开几英寸，也要设法待在各自的范围内。它们对伊瑟莉和阿姆利斯怒目而视，有的在小心翼翼地嚼着尚不熟悉的新饲料，有的在抓挠着日渐稀疏的苔藓似的头发，还有的在它们被阉割的部位上握紧拳头。尽管在体形和肤色上仍有些微差别，但它们的未来近在眼前：就在走道对面。它们正在慢慢成熟，走向最终的命运，一切都在意料之中。

走道尽头，最近刚被送进来的那三个沃迪塞尔站起来，靠在铁丝网上，挥着胳膊，拼命地打手势。

"唔！唔！唔！"它们大喊道。

阿姆利斯·维斯急忙进行回应，跑动的时候，华丽的尾巴在他那肌肉发达、皮毛如丝绸般顺滑的臀部快速摆动。伊瑟莉紧随其后，步伐缓慢而谨慎。她希望所有沃迪塞尔的舌头都被处理干净了。有些事情最好还是不要让阿姆利斯知道，免得他伤心。

伊瑟莉刚走到与围栏相距一个身位的位置时，里面一个硕大的肉体就猛地撞到铁丝网上，只听咣当一声，铁丝网剧烈震颤，朝她这边向外凸起，把她吓得半死。她恶心得想吐，有那么一瞬间，她确信铁丝网已被它撞破，但凸起的部分旋即又反弹回去。那个沃迪塞尔被弹倒在地，痛苦而愤怒地放声嚎叫。它张大嘴巴，露出被烧灼的舌根，嘴里面也被烤得一片焦黑。胡子上沾满了白色唾沫。它挣扎着站起身，显然是想再次扑向伊瑟莉，但另外两个沃迪塞尔抓住它，把它从铁丝网旁边拖了回去。

情绪激动的沃迪塞尔被一个比它高大健壮且年轻得多的同类按住，无力地瘫坐在它的草窝里，膝盖不住地抽搐。第三个牲畜慌忙上前，跪倒在铁丝网附近的一块泥土上。它低头盯着泥土，哼哼唧唧地抽着鼻子，显得甚是悲痛，像是失去了什么似的。

"没事儿的，伙计，"阿姆利斯热切地鼓励道，"再做一次。

你能做到的。我知道你可以。"

那个沃迪塞尔弯下腰，用一只手掌的一侧拂去它野蛮的同伴拖出的脚印。被阉时流出的血迹已经干涸，还沾在它空荡荡的阴囊上，在它抚平泥土并从里面捡出散乱的麦秆时，阴囊也随之来回摆动。然后，它拢起一把长长的麦秆，扭曲折叠成一根坚硬的棒子，开始在泥土上涂画。

"快看！"阿姆利斯催促道。

伊瑟莉不安地看着这个沃迪塞尔极缓慢而潦草地写出一个由五个字母组成的单词，甚至不惜把每个字母都倒过来写，以便让铁丝网另一侧的人从正确的方向看到。

"没人告诉过我它们有语言，"阿姆利斯惊叹道，他似乎太过惊讶，以至于忘了生气，"我父亲总是形容它们为'行走的蔬菜'。"

"我想，这取决于你如何界定语言。"伊瑟莉轻蔑地说。写字的沃迪塞尔在它的作品后面颓然坐下，顺从地低着头，眼睛湿润，泪光闪闪。

"但它涂画的到底是什么意思呢？"阿姆利斯追问道。

伊瑟莉看着单词——MERCY[①]——沉思良久。这个词她在看书时鲜少读到，在电视上也从未看到过。电光石火之间，她绞尽脑汁地想翻译出它的意思，然后意识到，这个词完全不可能用她自己的语言翻译出来。在她原来的世界里，"MERCY"的概念根本就不存在。

---

① 意为"仁慈"。

伊瑟莉沉默了一会儿，抬起一只手捂住嘴巴，像是觉得这里的恶臭变得越发难以忍受。她虽然面无表情，但大脑却在飞速运转。到底该如何阻止阿姆利斯无端地小题大做呢？

她考虑过扭曲嘴唇、眉头紧锁地读出这个奇怪的单词，就像有人让她模仿鸡的咯咯声或牛的哞哞声。如果到时阿姆利斯问她这是什么意思，她可以如实地说，人类的语言中并没有对应这个意思的词。她正欲张口，却突然意识到这么做将会犯下一个非常愚蠢的错误。因为，如果她读出了这个词，就意味着她已经把它抬高到"承认它确实是个单词"的地位。对于沃迪塞尔具有将潦草符号与特定发音联系起来的能力，阿姆利斯无疑将会喜出望外，不管那发音有多么粗嘎和晦涩难懂。只要她读出那个词，沃迪塞尔在他眼里就会立刻变成能写会说的开化物种。

但难道不是吗？她问自己，难道他们不正是这样有尊严的物种吗？

伊瑟莉甩掉这个念头。瞧瞧这些牲畜啊！它们笨重难看、臭气熏天、一脸蠢相，粪便在肥大的脚趾间汩汩渗出。难道她因为被改造得异常严重，身体外形与这些动物过于相似，以至于渐渐丧失自己的人性，最后竟然对这些动物产生了认同吗？如果她不当心，放任自己这样下去，她终将变成它们中的一员，就像电视上放荡嬉戏的古怪生物那样，发出毫无意义的咯咯声和哞哞声。

短短几秒，这些想法在她的脑海中一闪而过。又过了一两秒钟，她想好了该如何对阿姆利斯做出回应。

"你刚才说'它涂画的到底是什么意思'是什么意思呢？"她

不耐烦地大声说，"这只不过是一个划痕，显然对沃迪塞尔来说具有某种含义。但我确实不知道这是什么意思。"

她直视他的双眸，力图使她的否认显得更可信一些。

"好吧，但我能猜出它的意思。"他平静地说。

"是啊，我相信愚昧无知之类的小问题拦不住你求知的步伐。"伊瑟莉讥笑道，第一次注意到他的眼睑周围有几根纯白的毛发。

"我唯一想让你明白的是，"他执着地说，显然被惹恼了，"你几分钟前吃下的肉，就来自下面这些试图与我们交流的动物的同类。"

伊瑟莉轻叹一声，双臂交叉在胸前，荧光灯的刺眼光线，以及深藏于这地底逼仄空间内的三十多个牲畜的艰难呼吸，让她感到非常恶心。

"它不是在跟我交流，阿姆利斯。"她说，为自己不小心直呼其名而羞红了脸，"咱们现在可以走了吗？"

阿姆利斯皱起眉头，低头看着泥土上的划痕。

"你确定你不知道这些划痕是什么意思？"他问道，声音中带着对她强烈的怀疑。

"我不知道你希望我怎么回答你，"伊瑟莉突然抬高嗓门儿，眼里泛着泪光，"我是个人类，不是沃迪塞尔。"

阿姆利斯上下打量着她，好像直到现在才注意到她那被毁掉的可怕外形。而他呢，美得无与伦比，黑色皮毛在潮湿的空气中闪闪发光，他站在那里，盯着伊瑟莉，随后又看向沃迪塞尔和泥土上的痕迹。

"我很抱歉。"他最后说道，然后转身朝电梯走去。

几个小时后，伊瑟莉驱车行驶在开阔的公路上，透过打开的车窗大口呼吸户外的新鲜空气，在此期间，她回想着与阿姆利斯·维斯交锋的情形。

她应对得很好，她心想，她没有丢面子，是他做得有点儿出格，他已经道歉了。

关于沃迪塞尔，对它们一无所知的人很容易产生严重误解，他们总是倾向于赋予它们人性。诚然，沃迪塞尔可能会做出一些类似于人类的行为，它们可能会发出类似于人类悲伤呼喊的声音，或者摆出类似于人类哀求的手势，这些都会让无知的观察者轻率地下结论。

但是，归根结底，沃迪塞尔无法做出任何能把它们定义为人类的事。它们既不能siuwil，也不能mesnishtil，并且还没有slan的概念。它们野蛮残忍，始终没进化到会使用hunshur的程度；它们的社会太过原始，甚至连hississins都不存在；此外，这些生物似乎也不认为它们需要chail，甚至连chailsinn①都不需要。

而且，你只要看看它们那呆滞无神的小眼睛，就能明白为什么会是这样了。

换句话说，它们的非人特性再明显不过了。

所以，这就是最好别让阿姆利斯·维斯知道沃迪塞尔有自己语言的原因。

---

① 以上单词均为伊瑟莉母星的语言。

如此说来，她也得多加小心，有他在场的时候，千万不要说那种语言。这样只会激怒他，什么问题也解决不了。在这种情况下，"知道一点儿"比"什么都不知道"更加危险。

好在沃迪塞尔被抬进农场建筑时总是不省人事。等到醒过来时，它们已经被处理完了，所以它们再也不能制造任何噪声。这样就能把一切问题扼杀在萌芽状态。

如果想在运输船装好货物起航之前不让阿姆利斯惹出任何麻烦，那么，什么事都不能让他知道……任何事都不行。

之后，只要他上了回家的飞船，他就可以尽情地沉溺于他那过度盈余的良心和多愁善感之中。如果他想把被剁成一块一块的沃迪塞尔肉扔出船外，赐予这些死去的生物自由，那就随他便，反正到时候这将是别人的问题，而不是她的。

她的问题要更加重大，绝不能掺杂丝毫的自我放纵——她的工作十分艰难，除了她，没人能做得来。

开车经过阿尔内斯的达尔摩农场时，她发现前方有一个搭车客。他就像山顶上的灯塔一样格外醒目。她摇上车窗，打开暖气。要开始工作了。

即便相隔一百多米，她照样能看出那家伙壮实得像是一辆重型农用拖拉机，不管什么样的轮胎都不堪承受他的重量。他庞大的身躯把黄色的反光工装连衣裤塞得满满当当，显得更加惹人注目。说他是一架试验性的交通设施都不为过。

随着汽车慢慢驶近，伊瑟莉注意到那件黄色连衣裤过于陈旧且污迹斑斑，甚至有些发黑了——就是腐烂的香蕉皮的颜色。穿着如此肮脏破旧的工作服，很可能意味着他不是某个公司的雇员。这家伙一定是自己单干。也许他根本就没有工作。

这是好事。无业的沃迪塞尔总是她极佳的目标。虽然在伊瑟莉看来，他们和有工作的沃迪塞尔一样健康，但她发现他们常常会被社会抛弃，孑然一身，敏感脆弱。而且，一旦遭到放逐，他们下半辈子似乎就会一直偷偷躲藏在种群的边缘，竭力瞥上一眼地位很高的雄性和性感的雌性，妄图与他们结交，但又由于害怕受到凶残的惩罚而不敢上前一步。在某种程度上，沃迪塞尔社会本身似乎只会选择那些让它满意的成员，让他们加入其中。

伊瑟莉开到搭车客近旁，并以她一贯的不慌不忙的车速从他身边驶过。他眯起眼睛，漠然地看着她对自己不理不睬，渐行渐远。因为他非常清楚，他那身烂香蕉皮颜色的衣服与大多数汽车的褐灰色内饰不甚匹配，所以司机拒绝搭载他相当正常。不过，伊瑟莉驶来的方向还有很多车辆，他似乎在心想，那就去她的吧，反正路上又不止她这一辆车。

她边开车边评估他的身材。毋庸置疑，他身上的肌肉量绝对足够，甚至可能太多了。脂肪不是什么好东西，这种肌肉间的填充物必须丢弃，它们不仅毫无价值，而且还会渗透到肌肉的最深处——首席加工师昂瑟曾跟她说过类似的话。脂肪就像钻洞的虫子一样，会损害好肉的品质。

不过，这个搭车客很可能浑身全是肌肉，没有半点儿肥肉。她把车停在路边，等到一个合适的时机，然后小心翼翼地掉转车头。

另一个值得注意的地方是，他是个秃头，头上没有一根头发。她认为这无关紧要，反正如果把他拿下，他的头发最终还是会被剃光。但是，是什么原因导致沃迪塞尔在变老之前就秃头了呢？她希望这不是因为某种会影响肉质的身体缺陷，比如疾病之类的。电视上一个看不见发声实体的声音告诉过她，癌症患者会变成秃头。但她并不觉得这个身穿黄色连衣裤的搭车客——又看见他了！——患有癌症。他看起来好像能徒手摧毁一家医院。而且，还记得她前不久搭载过的一个沃迪塞尔吗？就是患有肺癌的那个。现在回想起来，那家伙的头发还多着呢。

她再次从秃头面前驶过，同时确认了一下，他身上的肌肉足以让任何人感到满意。她尽可能快地又掉了个头。

她以前从未搭载过秃头的搭车客，想来还挺有意思，真的。从统计学的观点上讲，她应该搭载过秃头才对。他光秃闪亮的头皮，外加他钢铁般的体格和怪异的服装，也许可以对她的疑虑给出合理解释。她放慢车速，停了下来。

"要搭便车吗？"她打开车门大喊道。她这是明知故问，因为他已经笨重地朝车门走了过来。

"谢了。"他说，试图缓缓挤到副驾驶座上去。当他屈身坐下时，连衣裤发出滑稽的吱吱声。伊瑟莉松开座椅锁，给他更多的空间。

他似乎对她的好意感到很尴尬，一坐下就透过挡风玻璃直视前方，同时摸索着找到安全带。他估计得把带子拉出好几码长，才能把腰身完全围住。

"好了。"搭扣咔嗒一响，他便立刻说道。

她驱车离开。而他坐在她旁边，满脸通红，脑袋像一颗粉红色的甜瓜，镶嵌在一大堆鼓鼓囊囊又污秽不堪的黄色块茎顶端。

整整一分钟后，搭车客终于慢慢转向了她。他上下打量着她，然后又扭头望向窗外。

他在想，我今天真走运。

"我今天真走运。"他说。

"希望如此。"伊瑟莉用热情且愉快的语气说，但同时却感觉到一股莫名的寒意顺着脊柱淌下，"你要去哪儿？"

这个问题悬在空中，像吃剩的食物般冷却，最后凝固下来。他始终目不转睛地看向前方。

伊瑟莉考虑着是否要再问一遍，但又觉得这样未免过于刻意了。事实上，她感觉自己各方面都表现得很刻意。她不自觉地微微弓身，胳膊肘往前探出，遮住了胸部。

"你这对奶子可真不错。"他说。

"谢谢。"她说。车厢内的气氛瞬间骚动起来，不安的分子激烈碰撞。

"它们一宿可长不了这么大。"他窃笑道。

"嗯，你说得对。"她赞同道。

她真正的乳房长在腹部，刚刚自然发育崭露头角时，就被手术切除了。后来，她又做了一次手术，将这对松软洁白的人造乳房移植到了胸部。外科医生是参照埃斯维斯寄过去的杂志上的图片做的移植手术。

"我很久没看到这么大的奶子了。"搭车客补充说，显然不愿意放弃深入挖掘如此撩人的话题的机会。

"嗯。"伊瑟莉说，这时，她注意到一块路标，然后快速地做了一下心算。总有一天她会告诉埃斯维斯，她在由农田和栅栏组成的农场小世界之外开了这么多年的车，从未见过哪个雌性沃迪塞尔拥有像他那本杂志上那样硕大坚挺的胸脯。

"你在那儿站了很久了吗？"为了换个话题，她转而问道。

"挺久的。"他嘟囔道。

"你想到哪儿去？"她希望这个问题此刻已经渗透进了他的大脑里。

"到了再说吧。"他说。

"好吧，我恐怕最远只能到埃文顿。"她说，"但不管怎么说，这样也能让你离目的地更近一些。"

"嗯，"他不以为意地说，"没事儿。"

无形的分子再次在他们之间无声地翻滚起来。

"那么，你今天为什么出门呢？"她欢快地说。

"有事要做，就是这样。"

"我无意八卦，"她继续说，"我只是对人很好奇，仅此而已。"

"没关系。我是那种不爱说话的人。"他说话的语气仿佛这是与生俱来的殊荣，就像财富或美貌一样。这让伊瑟莉不自觉地想到了阿姆利斯。

"你是个小骚货，对不对？"搭车客故意露骨地问。

"我——你说什么？"她没听过这个词。

"做爱，"他平静地解释说，大甜瓜似的脑袋又变红了，"你脑子里想的全是这事儿。我在一英里外就能看出来，你喜欢这个，对不对？"

伊瑟莉不自在地扭动身子，然后看了一下后视镜。

"事实上，我工作太忙，根本没时间想这个。"她试着用轻松的语气说。

"扯淡，"他冷冷地反驳道，"你现在就想着呢。"

"我其实现在想的是……是工作上的事情。"她主动说道。她希望他会问她是干什么的。她决定这次说自己是一名便衣警察。

"像你这样的女孩不需要想工作。"他哼着鼻子说。

到埃文顿还有八分钟的车程。早知如此，她就说要去巴拉赫拉根了，路程是到埃文顿的一半，但是只被搭载这么点儿距离，他可能会很恼火。

"我敢打赌，很多人都摸过你的奶子，对吧？"他突然问道，仿佛是想再次开启那个她因为太过嘴笨而搁置的话题。

"并不多。"她说。实际上，准确的统计数字是"零"。

"我不信。"他说，脑袋仰靠在头枕上，微闭双眼。

"嗯……是真的。"伊瑟莉愁闷地叹息着说。根据数字时钟显示，到现在只过了五十秒。

不过，宇宙似乎终于听到了她的祈祷：搭车客的眼皮眯成了两道缝，最后彻底合上，估计是睡着了。他的脑袋稍稍耷拉进竖起来的肮脏衣领里。几分钟过去了，发动机的隆隆声和灰色潮汐般后退的路面让车厢内一点儿一点儿地复归平静。待秃头再次说话时，他们距埃文顿只剩几英里了。

"你知道我恼火的是什么吗？"他说，语气比刚才略微活跃了一些。

"不知道。你恼火什么？"伊瑟莉已经松了口气，状态松弛了下来。谢天谢地，她感觉到空气已然没有那么窒息，分子的运动也更为平静了。

"那些超模。"他说。

伊瑟莉首先想到的是高级汽车，然后又觉得他指的一定是清晨电视节目中在屏幕上一掠而过的卡通角色：抽象的雌性沃迪塞尔，戴着长及肘部的手套、穿着高及大腿的高筒靴，在空中穿梭飞行。她正欲张口，忽然及时想起了这个词的真正含义：她曾经在新闻中看见过那种非凡的生物。

"你喜欢超模？"她试探着问。

"我讨厌她们。"

"她们挣得比你和我多得多，对吧？"她评论道，即便到了现在，她仍然在努力寻找能够深入了解他生活的切入点。

"关键是他妈的什么也没干。"他说。

"生活就是这么不公平。"她赞成道。

他眉头紧锁，噘起嘴唇，或许是在为倾吐一件难以启齿的心事做准备。

"有些超模，"他说，"凯特·摩斯和那个黑人小妞，呃……真让我搞不明白。搞不明白。"

他说"搞不明白"这几个字的时候，就像是在大街上捡到一个非常昂贵的物件，那东西远远超出他的购买能力，但他就是想在所有人面前显摆。

"你搞不明白什么？"伊瑟莉问，听不懂他在说什么。

"她们的奶子呢？我就想知道这个！"他大喊道，同时用一只大手托住自己的大胸，"说是超模，但她们却没有奶子！那怎么能行呢？"

"我不知道这种事情是谁来决定的。"伊瑟莉承认道，车厢内的气氛再次骚动起来，这让她感觉很难受。

"酷儿①啊，肯定的。"他咕哝着说，"他们关心超模有没有大奶子干吗？这就是原因，我觉得。"

"有可能。"伊瑟莉非常小声地说。她感到疲惫不堪。埃文顿已经很近了，她需要把剩余的精力集中用到让他心平气和地下车上去。

"你要是做模特，一定超他妈赞。"他对她说，再次上下打量了她一番，"绝对是上报纸第三版的料②。"

她叹了口气，尽力揶揄地咧嘴笑了一下。

"也许我应该把胸部变小一些，是吧？"她说，"就跟那些超模一样。"她笨拙地模仿着他粗野的措辞，但听起来很假，而且像是

① 酷儿（Queer）由英文音译而来，最初是西方主流文化对同性恋者的贬称，现统指非异性恋群体。
② 英国报纸的一个传统，在主流通俗小报的第三版刊登一张袒胸露乳的性感女模的大幅图片。

在摇尾乞怜地讨好他。她已经失控了。天哪，他肯定超级鄙视自己！

"去他妈的超模！"他用粗暴却又安慰的语气鼓励她道，"你的身材比她们好得多。她们那样不自然，那些女人。她们肯定得服用类固醇，就像那些赛跑选手一样，让胸部缩小，声音变低沉，而且还会长胡子。在这该死的世界上，这种事情太常见了。一点儿节操都没有。也没人反对。我真是搞不明白。"

"世界就是这么奇怪，"她赞同道，紧接着又说，"我们快到了。"

"到哪儿？"他狐疑地问。

"埃文顿，"她提醒道，"我最远只能送你到那儿了。"

"哦，我可不这么觉得。"他回应道，声音模糊得像是喃喃自语，"我相信你可以开得更远一点儿。"

伊瑟莉的心跳开始加速。

"不，"她坚持道，"我最远就到埃文顿。"

搭车客把手伸进连衣裤里，掏出一把大号的灰色斯坦利刀，明晃晃的三角形刀刃已然出鞘了。

"继续开。"他轻声说。

伊瑟莉紧紧握住方向盘，努力控制自己的呼吸。

"别干傻事。"她说。

这句话终于让他爆出一声大笑。

"到下个路口之前左转。"他说。

"如果让我现在停车……让你下车，"她气喘吁吁地说，"对咱俩来说……都是好事。"她的左手食指在伊卡帕图亚按钮上方颤抖着。

他似乎没听见她的话。一座窗户被水泥封住的老教堂赫然出现在左手边，旁边有一条长长的砾石小径伸向远方，消失在灌木丛中。

"就是这儿。"他轻声对她说。

伊瑟莉看了看后视镜，最近的车大约在她身后一百码处。如果她能加大油门，然后用比平时更短的时间减速，那么当那辆车赶上来时，她已经安全地停在一处路侧停车带里，并将车窗调成不透明模式。

她按下伊卡帕图亚的按钮。

"我说了，在这儿左转！"搭车客喊道，"左转！"

恐慌像气泡浮出液体般在心中升腾，她对挡位判断错误，猛地一拉换挡杆，车子发出一阵令人反胃的刺耳嘶叫。与此同时，她低头扫了一眼乘客座。她现在才意识到，秃头的连衣裤像牛皮一样厚，而且外面还加了一层类似于防水帆布的黄色料子。伊卡帕图亚的针头根本扎不动。

身体一侧突然传来一阵刺痛。那是斯坦利刀的刀尖透过她上衣的纤薄布料扎进了她的肉里。

"好！好！"她不安地用气声说道，拨开转向灯开关，转到他所说的那条小径上。砾石在车轮下哗啦啦响，飞起的石子嘭嘭地猛撞汽车底盘。汽车突然转向，她猛打方向盘，回归正途，每急促呼吸一次，她都能感觉到刀刃扎进肉里的刺痛。

"转了，转了！"她大喊道。

他收回刀子，空着的那只手伸过来，稳住方向盘。他抓得很牢，但又很柔和，就像在手把手教她开车一样。他的手有她的两倍大。

"请你……别这样。"伊瑟莉气喘吁吁地说。

他没有回答，只是把手从方向盘上移开，显然是对她目前能够平稳驾驶感到满意。车子在一片无人照管的空地中穿行，这里布满了矮树丛和干草包腐烂后的残迹。前方，一座专门建造的廉价农场棚屋若隐若现，现在只剩四分五裂的混凝土墙壁和扭曲的钢筋骨架。A9公路已经几不可见，像一条远方的河流般模糊不清，遥遥地隐现在后视镜里。

"看到一堆轮胎的时候右转，"搭车客指示道，"然后停车。"

伊瑟莉乖乖照做。他们停在一堵三米高、十米长的实心墙后面。建筑物的其余部分已经消失，只剩这堵墙独立于此。

"到了。"搭车客说。

伊瑟莉恢复了对呼吸的控制。她努力将全部注意力集中到思索对策上来。现在只能靠智慧救自己，因为她不能跑。她原来能够像羔羊般急速奔跑，但现在已经失去了奔跑的能力。

"我认识有权势的朋友。"她恳求道。

他又大笑一声，这次是短促的干笑，听着像咳嗽。

"下车。"他说。

他们打开各自一侧的车门，下到铺满石头的地面上。他走到她跟前，关上驾驶室的门。他推着她倚在车门上。他一只手仍然握着斯坦利刀，另一只手抓住她黑色的棉布上衣，抓了满满一大把，然后猛地向上撩起。聚成一团的衣服在腋窝处卡住了，他太过强壮，在往上猛扯的时候差点儿将她连带着拎起来。她急忙高举手臂，让他把上衣扯掉。

"如果你愿意的话，"她提议道，并用轻微颤抖的双手托住胸脯，"我们可以一起体验一次……美妙又愉悦的性爱。"

他面无表情，满脸通红，站在离她一臂之遥的位置。然后，他把没有握刀的那只手向前伸，开始揉捏她的胸脯，揉完一边再揉另一边，并用拇指和食指捏住她的胸部，将它们像小面团一样反复揉搓。

"舒服吧，嗯？"他说。

"嗯啊。"她回道。她的胸脯自然没有任何感觉，但背部被他压在弯曲的车体表面，使她的脊柱疼痛不已。痛楚和恐惧令她如遭电击一般，肩膀渗出一股冷汗，汗液令皮肤生出轻微的刺痛之感。

他揉捏了很长一段时间。他们呼出的气息混合在一起，在寒冷的空气中凝为一团白雾。在极高处，一轮苍白的太阳探出头来。他穹顶似的脑袋映现出太阳的轮廓。冷空气渗入汽车发动机内部，零件的热量渐渐散失，嘀嗒响个不停。

最后，搭车客松开手，后退一步。

"跪下。"他说。伊瑟莉连忙服从，与此同时，他用空着的那只手顺着连衣裤中缝轻轻解开扣子，露出脏兮兮的黑黄外套下面那件白得惊人的汗衫。他把扣子一直解到裆部，扯开上半部分，然后掏出生殖器，连毛茸茸的电灯泡似的阴囊也一并掏了出来。他上前一步，让生殖器紧挨着她的脸左摇右晃。

他把斯坦利刀架在她的脖子上，让她隔着头发也能感觉到刀刃的锋芒。

"别用牙齿咬到它，明白吗？"他说。

他的生殖器极度肿胀，比人类的更肥硕，也更苍白，顶端发紫，形状不太对称。它的顶端有一个小孔，像一只死猫没有完全闭上的眼睛。

"我明白。"她说。

她将那根带有尿骚味的玩意儿含在嘴里，一分钟后，脖子上的刀刃被微微抬起，紧接着便被短而粗硬的手指所取代。

"好了。"他呻吟道，一把抓住她的头发，攥紧。

他后退一步，把那玩意儿从她嘴里抽出来。随后，他冷不防地抓住她的一个胳膊肘，向上拉起。伊瑟莉根本来不及绷紧肌肉以维持沃迪塞尔所特有的手臂形状，那只胳膊在多个关节处自由弯曲，赫然呈现出人类才能摆出来的锯齿形状。搭车客似乎并未注意到，而这一点是到目前为止最令伊瑟莉感到恶心和恐惧的。

她刚站起来，搭车客就把她按在车体上，继续往前面推，直到她靠在引擎盖上。

"转身。"他说。

她照做了。他立即抓住她的绿色天鹅绒长裤，一下子就撕开到膝盖位置。

"天哪，"他在她身后低吼道，"你这是出过车祸吗？"

"是的，"她低声说，"我很抱歉。"

有那么一瞬，她以为他泄气了。但紧接着，她就感觉到他的手掌放在她的背部，把她向前推到引擎盖上面。

她拼命在脑海中搜寻合适的词，那个可能会让他停下来的词。她知道那个词，但只见过文字版——事实上，就是一个沃迪塞尔今天早晨在地上拼写出来的。她从未听过它的发音是怎样的。

"银奇^①。"她哀求道。

他的双手都放在了她的后腰上，斯坦利刀的刀柄挤压着她的脊柱。他的生殖器在她的大腿之间戳来戳去，努力寻找入口。

"求你了，"她突然灵机一动，装作乞求地说，"让我指给你看。这样会更好。我保证。"

她咚的一声趴在引擎盖上，胸脯和脸颊紧贴着光滑的金属，然后，她将双手放在臀部，把两瓣屁股分开。她知道她的生殖器已被永远地埋在由尾巴被截断而留下的一大块丑陋的疤痕组织下面。但疤痕线本身的样子却很像雌性沃迪塞尔生殖器的裂口。

"我什么都没看见。"他咕哝道。

"凑近点儿。"她催促道，痛苦地扭过头，看着他穹顶似的脑袋凑到近前，"就在那儿。仔细瞧。"

伊瑟莉利用身体稳稳地趴在引擎盖上的优势，倏忽之间，将双臂向后上方快速挥动。两条胳膊像鞭子一样甩起，正中靶心。每只手各伸出一根手指，分别插进搭车客的左右眼中，一直没到指关节的深度，深入他温热湿黏的头骨里。

她急促喘息，把手指拔出，双手砰的一声按在引擎盖上。秃头颓然跪下，与此同时，她努力回到地上站直。伊瑟莉狂乱至极，眼看他要朝自己的方向栽倒，她便不顾长裤依然缠结在脚踝处，迅速侧身跳开。他的脸撞到保险杠上反弹回来，发出一声闷响。

---

① 原文为"Murky"，与"仁慈"（Mercy）音近。

"啊！啊！啊！"她一边厌恶地喊叫，一边歇斯底里地在赤裸的大腿上擦拭手指，"啊！啊！啊！"

她提起裤子，跌跌撞撞地走到被扔掉的上衣跟前，从地上一把抓起。

"啊！啊！啊！"她一边大喊，一边使劲穿上那件沾满烂泥的湿乎乎的衣服。当她把颤抖的手腕穿过袖子往上拉时，一颗砂砾刮擦着她的肩膀和肘部滚落而下。

她慌忙爬回车里，转动点火开关。发动机咳嗽着恢复生机。她加大油门，发动机随之隆隆作响。她倒车远离秃头的尸体，变速器发出齿轮碰撞的声音，车子便熄火了。

就在准备重新发动引擎离开之前，她忍不住拿起用来擦挡风玻璃的那块布又擦了一遍手指。她这才注意到一片手指甲少了一大截。她用两个手掌重重拍打了一下方向盘，然后下车，回到搭车客的尸体旁，无论如何也要找到那截指甲，以免被警察找到后分析出异常结果。

找东西费了不少工夫，而且她还得花时间用周围的植被临时制作一些工具。

搞定之后，她爬进车里，驱车离开，回到了主干道上。

当她试图拐进车流中时，其他司机全都冲她嘟嘟按着喇叭。

原来她转弯时不小心碰到了远光灯。

这样是不可以汇入他们那条平和的车流的。

9

伊瑟莉驾车直奔塔伯特岬而去，目的地是她知道的一处防波堤。它位于一条又短又极其陡峭的道路尽头，那儿立着一块交通标志牌，上面绘着一幅抽象的画：一辆汽车坠入海浪之中。

伊瑟莉开得很小心，刚好紧贴着防波堤的尖头边缘停下。她拉起手刹，动作细致得像是在取回某样东西，而那东西稍不留神就会丢失似的。然后，她把胳膊靠在方向盘上，准备感受即将到来的一切。但她什么也感觉不到。

大海死一般的平静，海面像钢铁般灰暗。伊瑟莉透过挡风玻璃，眼睛一眨不眨地盯着大海，就这么看了很长时间。"著名的海豹嬉戏处"，她身后那条路上有一块牌子上如此写道。她盯着大海看了得有两个小时，什么也没看见。海水变得越来越暗，仿佛一块巨大的有色玻璃。就算有海豹藏在水下，它们也一只都没有跃出海面。

在这段时间里，潮水无声地上涨，舔舐着防波堤。伊瑟莉不知道水面会不会继续上涨，甚至涨到她所处的高位，将汽车托起，然后卷进海里。如果沉入水底，她觉得她肯定会被淹死。她曾经是一名游泳健将，但她如今的身体与彼时相比，已然大相径庭。

她试图驱使自己打开点火开关，把车开到安全的地方，但就是办不到。对她来说，去往别处是一个不可能成功的挑战。当她尚有精力做决定时，这里就是她想来的地方。可现在那股精力已消散殆尽。她会待在这儿。大海要么把她带走，要么把她留在原地。不管怎样，似乎都无所谓了。

伊瑟莉在防波堤上待得越久，就越觉得自己好像才到这儿没多久，甚至是刚刚抵达。太阳像是遥远的车灯一般在天空中移动，它散发的光芒颇有迷惑性，实际上却丝毫没有靠近。北海的海水轻轻拍击汽车的底盘。伊瑟莉透过挡风玻璃继续看向大海。有什么特别的东西在躲避着她。她要在这里等着，直到它自己过来。如有必要，她会一直等下去。

一大片云在逐渐暗淡的天空中不停地改变形状。虽然她并未感觉到有风，但高空中一定有强大的风力在塑造那朵云的外形，一旦对它的形状不满意，就将它雕琢成另一种形状，如此反复。最开始，云朵看上去像一张飘浮的大陆地图，旋即被压缩成一艘船，接着又膨胀成一个很像鲸鱼的东西。最后，在夜幕降临时，它变成了一个更庞大、更稀薄、更抽象也更晦涩的东西。

黑夜很快就过去了，仿佛转瞬间天就亮了。伊瑟莉彻夜未眠。她坐在方向盘后面，看着黑夜散去。在黑夜的某个时间，大海放弃了对她的恐吓，偷偷退走了。

日出时分，伊瑟莉眨了几下眼。视野一片模糊，她便摘下眼镜，但问题出在挡风玻璃本身，它已经沾满了凝结的水雾，看着雾蒙蒙的。她自己的身体也湿乎乎的，热气腾腾，显得她好像整宿都在睡觉似的。但她不可能睡着。这一点毋庸置疑。她一刻也没有放松警惕。

她试图打开雨刷，擦除挡风玻璃上亮莹莹的雾气。但没有动静。她转动点火开关。发动机微微颤动，无力地咳嗽几声，然后就熄火了。

"你要是不想干，那就这样吧。"她大声说。她激动得声音发抖。

她必须为此做些什么。

大概一小时后，车窗上的雾气自动消散了。伊瑟莉开始感觉到身体那一侧的疼痛。她用指尖拂过被刀扎的部位。上衣布料与她的肉粘在一起，肯定出血了。她急躁地把衣服从血肉上扯开。她原本以为自己没受伤呢。

她试着在座椅上扭动臀部，或抬起大腿。她动弹不得。她腰部以下可能全坏死了。她必须为此做些什么。

她将司机侧的车窗摇开一条缝，从中向外望去。潮水已从岸边退去，露出凝胶似的海藻、半腐的海船投弃物，以及爬满了那种软体小动物的骨头般的岩石，人们——不，是沃迪塞尔——经常捡那种动物。海螺。就是这个词——海螺。

在远处，有两个身影正沿着海岸朝伊瑟莉所处的防波堤走来。伊瑟莉看着他们向这边走近，妄图用意念使他们回头。尽管她拼尽全力，但意念的力量还是不够强大，没能跨越他们之间的距离。他们没有回头。

等那两个身影走到离她大约五十米的地方时，伊瑟莉认出那原来是一个雌性沃迪塞尔和一条难辨性别的狗。雌性沃迪塞尔小巧娇弱，身穿羊皮大衣和绿色裙子。她的腿细得像根木棍，穿着黑色打底裤，足蹬一双绿色长筒胶靴。她的头发又长又浓密，被海风吹得遮住了面庞。她一边在礁石上行走，一边呼叫着狗的名字，声音与雄性沃迪塞尔截然不同。

那条狗并未裸身，而是穿着一件红色的格子呢外套。它走起路来左摇右摆，在黏滑的礁石上艰难地保持平衡。它不时抬头朝雌性沃迪塞尔看上一眼。

他们终于走得足够近了。伊瑟莉正准备戴上眼镜，他们却停下了脚步。雌性沃迪塞尔挥了挥手，然后转身离开，那条狗紧随其后。

伊瑟莉松了一口气。她便继续看起了云朵和大海。

最后，车子似乎被阳光晒干了，她重新试着打开点火开关。发动机乖乖地启动了。她熄掉发动机。等她准备好的时候，她自然会开走。

她把头转向副驾驶座，按下伊卡帕图亚的开关，同时盯着座椅上的凹痕。两根银色针头刺破衬垫，往空气中喷出两股细细的液体。

伊瑟莉身体后仰，靠在椅背上，闭上双眼，开始低声啜泣。

10/

　　第一眼看见搭车客时，伊瑟莉总是会驱车径直驶过，以便让自己有时间对那家伙评估一番。这是她过去一直在做的事情。这也是她现在要做的事情。前方出现了一个搭车客。她从他身边驶过。

　　她的目标是大块头。骨瘦如柴的家伙对她毫无用处。而眼前这个就骨瘦如柴。他对她毫无用处。她继续往前开。

　　现在是拂晓时分。现实世界仿佛不存在了，只剩下她正行驶其上的这条绶带般的灰色柏油路。自然美景令人分心。她不能分心。

　　A9公路似乎空空荡荡，但你决不能相信这种表象。不论什么时候，任何事都可能发生。这正是她始终密切注意路况的原因。

　　三个小时后，她又看到一个搭车客。这个是雌性。伊瑟莉对雌性不感兴趣。

　　在副驾驶侧的车轮上方，有个地方开始发出咔嗒咔嗒的异响。她以前听到过这种声音，它后来又消失了，但那只是假象，它其实一直藏在她车体的某个位置。伊瑟莉不会容忍这种异常。她会在完成工作后，把车开回农场，然后找到异响之处，将它修好。

*　　*　　*

又过了两个半小时，她的视线中又出现了一个搭车客。第一眼看见搭车客时，伊瑟莉总是会驱车径直驶过，以便让自己有时间对那家伙评估一番。所以，她从他身边开了过去。

他举着一块大纸板牌，上面写着"去珀斯，谢谢"。他不是秃头，也没穿连体服。他的身材显得头重脚轻：细长的腿上长着一个V形的躯干。那双腿绝对非常细。褪色的牛仔裤裤腿在腿上呼呼飘扬。今天的风一定很大。

她驱车往回开，再次评估他的身材。他的手臂挺粗壮。肩膀也很棒。尽管腰部细瘦，但胸肌看上去非常发达。

她再次掉头，第三次朝他驶去。他有一头卷曲凌乱的红发，穿着一件由许多种颜色的羊毛织成的厚厚的针织套衫。伊瑟莉见过的所有身穿厚针织套衫的沃迪塞尔都没有工作，它们过着被社会所遗弃的日子。她觉得肯定有某个当权者强迫他们穿上这种衣服，以作为一种低等民众的羞辱标记。

这个沃迪塞尔在向她招手，他一定是社会的弃儿。把他送到农场以后，他的腿会被催肥的。

她把车停在路边。他赶紧跑过来，脸上挂着笑嘻嘻的表情。

伊瑟莉打开副驾驶侧的车门，正欲对他大喊："想搭便车吗？"

但她突然意识到这么问显得很荒谬。他举着的大牌子上已经明明白白地写了"去珀斯，谢谢"，所以他当然想搭便车。而且她已经因此停下了车。一切全都不言自明。根本没必要再说什么。

她默默地看着他系好安全带。

"我……你真是个大好人。"搭车客说，不好意思地咧嘴笑了笑，同时用手梳理着浓密的头发，刚撩上去，额前的头发马上又垂落下来，遮住了他的眼睛，"我刚才在外面冻得够呛。"

她严肃地点点头，然后试着对他报以微笑，但她不确定是否做到了。她脸上的肌肉与嘴唇的连接似乎不如往常紧密了。

搭车客唠唠叨叨地说："我把牌子放在我的脚边，可以吗？完全不影响你换挡，行吗？"

她再次点头，然后发动引擎。在内心深处，她对自己的沉默不语感到很不安，她似乎失去了说话的力量，她的喉咙出了问题。而她的心跳已经开始怦怦加速，尽管到现在为止什么事都还没发生，而且离做决定的时候还远着呢。

她下定决心表现得正常一些，张口想要说话，但这是个错误的决定。她能感觉到即将从喉咙里发出的声音对沃迪塞尔来说毫无意义，于是她又把那句话咽了回去。

搭车客紧张地摸着下巴。他长着柔软的红胡子，十分稀疏，从远处甚至看不出来。他又笑了笑，脸上泛起红晕。

伊瑟莉微微颤抖着深吸一口气，打开转向灯，重回车道，目视前方的路面。

等准备好了她就会跟他说话。

搭车客摆弄着他的牌子，试图在向前俯身期间吸引她的注意。但她并未理会。他又在椅子上坐好，不知所措地轮流用一只冰冷的手握住另一只，然后把双手缩进针织套衫那毛茸茸的袖子里。

他不知道究竟该说些什么才能让她放松下来，如果她不想跟他说话，那她干吗还费那个劲儿让他上车呢？她一定有自己的原因。重要的是要猜出这个原因是什么。从她把脸扭过去之前的表情来看，她已经疲惫不堪了。也许她先前开车的时候打盹儿了，所以想找个搭车客让自己保持清醒。如此说来，她是希望他跟她闲聊的。

这个念头让他感到慌张，因为他不是那种会"闲聊"的人。他更喜欢在迷迷糊糊的状态下，跟别人面对面地长篇大论，就像他跟凯茜一块儿抽完烟卷后的那种彻夜长谈。只可惜，他现在不能给这个女人一支烟卷让她放松下来。

不过转念一想，他完全可以跟她聊聊天气情况，不是敷衍地糊弄几句，而是说说这种天气使他产生的真实感受。比如，天空就像……就像一片雪的汪洋，它们高悬在那里，全都是固态的水啊，那些纯白的冰晶粉末足以把一整个郡彻底掩埋，而它们就以云朵的形态高高地飘浮在天空中。想想就觉得不可思议，简直堪称奇迹。

他又看了看这个女人。她开起车来跟机器人似的，背部挺直得像根金属棒。就他看来，外面的自然风光对她毫无意义，这种话题跟她根本聊不起来。

"你好，我叫威廉。"他可以这么说。也许现在再自我介绍已经有点儿晚了。但他必须想办法打破沉默。她可能会一路开到珀斯去。如果她开车跑了一百二十英里把他送到目的地，而他们却连一句话都没说，那么他跟废人有什么区别？

也许冷不丁地来一句"你好，我叫威廉"，在语气上显得有点儿粗鲁，有点儿像美式英语，就像是在说"你好，我叫阿诺德，今晚由我来为您服务"。也许低调一点儿会更好。比如"顺便说一下，我叫威廉"。听着就像他在他们热烈交谈时顺带说一下似的。可惜他们并没有热烈交谈。

这个女人到底哪里不对劲儿？

他沉思片刻，努力不去理会自己的不安，把注意力放在她身上。他试着想象假如凯茜坐在他现在的位置，她会如何看待这个女人。凯茜看人很有眼力。

威廉认真而努力地从女性角度用直觉去判断，很快就得出结论：这个女人一定出了极其、极其严重的问题。她应该是遇到了什么麻烦，感到非常痛苦。她甚至现在还处于极度震惊的状态。

或许是他想多了？凯茜的那个作家朋友戴夫，也总是一副震惊的样子。打从他们认识这些年以来，他一直是那个样子。他可能天生就是那样。但这个女人跟戴夫不同：她浑身散发着一种怪异至极的气息，甚至比戴夫还要怪异，而且她的身体状况绝对很糟糕。

她的头发湿乎乎的，沾满了像是车轴润滑油似的污迹，缠结成一绺一绺的，乱七八糟地向外翘曲。这女人一定很久都没照过镜子了。她闻起来有种发酵的汗液味和海腥味，要是换作一个喜欢品头论足的人，肯定会说她恶臭难闻。

她的衣服上结着变干的烂泥，看上去脏兮兮的。她可能跌倒了，或者出了点儿意外。如果问她"你没事吧"，这合适吗？他若是对她衣服上的脏物发表意见，她也许会生气。她甚至可能会认为他是想对她进行性骚扰。如果你是个男人，想对陌生女人表示友善简直太难了，不管你表现得多么真诚。你可以彬彬有礼、和颜悦色，但这跟表示友善完全不是一回事，这是跟职业介绍所的工作人员打交道的方式。你决不能跟一个陌生女人说你喜欢她的耳环，或者她的头发很美——或者问她的衣服上怎么会有泥巴。

也许这是文明水平过高导致的。两只动物，或者两个原始人，就从来不会担心这种事情。如果其中一个身上沾满烂泥，另一个不由分说便会凑上去舔或擦，反正只要能帮忙弄干净，做什么都行。这一切都与性毫无关系。

或许他虽然表面这么想，实际上却是个伪君子。他确实对这个女人有点儿想法……呃……她是个女人，对吧？她是女人，他是男人。男欢女爱，切切实实，永远都绕不开。而且必须得承认，这么冷的天气，她身上的衣服简直少得惊人。即便是在天气尚暖、多雪的季节尚未到来之时，他也从未在公开场合看到有女人露出这么多的胸沟。

就其大小而言，她的胸脯坚挺得很不正常，而且丝毫不受地心引力影响。也许她用硅胶隆胸了。那可真令人同情。这种手术有健康风险，比如硅胶泄漏、致癌之类的。完全没必要这么做。每个女人都是美丽的。小胸也挺好，一把就能握住，紧贴着手掌，温暖而完整。每当有广告宣传品寄到家里，凯茜拆开翻看最新的内衣目录簿并因此感到分外沮丧的时候，他就是这么安慰她的。

也许这个女人只是穿了那种精心设计的防下垂胸罩。男人对这种事情可能真的一无所知。他看了看她的侧面，从腋窝到腰部，寻找金属丝或结实的蕾丝的迹象，但他一点儿蛛丝马迹也没看出来，只看到她上衣的布料上有一个小洞，像是被带刺铁丝网或尖树枝给剐破的。小洞周围的布料糊满了某种黏糊糊的东西，现在已经干了。是血吗？他很想问她。他真希望自己是个医生，这样他就能很自然地询问，并且她也不会多想。他可以假装自己是医生吗？在医疗方面他还是略知一二的，凯茜怀孕、她骑摩托车出车祸、他父亲中风和苏西吸毒成瘾……这一系列的变故也让他了解了一点儿医学知识。

"恕我冒昧，我是个医生，"他可以这么说，"我注意到……"但他不赞成撒谎。哦，我们撒下第一个谎言时，就为自己编织了一张缠结纷乱的罗网，莎士比亚如是说。莎士比亚可不是傻瓜。

他越看这个女孩就越觉得她奇怪。如果无视沾满烂泥的膝盖，她的绿色天鹅绒长裤颇有二十世纪七十年代时兴的那种复古风格，但她绝对没有夜总会女郎的那种修长美腿。她的腿在薄薄的布料下微微颤抖，短得几乎够不到踏板，像是脑瘫患者才有的那种腿。他扭头瞥了一眼他们座位之间的空隙，心想那里面可能会塞着一把折叠式轮椅。但他只看到一件很旧的带帽防寒服，完全符合他的预期。她的靴子很像马丁靴，但比马丁靴更厚实，就像鲍里斯·卡洛夫①穿的那种木底鞋。

---

① 鲍里斯·卡洛夫（1887—1969），英国演员，在《科学怪人》《弗兰肯斯坦的新娘》和《科学怪人之子》中饰演过弗兰肯斯坦的怪物。

但最奇怪的地方还是她的皮肤。除了苍白光滑的胸脯以外，他能看见的她的所有皮肤都具有相同的奇特质感：看上去覆着绒毛，就像一只被绝育不久的猫的皮肤刚开始重新长出软毛的样子。她身上到处都是疤痕：沿着她手掌的边缘、沿着她的锁骨，特别是她的脸上。他现在看不到她的脸，因为被她缠结蓬乱的头发挡住了，但他之前已经看得一清二楚，沿着她的下巴、脖子、鼻子和眼睛下缘都有伤疤。还有那副矫正眼镜。镜片必须得有验光领域内最高的放大率，她的眼睛才会看起来那么大。

他讨厌以貌取人。重要的是人的内在。但是，当一个女人的外貌如此与众不同时，她的整个人生都极有可能受此影响。这个女人的故事，不管是悲惨的还是鼓舞人心的，都将是非同凡响的经历。

他真的很想问问她。

如果不能问明白，他会非常难过。他的余生都会被好奇心所折磨。他知道会是这样。他以前也经历过这种事情。有一次，那得是八年前了，他当时也有一辆车，让一个男人搭了一段车，那人一坐上副驾驶座就开始落泪。威廉没问那人怎么了，因为他太尴尬了，他那会儿还是个二十岁的愣头青，很大男子主义。过了一段时间，那人停止哭泣，到达目的地后，说了声"谢谢你让我搭便车"就下车走了。从那时起，威廉经常会猜想那人到底怎么了，几乎每周会想起一次。

"你还好吗？"他当然可以这么问。如果她想把他的问话搪塞过去，她可以立刻没好气地怼回去，提醒他收敛一些。或者，她也可以态度好一点儿，给他留点儿余地。

威廉舔了舔嘴唇，试图把这几个字挤到嘴边。他心跳加速，呼吸急促起来。可她看都不看他一眼，这让本就不会闲聊的他变得更加畏首畏尾。他想过先清清嗓子，就像他在电影里看到角色们所做的那样，但随即便被这个蹩脚的主意羞得满脸通红。剧烈的心跳使他的胸骨像低音鼓般嗡嗡震动，不过，这也可能是急促喘息的肺导致的。

这真是太荒谬了。他沉重的呼吸声已经变得清晰可闻。她很可能会认为他要做出扑到她身上之类的行为。

他深吸一口气，放弃了询问她任何事情的想法，至少不能冷不防地问出一句。也许过一会儿他们会自然而然地打开话匣。

如果他能在谈话中提及凯茜就好了，那样兴许能让她安心，她就会知道他是其他女人的伴侣，是两个孩子的父亲，绝对不会强奸或猥亵任何人。但是，她若是不问起他的家庭，他该如何提起这个话题呢？他总不能突然说："顺带一提，没准儿你也想知道我的家庭状况，我有一个妻子，我很爱她。"这一听就很蹩脚。不，比蹩脚还糟糕：绝对能让她毛骨悚然，甚至让她以为他是个神经病。

这就是谎言对这个世界造成的负面影响。自古以来人类说过的那些谎言，现在仍然存在，说谎的后果就是丧失信任，每个人都要为此付出代价。这就意味着，当两个人交流时，即便他们果真对彼此毫无恶意，也永远不能像两只动物一样坦诚以待。文明的代价啊！

威廉希望能记住这些想法，等回家后可以跟凯茜讨论讨论。他觉得他这番思考已经触及了更深刻的层面。

但是，如果他跟凯茜说太多关于这个让他搭便车的女人的事，她有可能会误解他。他不得不承认，谈到他的前女友梅丽莎以及他们去加泰罗尼亚的那次徒步之旅时，凯茜可没有给他好果子吃，尽管她现在差不多已经原谅了他。

天哪，这女孩为什么不肯跟他说话呢？

* * *

伊瑟莉绝望地凝视前方。她仍然不能说话，搭车客显然也不愿意说话。像往常一样，得由她来主动挑起话头。什么事都得由她主动承担。

一块巨大的绿色交通指示牌上写着，距离珀斯还有一百一十英里。她应该告诉他，她最远能到哪里。但她不知道自己想走多远。她瞥了一眼后视镜。公路上空空荡荡，地上白雪皑皑，在灰蒙蒙的雪光中，什么都看不清。她唯一能做的就是继续开车，双手在方向盘上几乎一动不动，一声痛苦的呼喊梗塞在喉咙里出不来。

就算她能主动挑起话头，但一想到要让聊天继续下去要费多大力气，她的心便为之一沉。他显然是他所属物种里那种典型的雄性动物：愚蠢，沉默寡言，但会用啮齿动物所特有的狡猾避而不谈关键话题。她若是跟他说话，他只会哼唧一声，对她费尽心思琢磨出的问题，简单说几个字便搪塞过去，然后一有机会就陷入沉默。她会在心里盘算着，他也会在心里对她盘算着，没完没了，这场心理游戏也许会玩上好几个小时。

伊瑟莉忽然意识到，她只是没有那个精力再玩这种游戏了。

她紧紧盯着面前那条向远方延伸的荒凉公路。保证这场谈话游戏顺利进行所付出的一切努力都太过荒唐，这简直是对自己的羞辱。她

214

得强忍厌倦，反复试探，费力挖掘他的生活现状，仿佛他是一颗价值连城的珍珠，她要把他从蚌壳微张的缝隙中剜出来。这需要她具有超人般的耐性。可是她这么努力是为了什么呢？为了在这颗居住着数十亿个毫无二致的沃迪塞尔的星球上，拿下其中一个，然后加工成肉块打包起来。

为什么她必须日复一日地付出那么多的努力来玩这个游戏？难道她的余生就要这样度过吗？无休无止地进行这种表演，彻底变成另一个人，最后却空手而归（通常情况下是这样），然后不得不从头再来一遍。

她一刻也不能忍受了。

她看了看后视镜，然后斜睨着搭车客。四目相对。他脸红了，白痴似的傻笑着，呼哧呼哧喘起粗气，哪里有什么智慧可言？这种外星牲畜的野蛮形象给她心里造成重重一击，紧接着，在骤然涌起的不适感——像是突然失血后的恶心感——的驱使下，她对他的反感到达了顶点。

"Hasusse。"她紧咬着牙齿说，然后按下伊卡帕图亚的开关。

他随即朝她倾倒。她用手掌将他推了回去。他摇摇晃晃地离她而去，宽阔的肩膀像一捆立不稳的干草似的倾斜，脑袋砰的一声撞到副驾驶侧的车窗上。伊瑟莉打开转向灯，缓缓驶离车道。

伊瑟莉把车平稳地停在路侧停车带里，让发动机继续空转，按下让挡风玻璃变暗的按钮。这是她第一次有意识要这样做。通常，当这一刻来临时，她总是像灵魂出窍般机械地操作。但今天，她的灵魂也被牢牢地固定在驾驶座上，手指有意识地操作着。周围的车窗玻璃变成了深琥珀色，外面的世界迅速变黑，然后消失，车舱内的小灯亮了起来。她把头靠在头枕上，摘下眼镜，透过发动机的隆隆声，倾听远处车辆的低沉嗡响。

她注意到她的呼吸已经完全恢复正常。虽然刚让这个沃迪塞尔上车时她的心脏确实跳得有点儿厉害，但它现在也已舒缓下来。

她的身体反应不管先前出了什么异常，此时似乎终于复归了常态。

她弯腰打开手套箱。两颗泪珠从眼睛里滴落，掉在搭车客的牛仔裤上。她皱起眉头，不知为何会落泪。

伊瑟莉驱车直奔阿布拉赫农场而去，一路上一直在努力思索到底哪里出了问题。

当然是因为昨天的遭遇……也可能是前天？……她不太确定从那之后她在防波堤上待了多久……但无论如何，那场遭遇……嗯，确实使她心烦意乱过，这一点无可否认。但现在，这一切都过去了。过去的就让它过去吧，正如……正如她曾经听那些沃迪塞尔所说的那样。

现在，她正开车经过那座废弃的炼钢厂，快到家了，身旁斜坐着一个健硕的大块头沃迪塞尔，跟往日没有任何区别。生活还得继续，她还有工作要做。过往的一切逐渐缩小，像后视镜里渐渐远去的东西般缩成一个小点，而未来的光芒则透过挡风玻璃照射过来，她必须把全部注意力集中到前方。她开车驶到阿布拉赫农场的标志牌前，按下了转向灯开关。

开车经过兔子坡时，她已做好心理准备跟他们承认自己的身体状况不是很好。但是，她决心立刻振作起来，一刻也不耽搁，她已经想好了做什么才能让自己好受一些。有个东西卡在了她的心里。那东西很小，没有大碍，但它就是卡在里面出不来。

为了彻底痊愈，为了让自己恢复正常，她需要把它释放出来。

她明确地知道应该怎么做。

* * *

停在农场主楼跟前，她按响汽车喇叭，不耐烦地等待男人们出来。

大门开启，像往常一样出现了恩塞尔和他两个密友的身影，那俩人的名字她一直懒得去记。像往常一样，恩塞尔急匆匆走过来，透过副驾驶侧的车窗看她为他们带回了什么货色。伊瑟莉做好了听他夸赞猎物质量上乘的陈词滥调的准备。

"你还好吗？"恩塞尔透过窗玻璃做着怪相。他对瘫坐在那里戴着大小不合适的金发、敷衍地盖着带帽防寒服的沃迪塞尔视而不见，而是直勾勾地瞅着她："你还……啊……你的衣服上沾了些泥巴。"

"能洗掉。"伊瑟莉冷冰冰地说。

"当然能，当然能。"恩塞尔被她的语气吓到了。他打开车门，本就歪斜的沃迪塞尔的身体像一袋土豆一样摔了出去。恩塞尔惊慌地后跳躲开，然后不自觉地哼了一声，试图装出神气十足的样子，以表现得像是丝毫不受这个小意外的影响。"呃……他还挺不错的，对吧？"他斜睨着她，"有史以来质量最棒的之一。"

伊瑟莉不屑于回答。她推开车门，下了车。恩塞尔正在跟另外两人忙着把沃迪塞尔往后拖，注意到她朝自己走来，便困惑地斜着眼睛看向她。

"有什么事吗？"他一边用力把沉重的货物抬到带轮托盘车上，一边咕哝着问。沃迪塞尔的针织套衫非常宽松，根本没法抓住套衫把他抬起来。

"没事。"伊瑟莉说，"我要跟你们一起，仅此而已。"

她大步走到前面，斜倚在墙上，等待男人们拉着装有沃迪塞尔的托盘车摇摇晃晃地跟上来。

"呃……出什么问题了吗？"恩塞尔问。

"没有，"伊瑟莉说，平静地看着他们终于跌跌撞撞进入门内，"我只是想看看会发生什么。"

"哦，是吗？"恩塞尔困惑地问。另外两个男人面面相觑。然后，他们拖着脚步无言地穿过飞船地坪，伊瑟莉与他们并肩而行。

来到电梯前，情况变得更加尴尬了。很显然，轿厢只能装得下这三个男人和他们的货物，再无多余空间搭载伊瑟莉。

"呃……你也知道，下面其实没什么可看的。"恩塞尔一边跟同伴推搡着进入那个巨大的金属筒，一边傻笑着说。

在电梯门缓缓关闭的当口，伊瑟莉一把扯下眼镜，挂在磨损的上衣领口上，眼神犀利地瞪着恩塞尔。

"等我到了再动手处理。"她提醒道。

伊瑟莉独自站在灯光昏暗的电梯里，任凭它将自己送入地底深处。电梯经过厨房兼娱乐厅的那一层，又穿过男人睡眠区所在的那一层，继续向下。

在顺着运转顺畅的、光滑的升降机井下降时，她双眼一直盯着电梯门缝——下到中转层时，门会自行打开。中转层位于地下三层。没有什么比中转层更深的了，除了沃迪塞尔的围栏层。

她原以为降到这么深的地方会感到不安，甚至恐慌。但是，当电梯停下、门慢慢打开，来到距离地面如此深的位置时，伊瑟莉并没有产生恶心的感觉。她知道她会没事的。她将看到她需要了解的一幕。

中转层有许多房间，彼此相连交错，仿佛迷宫一般，加工大厅是其中最大的一个房间。加工大厅的天花板很高，空间很大，灯光耀眼，所有角落的阴影都被照得荡然无存。这里就像一个汽车展厅，将其中的东西尽数清空，并重新布置了少许器械，以便于处理生物机体。大厅内空气充足，粉刷得雪白的墙壁上有许多通风格栅轻轻吹出新鲜空气，空气中甚至还有一丝海腥味。

大厅的三面墙上都嵌着长长的金属工作台，当前无人看管。恩塞尔和那两个男人，以及首席加工师昂瑟，都聚集在房间中央，围着一台精巧的机械装置。伊瑟莉知道，那一定就是"摇篮"了。

摇篮由农场设备的零件组装而成，可谓一件专门设计的杰作。它的基座是从重型推土机上拆下来的，焊接在一个不锈钢水槽上。基座顶部，与人类胸部平齐的高度，安装着一段两米长的谷粒滑槽，其形状经过巧妙改进，使锋利的边缘向内卷曲，以免伤及无辜。滑槽表面锃亮，造型简洁，就像一个巨型调味瓶，在一个不可见的支点上呈现为完全水平的角度。

正在调整摇篮平衡的人是恩塞尔，他为自己承担了协助首席加工师的职责而沾沾自喜。他那两个朋友则在忙于一项要求没那么严格的工作：扒光躺在旁边的沃迪塞尔身上的衣服。

昂瑟——首席加工师（或者按他依然坚持的对自己的称呼——屠夫）正在洗手。他是个瘦小而结实的男人，如果他双腿直立的话，不会比伊瑟莉高多少。不过，他手腕上的骨节相当大，双手也强健有力。他正将尾巴支撑在地上，用两条后腿蹲在金属桶旁边，双手高高举起。

他抬起那小得近乎畸形、长着短硬毛发的脑袋，嗅着空气，仿佛闻到了一种陌生的气味——是伊瑟莉的气味，不是沃迪塞尔的。

"Uhr-rhum。"他说。这既非人类的语言，亦非沃迪塞尔的语言。他只是在清嗓子而已。

伊瑟莉走出电梯，电梯门在她身后关闭。她等待着有人驱逐她或欢迎她。但那些男人什么反应也没有，继续忙活手头的工作，仿佛她不存在。恩塞尔把一辆装有闪光工具的金属小推车推到昂瑟触手可及的位置。他那两个朋友正在用力给沃迪塞尔脱衣服，累得气喘吁吁，但粗重的喘息声被四周的音乐声盖过了。

真正的音乐，人类的音乐，从墙上的扬声器里飘入大厅。柔和的歌声和乐器弹奏声给人一种家一般的感觉，听起来倍感宽慰，空气中弥漫着熟悉的旋律，让人依稀想起童年的时光。舒缓的嘶嘶声和哼唱声不绝于耳。

那两个男人已经将新猎物毛茸茸的针织套衫扯了下来，此时正在与其他衣服较劲。苍白的肉体外面裹着许多层衣物，像是一层层的卷心菜或小萝卜叶。这个沃迪塞尔实际的肌肉量比伊瑟莉以为的要少。

"小心，小心。"当男人们胡乱抓住紧贴沃迪塞尔脚踝的羊毛短裤，笨手笨脚地将其脱掉时，昂瑟低声抗议道。一旦被关进围栏，它的小腿会离粪便堆很近，若是沾染上，任何划伤都很容易溃烂。

两个男人费劲地完成了他们的任务，累得气喘吁吁，把最后一件小衣服扔到衣服堆上。这些年来，伊瑟莉拿到的沃迪塞尔衣服和私有物品总是装在一个袋子里，在这栋建筑的大门口从他们手中接过来。这还是她第一次看到那个袋子是如何被装满的。

"Uhr-rhum。"昂瑟又清了清嗓子。他把尾巴杵在地上保持平衡，用后腿站立，靠着摇篮蹒跚而行，双臂仍然高举向空中。他的手臂黑得发亮，跟阿姆利斯有的一拼，与他其余部位的灰色毛发形成鲜明对比。但这仅仅是因为他刚才只顺着胳膊洗到了肩膀处，整条胳膊上的毛发都湿淋淋的，显得平整光滑。

他机警地看向伊瑟莉，好像现在才注意到她的存在。

"有什么可以帮助你的吗？"他问道，用弯曲的双手将前臂上的皮毛抚得更平滑一些。水滴滴答答地落在他脚边的地板上。

"我……只是过来看看。"伊瑟莉说。

首席加工师向她投去怀疑的目光。她意识到自己正弓腰驼背，双臂交叠在胸前，试图尽可能地让自己看起来像个人类。

"看看？"昂瑟困惑地重复道。此时，男人们正在努力把沃迪塞尔从地板上抬起来。

伊瑟莉点点头。她十分清楚，这四年来，她一直在避免到这里来，所以只在食堂里跟昂瑟说过话。她希望从他们那几次罕有的对话中，他至少能注意到她对他很尊重，甚至有点儿畏惧。他和她一样，是一个真正的专业人士。

昂瑟又清了清嗓子。他总是在清嗓子。男人们说，他患有某种疾病。

"好吧……那你离远点儿。"他粗生粗气地建议道，"你看起来就跟刚从淤泥里爬出来似的。"

伊瑟莉点点头，后退一步。

"好了，"昂瑟说，"把它放上去。"

沃迪塞尔瘫软的身体被正面朝下重重地放进摇篮里，然后被翻转过来，面对着装有荧光灯的天花板，四肢紧贴着躯体，肩膀恰好与特意雕刻在滑槽上的肩形凹陷紧密贴合，脑袋靠着滑槽的边沿，松散的红头发在巨大的金属水槽上方悬荡。

在被如此摆弄的过程中，沃迪塞尔的身体虽然显得非常柔韧，但它自己并没有主动做出任何动作，除了睾丸在皱缩的阴囊内不由自主地蠕动。

等到它的身体被调整成令昂瑟满意的姿态，装有工具的小推车被推到摇篮边上时，屠夫便开始了他的工作。他用尾巴和一条后腿保持平衡，将另一条后腿抬到沃迪塞尔的脸上，用两个脚趾勾住它的鼻孔，向上一拽，这动物的脑袋随之后仰，之后昂瑟又将它的嘴巴掰得大大的。为了确认他能平稳站立，昂瑟停顿片刻，然后屈伸了一下空着的两只手，从旁边的托盘中选取了一件银制工具，其形状很像拉长的字母q，接着又拿起一件小镰刀形状的工具。两件工具立刻便被他插进了沃迪塞尔的嘴里。

伊瑟莉竭力想看清楚它的舌头是怎么被割除的，但昂瑟的大手腕和不停扭转的手指挡住了她的视线。当昂瑟转身将工具当啷一声丢到托盘上时，鲜血开始从沃迪塞尔的嘴里汩汩涌到脸颊上。他果断地抓起一件像是大号十字螺丝刀的电器用具，专心致志地眯着眼睛，把它伸进沃迪塞尔的嘴里。昂瑟找出被截断的血管并将它们灼烧止血，发出噼里啪啦的响声，阵阵火光从他灵活的手指缝隙间迸射而出。

当空气中弥漫着血肉烧焦的气味时，他已经开始用抽吸泵将沃迪塞尔嘴里的血吸干并加以冲洗。沃迪塞尔咳嗽了一声：这是第一个表明它离死亡还远得很的证据，伊卡帕图亚的效用还远没到消退的时候。

"太棒了。"昂瑟喃喃道，他挠了挠那动物的喉结，让它做出吞咽动作，"Uhr-rhum。"

将沃迪塞尔的口腔处理妥当后，昂瑟把注意力转向它的生殖器。他拿起一把干净的手术刀，划开它的阴囊，迅捷、精准地取出睾丸，手都没颤抖一下。这项工作比割舌还要简单，可能也就花了三十秒钟。伊瑟莉还没反应过来发生了什么，昂瑟已经灼烧完伤口，止住了血，并开始熟练地缝合阴囊。

"好了。"他宣布道，把针线丢到托盘上，"搞定了。Uhr-rhum。"然后，他看向这位不速之客。

伊瑟莉在房间另一头冲他眨眨眼。她快控制不住自己的呼吸了。

"我没……想到，这一切……会结束得这么快。"她声音嘶哑地承认道，仍然难为情地保持着弓腰驼背的姿态，"我还以为……会流更多的……血。"

"哦，不会的。"昂瑟向她保证道，同时用手指梳理着沃迪塞尔的头发，"我速度很快，可以最大限度地减少外伤。毕竟，我们不想给它造成不必要的痛苦，对吧？Uhr-rhum。"他脸上掠过一丝自豪的微笑，"屠夫也得有点儿外科医生的水平，你知道吧？"

"哦，你的手法，"伊瑟莉恭维道，她下来之后一直把双臂交叠在胸前，身体哆哆嗦嗦，此时感到非常痛苦，"很……很厉害。"

"谢谢。"昂瑟说，恢复了四肢着地的姿势，如释重负地呻吟一声。

恩塞尔已经把摇篮歪向一边，其他男人也已将沃迪塞尔从摇篮上拽下来，搬回带轮托盘车上，以便推到电梯门口。

伊瑟莉咬紧麻木的嘴唇，以防止自己因沮丧而哭出来。怎么可能这么快就结束了！而且几乎没有使用暴力，也没有什么……戏剧性场面？她的心脏在胸腔里剧烈跳动，她的眼睛灼痛不已，她的指甲在紧握的拳头里扎出一个个凹痕。狂怒之气在体内急剧膨胀，马上就要爆炸，她急需将这股怒气释放出来，然而，沃迪塞尔的磨难已经结束。它已经在前往楼下、加入围栏里那些同类的路上了。

"拖走的时候，别让它的脚磕到该死的台阶。"当男人们拖着货物进入电梯时，昂瑟暴躁地大喊道，"我已经告诉过你们一千次了！"

他向伊瑟莉投去会意的一瞥，似乎是在对她说，在所有人当中，只有她最应该知道他实际上已经这样责骂那些男人多少次了。

"好吧，也许只有几百次。"他承认道。

电梯门嘶嘶地合上了。这间摆放着摇篮、充满灼烧气味的大厅内只剩下伊瑟莉和昂瑟两个人。

"Uhr-rhum。"他们沉默无言，气氛变得有些尴尬，昂瑟便大声说道，"我还能为你做点儿什么吗？"

伊瑟莉拼命止住身体的颤抖，竭力把自己的感受隐藏起来。

"我只是……想知道，"她说，"你……还有没有……尚未加工的……圈养满一个月的沃迪塞尔？"

昂瑟快步走到大水桶旁，将胳膊猛地伸了进去。

"没了，"他说，"我们已经加工完了需要运走的那些。"

他搅动水的哗哗声与扬声器里飘出的音乐声相混合，听起来甚为协调。

"你的意思是，"伊瑟莉说，"能够出圈的沃迪塞尔一个都不剩了？"

"哦，还剩一个。"昂瑟说着把胳膊从水桶里抽出来，用力抖落上面多余的水分，"先留着它。下一批再送走。"

"为什么不这次送走？"伊瑟莉追问道。"我很想看看……"她再次咬紧嘴唇，"……看看你是怎么加工的。看看最后的成品是什么样。"

昂瑟谦虚地笑了笑，恢复四肢着地的站姿。

"恐怕这次照例配额的成品已经装好船了。"他略带遗憾地说。

"你的意思是，"伊瑟莉叮问道，"运输船上已经没有多余空间放更多成品了吗？"

昂瑟低着头检查双手，从湿漉漉的地板上抬起一只，放下，又抬起另一只。

"哦，船上的空间多得很，多得很。"他若有所思地回答说。"只不过……Uhr-rhum……是这样的，他们——"他朝头顶方向转动了一下眼睛，"——要求每次送去的肉要达到一定的量。这个量是基于我们通常交付的多少来决定的。如果我们这次交付的多，他们或许会要求我们下个月也交付同样数量的肉，你明白吧？"

伊瑟莉双手按在胸前，试图让剧烈跳动的心脏平静下来。他们之间的废话太多了。

"没关系，"她向昂瑟保证道，嗓音因急切而变得紧绷绷的，"我……我可以带回更多的沃迪塞尔。一点儿问题也没有。这种动物在附近有的是。这工作我干得越来越顺手了。"

昂瑟盯着她，皱起眉头，眼中写满困惑，显然不知道该怎么评价她这番话才好。

伊瑟莉也盯着他，表情僵滞，眼睛里却闪着迫切的光。她原来那张女人的脸上，仅用表情而无须用言语就能向他表达恳求之意的部位，现在都已经被切除或严重损毁。只有眼睛还在。当她一眨不眨地隔着这段距离凝视着他时，那双眼睛闪闪发亮。

几分钟后，在昂瑟的指示下，最后一个圈养满月的沃迪塞尔被送进加工大厅。

与先前那个身体瘫软的新来者不同，这个不需要被抬着走。它由两个男人领路，温顺地直立行走。事实上，它几乎用不着领路。它拖着脚驱动那具庞大的粉红色身体向前挪动，像是睡着了一样。每当它像是要跌倒或偏离方向时，男人们只需用胁腹部位轻轻推它一下即可。他们"陪着"它：就是这个词——陪着。他们陪着它向摇篮走去。

它肿胀的身体难以弯曲，当它走到摇篮边上被推了一下时，失去平衡的身体就像一棵被砍倒的树一样，向后倒在光滑的容器上，发出肉嘟嘟的闷响。巨大的体重拖着它落入谷粒滑槽光滑的斜坡，它对此显得惊讶万分。男人们唯一要做的便是引导它调整姿态，使其肩膀恰好搁置在特意设计的凹陷处。

伊瑟莉很想看看它的脸，于是靠得更近了一些。嵌在它那光头上闪烁的眼睛小得像猪眼一般，离得太远没法看清楚。无论如何，她一定要看看它的眼睛里将会射出什么样的目光。

满月动物的眼睛快速眨动，穹顶状的前额上眉头皱起。即将发生在它身上的事可能远远超出了它的忍耐极限。它一直靠着让自己变得麻木不仁、如行尸走肉般对身体不适表现得无动于衷，才撑到了现在。而现在，它预感到自己隐藏在最幽深角落里的情感即将被抽离出来。焦虑在它心里激增，在它那完全被肥肉塞满的脸部细胞中寻找表达方式。

虽然打了镇静药，但这个沃迪塞尔仍然在竭力挣扎，但不是与按着它的男人们抗争，而是在它自己的记忆中拼命搜寻。它好像以前在哪里见过伊瑟莉，也可能只是注意到她是房间里唯一长得跟它很像的生物。如果大厅里有谁会为它做些什么，一定非她莫属。

伊瑟莉又悄然上前几步，好让沃迪塞尔把她看清楚。她也努力在脑海中搜寻关于它的记忆，从它的睫毛、它头上仅剩的一点儿长得惊人的头发上，寻找它被圈养之前的容貌的影子。

那个沃迪塞尔此时正极力在记忆中检索关于伊瑟莉的片段，它太聚精会神了，似乎都没有注意到有一样东西正在朝它的额头缓缓降下，那东西很像加油泵的喷嘴，通过一根长长的柔软电缆与摇篮的基座相连。昂瑟将那件仪器的金属尖头放到沃迪塞尔平整光滑的额头上，然后捏了捏手柄。大厅内的灯光微微暗了一下。电流穿过沃迪塞尔的大脑，顺着脊柱一路而下，它的眼睛只眨了一下便失去了生气。一缕淡淡的烟雾从它额头上的一个黑点处袅袅升起。

昂瑟猛地拉起它的下巴，露出脖子。他的手腕只优雅地轻摆了两下，便划开了沃迪塞尔脖子上的动脉，一股热气腾腾的鲜血喷涌而出，将银色的谷粒滑槽染成惊人的红色，他及时退后躲开了。

"不要！"伊瑟莉不由自主地尖叫起来，"不要！"

她的哭喊声在大厅里回响，所有人都停下了手中的工作。随后便是一阵可怕的寂静，管弦乐恰好处在切换乐曲的间歇，音乐暂时停止，使寂静显得愈加骇人。一切都静止下来，只有鲜血从沃迪塞尔豁开的脖子上不断涌出，泛起泡沫，微光闪闪，涌动不休，浸没了沃迪塞尔的脸和脑袋，它的睫毛像海草的小枝一般在血液的潮水中飘摇。男人们——昂瑟、恩塞尔和另外两个同伴——都怔怔地站在原地，将目光齐刷刷转向伊瑟莉。

伊瑟莉吓得弓低身子，甚至低得快要往前跌倒了。她陷入期待落空的巨大痛苦中，双手不住地攥紧和松开。

昂瑟手中的刀尖悬停在沃迪塞尔的躯干上方。伊瑟莉知道，接下来必然是将它从脖子到胯部一刀划开，像扯开连衣裤的前襟那般剥下它的皮肤。她满怀热望地盯着那把悬在空中的刀子，久久不肯移开视线。然后，令她震惊的是，昂瑟却把刀收走，扔回了托盘上。

"我很抱歉，伊瑟莉，"他平静地说，"但我觉得你不该待在这里。"

"哦，别啊，"伊瑟莉哀求道，不安地扭动身体，"别因为我耽误了你们的工作。"

"我们是在工作，"首席加工师严厉地提醒她，"不能掺杂任何感情。"

"哦，我知道，我知道。"伊瑟莉卑躬屈膝地说，"求你了，继续吧，就当我不存在。"

昂瑟俯身在摇篮上方，挡住了她看向沃迪塞尔热气腾腾的脑袋的视线。

"我觉得你最好还是离开吧。"他十分明确地说。恩塞尔和其他人紧张地看着这一切，目光在昂瑟和他不赞成待在这儿的对象之间流转。

"听着……"伊瑟莉声音沙哑地说，"没必要因为我的反应而大惊小怪吧？你就不能……当我……"

她感觉他们正盯着自己的双手，她便低头瞧去，震惊地发现她的手指正在向下乱劈，仿佛在试图用指甲把什么东西从空气中抠出来似的。

"恩塞尔，"昂瑟小心地说，"我觉得伊瑟莉可能……不太舒服。"

男人们开始穿过湿漉漉的地板向伊瑟莉走去,他们的倒影在地板上闪亮的水迹中微微颤动。

"离我远点儿。"伊瑟莉警告道。

"别这样,伊瑟莉,"恩塞尔说,丝毫没有停下的意思,"你看起来……"他尴尬地挤出一脸苦相,"你这个样子真的太可怕了。"

"离我远点儿。"她又警告了一次。

在令人毛骨悚然的加工大厅里,伊瑟莉感觉灯光强度骤然增强,好像电灯功率在逐秒逐秒地成倍提高。音乐似乎也颓然走了调,呜呜咽咽地钻进她的脊柱里,令她恶心得想吐。汗水向后顺着脊背往下淌,向前流进了眼睛里,弄得她眼睛生疼。她突然想起自己正位于地底深处。这里的空气污浊不堪,透过成吨的坚硬岩石加以过滤,反复循环使用,还往其中人工添加了伪劣的海腥味。她被困住了,被几个对身处地底习以为常的男人紧紧包围。

突然间,强健有力的男人手臂从四面八方伸了过来,钳住她的手腕、她的肩膀和她的衣服。

"把你们的臭爪子拿开!"她愤怒地低声吼道。他们反而抓得更紧了。她便拼命乱动四肢,竭力反抗。

"不!不——!不——!"他们把她抬起来时,她尖叫道。

在她倒地的瞬间,周遭的一切都开始急剧收缩,看上去令人作呕。她的挣扎仿佛产生了莫大的引力,吸得墙壁耸动着脱离地基,向大厅中央滑去。天花板也颤抖着脱离墙壁,发出白光的荧光灯跟着抖抖索索，那块巨大的长方形混凝土厚板向她砸了下来。

她惊声尖叫，试图紧紧蜷起身体，但她被许多只有力的手死死地按住了，只能四肢大张地躺在地上。紧接着，墙壁和天花板合拢而来。黑暗瞬间将她吞噬。

11

即便尚未彻底清醒，伊瑟莉照样辨别出了交融一体的两种气味：生肉味和新雨味，闻起来一点儿也不真实。她睁开眼睛。一望无际的夜空就悬在她的上方，缀满无数颗遥远的星辰，光辉灿烂。

她正仰面躺在一辆敞篷车里。这辆车停在一个露天的车库里。

这不是她的车。但她随后又慢慢意识到，这根本就不是汽车。她正躺在舱门打开的运输船船舱里，位于农场主楼屋顶的敞口之下。

"我说服他们把你抬到这里，新鲜空气对你有好处。"阿姆利斯·维斯的声音从不远处传来。

伊瑟莉想扭头去瞧他，但她的脖子僵硬得很，像是被老虎钳给夹住了。她害怕引起疼痛，连大气儿都不敢喘，只得静静地躺着，同时琢磨着她的脑袋是被什么东西从金属地板上托起来的。她用湿冷的手指沿着无法活动的臀部向下摸索，感受着身下铺盖的质地：一张粗糙的编织草席，是人类喜欢在睡觉时垫着的那种。

"他们把你抬出电梯的时候，你看起来好像喘不过气来，几乎要憋死了。"阿姆利斯继续说道，"我本想带你去外面，但其他人不让。他们也拒绝亲自带你出去。所以我就说服他们把你送到这儿来了。"

"谢谢，"她冷漠地低声道，"我相信不管去不去外面，我都死不了。"

"是的，"他承认道，"毫无疑问。"

伊瑟莉更加仔细地凝望夜空。天空中仍有一抹紫色，月亮也才刚刚映入眼帘。估计此时是晚上六点，最晚不超过七点。她试着抬头，但身体的反应不太妙。

"需要帮忙吗？"阿姆利斯说。

"我只是在休息，"她向他保证，"我今天太累了。"

几分钟过去了。伊瑟莉努力适应当前这让她觉得既可怕又荒唐的窘况。她扭动脚趾，然后试着悄悄扭动臀部。一股针扎般的疼痛穿过她的尾椎骨。

见她猛然倒吸一口气，阿姆利斯·维斯很有分寸地没有对此发表看法，而是话锋一转，说道："自从来到这里，我就一直在仰望天空。"

"哦，是吗？"伊瑟莉说。每当眨眼时，她都感觉眼睛上像是覆着一层硬壳，很不舒服。她很想擦一下那里。

"我以前也想象过，但亲眼看到时还是无比震惊。"阿姆利斯继续道。他这番话是绝对真诚的。伊瑟莉竟觉得有些感动。

"我一开始也有这种感觉。"她说。

"白天的时候，天空是纯蓝的。"他说，仿佛她没准儿还未注意到这一点，而他要引起她对这个现象的关注。面对他纯粹而又真挚的热情，她突然很想放声大笑。

"是的，是这样的。"她赞同道。

"而且还有许多别的颜色。"他补充道。

她终于忍不住笑了起来，但只能发出哼的一声，引发的疼痛远多于快乐。

"是的，有很多。"她疼得咬紧牙关说。她终于能够使劲抬起双手，十指紧扣搭在肚子上。这个姿势让她感觉很舒适。她的身体正在一寸一寸地复苏。

"你知道吗，"阿姆利斯继续道，"不久前从天上掉下来一些水。"他的音调比平时高了一点儿，惊叹中透着一丝脆弱，"它们就这么从天上掉下来了。小小的雨滴，成千上万，紧紧挨着彼此。我仰头想看清它们从何而来。但它们似乎是凭空出现的。真是难以置信。然后，我冲着天空张开嘴，一些雨滴就直接落进了嘴里。那种感觉无以言表。就好像大自然真的在滋养我一样。"

伊瑟莉抚摩着盖住她腹部的上衣布料。它略微有些潮湿，但不是特别湿。那场雨肯定没有持续太久。

"降水一下子就停了，就跟开始时一样突然。"阿姆利斯说，"但所有东西的气味都变了，到现在也没变回去。"

伊瑟莉现在能微微转头了。她发现自己被他们放在了船上的一台冷藏柜前面。她的后脑勺枕在这台设备底座的一块宽大的踏板上。踩下这块踏板，冷藏柜的盖子就会抬起。她头部的重量还不足以压下踏板——这得需要一个男人的体重才行。

在她右侧的金属地板上，几乎紧贴着肩膀的位置，放着两盘包着透明纤维胶的肉。一盘是上等肉排，呈深赤褐色，摆得横七竖八。另一个更大的盘子里鼓囊囊地装着下水，估计是漂白过的内脏，也可能是脑花。即使被严密地裹着，依然能闻到浓烈的气味。那些男人在把她搁在这里之前，真应该把它们收起来。

她向左扭头。阿姆利斯坐在离她有一定距离的地方，像往常一样迷人，他的后腿蜷在身下，双臂竖直，头颅朝着敞开的房顶微微仰起。她一眼就瞥见了他锋利洁白的牙齿。他正在吃着什么东西。

"你不必跟我待在一起。"她说，同时试图抬起膝盖，竭力不让他注意到她这么做的时候有多么艰难。

"我白天和晚上的大部分时间坐在这里，"他解释说，"他们当然不让我去室外。但仅通过屋顶上的这个洞，我就看到了非凡至极的东西。"这时，他转向她，然后站起身来，朝她躺着的地方走来。他的手指和脚趾踩在金属地板上，发出柔和的嗒嗒声。

他在离她还有一定距离——也许有一臂之距——的地方停下脚步，再次蜷起后腿，一屁股坐下，两条前臂仍然竖直站立，胸前蓬乱的白毛在双臂之间向前翘起。她已经忘记了他头上的软毛是多么黑，他的眼睛是多么金黄。

"你不反感这些肉吗？"她嘲弄地问道。

他没有理会她的冷嘲热讽。

"它们全都死了，"他淡然地说，"我也无能为力了，对不对？"

"我以为你兴许还在忙着给那些工人的思想和心灵埋下慈悲的种子呢，你懂的。"伊瑟莉追问道，进一步夸大了话锋里的挖苦意味。

"唉，我尽力了。"阿姆利斯用自嘲的语气轻声说道，"但当一项挑战绝无可能完成的时候，我还是能看得出来的。不管怎样，反正你的心灵不需要我的劝导。"他环视了一圈船舱内的货物，审视着这场屠杀的丰厚产物及商业目的。

伊瑟莉看着他的脖颈和肩膀，那里的毛发太柔软了，被微风吹得悠然飘动。她对他的憎恶渐渐减轻，现在，她已经开始想象他把温暖的、毛茸茸的胸膛压在她的背上，用他皓白的牙齿轻轻咬住她的脖子。

"你吃什么呢？"她问。他的下巴好像一直在蠕动。

"我什么都没吃。"他漫不经心地回道，然后继续咀嚼起来。

伊瑟莉感觉到他的态度中闪过一丝轻蔑：他就跟所有有钱有势的人一样，撒谎成性，自以为是，傲慢嚣张，对他人的感受漠不关心。她拉着脸，流露出不满的神色，仿佛是在说：你爱说什么就是什么吧。他立刻就读懂了这个表情，尽管她的容貌已经更像是外星人了。

"我没有吃东西，而是在嚼东西。"他申辩道，虽然语气郑重其事，但他琥珀色的眼睛里却闪过一丝欣喜的目光，"实际上，我嚼的是伊卡帕图亚。"

伊瑟莉想起了他在这方面的恶臭名声，虽然被他迷住了，但她还是装出一副高傲的样子。

"我还以为你长大以后已经戒掉这种东西了呢。"她说。

但阿姆利斯并没有上钩。

"食用伊卡帕图亚不是青少年或成年人的恶劣行为。"他冷静地说道，"它是一种植物，有自己的特性。"

"好吧，好吧。"伊瑟莉轻叹一声，扭回头去，把注意力转向繁星点点的夜空，"反正你迟早会把命赔在这上面。"

她听见了他的笑声，但没看到他的笑容。她很后悔没有看到，接着又因为自己竟会对此感到后悔而恼火起来。

"要是把我吞下的伊卡帕图亚树枝捆扎起来，那得有我的身体那么高了。"阿姆利斯说。

一想到他努力吞下伊卡帕图亚的样子，伊瑟莉就莫名地觉得搞笑。她不由自主地哈哈大笑。她试图用手捂住嘴，掩盖自己的笑声，但背部的痛感太强烈了，她只得僵硬地躺在地板上，无能为力地把脸暴露在他面前，咯咯笑着。她越笑就越发难以自持。她只希望他明白，她是因为想象到"阿姆利斯·维斯胖得像头妊娠母牛一样"的可笑情景而笑的。

"伊卡帕图亚是一种特别有效的止痛药，你知道吧？"他温柔地说，"你干吗不试试呢？"

听到这句话，伊瑟莉脸上的笑容渐渐消失。

"我不疼。"她冷冷地对他说。

"你当然很疼啦。"他用一种责备的语气说，特意加重了具有宠溺色彩的元音。这可把伊瑟莉给激怒了。她用胳膊肘把自己撑起来，用最愤怒的目光盯着他。

"我不疼，好吗？"她重复道，疼得冷汗直冒，这使得她上半身的皮肤刺痒难耐。

有那么一瞬，他的眼睛里射出敌意的光芒，但紧接着，他缓慢而慵懒地眨了眨眼，仿佛又有一针镇静剂渗入了他的血液。

"随便你吧，伊瑟莉。"

据她所知，他以前从未叫过她的名字。直到现在。她想知道是什么原因让他说出了自己的名字，以及同样的原因是否很快还会再次出现。

但她此刻最应该做的，就是想办法摆脱他。她迫切需要锻炼一下，以恢复对身体的掌控。她决不会在他面前做出那些动作。

她显然可以跟他道别，然后走回自己的小屋。他肯定不会跟她回去。但是，她疼得太厉害了，连走下船舱和主楼地板之间的那六级金属台阶都办不到。

好在她已经用胳膊肘撑起了上半身，她现在能够不甚明显地稍微屈伸肩膀和脊柱。她可以通过谈话来分散他的注意力。

"你觉得等你回去之后，你父亲会怎么处置你？"她问。

"处置我？"这个问题最开始似乎对他来说毫无意义。她感觉自己的无知又一次撞上了他那养尊处优的生活经历的高墙。很明显，对于任何人敢于违背他的意愿"处置"他这种事，他压根儿就没有这个概念。"遭受处置"是下等人才会有的待遇。

"我父亲其实不知道我来这里了。"他终于开口道，语气中有些难以控制的扬扬得意，"他还以为我在伊斯伊斯，或者中伊斯特的某个地方呢。反正我们上次谈话时，我跟他说过我可能要去那里。"

"但你却乘坐这个，"伊瑟莉提醒道，同时冲着周围的肉和冷藏柜扬扬下巴，"乘坐维斯公司的这艘运输船来这儿了。"

"没错，"他咧嘴一笑，"但没有得到任何人的正式批准。"他的笑容很顽皮，甚至很有些孩子气。他仰望天空，喉咙上的毛发再次随之重新排列，就像轻风拂过小麦一样。"你瞧，"他说，"我父亲对我仍抱有一丝十分渺茫的希望，希望我有一天能接管公司。'让这桩生意一直由家族内部成员掌控。'他经常这么说。当然，他的意思是，他不希望这种全世界最值钱的新商品被竞争对手抢走。现在，'沃迪塞尔肉'和'维斯'这两个词已经密不可分地交织在了一起。任何人，只要想尝尝这种难以想象的天赐美味，就会立刻联想到'维斯'。"

"这对你们来说不是好事嘛。"伊瑟莉说。

"那跟我没关系——呃，反正自从到了我能够问问题的年龄，就跟我无关了。我父亲老是把我当成sassynil来对待。'没什么好说的。'他总是这么说，'这东西会自然生长，我们只是收割，然后用飞船运回来。'但在生意上，他对我并不像对别人那般讳莫如深。我只要对生意表现出一丝兴趣，他对我的态度就会明显软下去。他还是希望我能回心转意。我想这就是为什么不管我去哪儿，他总是准许，包括维斯公司的飞船船坞。"

"所以呢？"

"所以，我想说的是……我在这艘船上是一个……那个词叫什么来着？偷渡者。"

她又大笑起来，胳膊上的骨头和肌肉一软，她再次仰面朝天地倒了下去。

"我想，人越是有钱，就越想去寻求刺激。"她说。

他终于被惹恼了。

"我必须亲眼看看这里到底发生了什么。"他低声咆哮道。

伊瑟莉试图再度用胳膊把自己撑起来，但没成功，她便用带着一丝傲慢的叹息声来掩饰自己的失败。

"这里没有什么特别不寻常的事情，"她说，"只有一般意义上的……供应和需求罢了。"她用一种抑扬顿挫的语调说出最后几个字，仿佛它们是永恒的、不可分割的一对，正如黑夜和白天、男人和女人那样。

"可是，我已经证实了我最担心的事。"他没理会她的说辞，而是自顾自地说道，"这个生意的每个环节都是建立在可怕的残忍行为的基础之上。"

"你根本不知道什么是残忍。"她说，感受着体表和体内所有被损毁的部位。这个娇生惯养的年轻人是多么幸运啊，他"最担心的事"仅仅是外星动物的福祉问题，而不是为了奋力求生不得不忍受那些骇人的折磨。

"你有没有下到过伊斯特德，阿姆利斯？"她质疑道。

"有，"他用他那完美得过分的发音方式说道，"当然下去过。每个人都应该看看那下面是什么样子。"

"但待不了多久就会开始感觉很不舒服，对不对？"

她的反问激起了他的怒火。他的耳朵一下子竖了起来。

"你想让我怎么办呢？"他说，"主动提出去那里做苦工，还是让暴徒把我的脑袋打碎？我的确很有钱，伊瑟莉。所以我就得以死谢罪吗？"

伊瑟莉拒绝回答。她的手指已经摸索到了眼睛周围的硬皮。那是她在睡梦中流出的泪水干涸之后的垢痕，一碰就碎。她抬手将它们擦掉。

"你到这儿来，"阿姆利斯说，"就是为了逃离那种艰苦的生活，不是吗？我的确从未受过什么苦，实话实说，我对此感激不尽。如果能逃离那种生活，没人愿意留在那儿受苦。同样作为人类，我们想要的生活必然是一样的。"

"你永远不会明白我想要什么生活。"她生气地低声说，愤怒之强烈，连她自己都感到大为惊讶。

他们沉默了好一阵子。阵阵冷风从屋顶吹了进来；天空愈加昏黑；月亮升起，像一片浮动的波光粼粼的圆形海湾。这时，一片叶子被风带进建筑内部，飘落到船舱里，阿姆利斯立即猛扑了上去。他在双手之间的地板上把它翻来翻去，而伊瑟莉则挣扎着把脸转开。

"跟我说说你的父母吧。"他终于开口道，仿佛是在邀请她尽可能地展现出她最和气、最友善的那一面。但伊瑟莉却感觉腹腔被撞了一下，里面那一大团尚未消化的、硬邦邦的怨恨余烬瞬间复燃了。

"我父母双亡。"她冷冷地警告道。

"好吧，那就说说他们以前都是什么样的人，他们还活着的时候。"他纠正道。

"我不谈论父母的事，"伊瑟莉声明，"从来都不谈。没什么好说的。"

阿姆利斯注视着她的眼睛，立刻便接受了这个事实：哪怕他是阿姆利斯·维斯，她也不允许他进入那个隐秘的角落。他轻叹一声。

"你知道吗，"他有些神情恍惚地说，"我有时候觉得，只有那些人们断然拒绝讨论的事情，才是唯一真正值得一谈的事情。"

"是的，"伊瑟莉厉声说，"比如为什么有人生来就能过上无所事事的生活，时不时地高谈阔论，而有些人却被塞进洞穴里，听候吩咐拼命干活儿，一刻也他妈的不能停下来。"

阿姆利斯嚼着伊卡帕图亚，他感到既愤怒又同情，不自觉地眯起了眼睛。

"不管做什么，都是要付出代价的，伊瑟莉，"他说，"即便对含着金钥匙出生的人来说也是如此。"

"哦，当然了，"她冷笑道，极度渴望轻抚他胸前的纯白绒毛，顺着他丝绸般柔软光洁的侧腹曲线抚摩下去，无法实现这一点使她心里懊恼至极，"我能看出来，身为富家子弟确实把你伤害得够呛呢。"

"并非所有的伤害都是显而易见的。"他用柔和的声音说。

"的确，"她苦涩地驳斥道，"但只有那种显而易见的伤害才能引起人们的关注，你不觉得吗？那种伤害是一种特有的烙印，别人一眼就能看出你的身份，对不对，维斯先生？"

他居然用后腿站立起来，走到她的肩膀旁边，冲着她低下脑袋，与她的脸庞近在咫尺。

"伊瑟莉，听我说，"他急切地辩解道，脸上的黑色绒毛直直地垂下去，口中呵出的温热气息把她的脖子弄得酥痒难耐，"你以为我看不出来你的半张脸已经被切掉了吗？你以为我没注意到你被移植了奇怪的圆形隆起，而你原来的乳房被切除、你的尾巴被截断、你的毛发被剃光了吗？你以为我想象不到你对这些改造的感受吗？”

“我表示怀疑。”她呼哧呼哧地说，她的眼睛刺痛不已。

“我当然能看出你的身体遭受过什么折磨，但我真正感兴趣的是人的内心。”他继续道。

“哦，得了吧，阿姆利斯，少跟我说这种屁话。”伊瑟莉咕哝着，将目光从他身上移开，泪水蠕动着爬出眼眶，顺着一侧的脸颊淌下，消失在她那残缺不全的耳朵残留的丑陋小孔里。

“你以为没人能注意到你在这个外表下，其实也是人类吗？”他大声说道。

“如果你们这种有钱人注意到了我他妈的是个人类，就不会把我送到伊斯特德了，对吗？”她也对他大吼道。

“伊瑟莉，把你送去伊斯特德的不是我。”

“哦，当然不是，”她怒喝道，“这不是某个人的责任，不是吗？”

她猛地转身背对着他，忘记了提前绷紧肌肉以减轻痛感。疼痛沿着她的脊柱一路向下，就像一根串肉扦穿透她的胸腔直直扎进直肠。尽管阿姆利斯就在跟前，她还是忍不住尖叫起来。

“我来帮你吧。”他说着用一条胳膊搂住她的肩膀，尾巴绕住她的腰背。

“别管我！”她失声痛哭。

“我先扶你坐起来。”他对她的拒绝未予理会。

他帮她跪立起来，在此过程中，他瘦削额头上天鹅绒般柔软的毛发拂过她的喉咙，扶她起来后，他便迅速后退，让她自己找到重心。

她伸展着僵硬的四肢，感受着躯体深处传来的阵阵痉挛，感受着皮肤上被他轻触之后久未退去的兴奋震颤。当她转动肩胛骨时，那儿发出剧烈的咔咔声。她这副鬼样子一定让他不忍直视吧。她环顾四周寻找阿姆利斯的身影，发现他正深入货舱寻找着什么，片刻后便回来了。

　　"给，来点儿这个。"他说着用三条肢体向她走近，没有参与走路的那只手里举着一簇像是植物的东西。他神情严肃，这让伊瑟莉莫名地觉得很逗。

　　"我反对嗑药。"她抗议道，紧接着大笑起来，脆弱的防线终于被疼痛击溃。她拭去刚刚淌到脸颊上的泪水，然后从他手中接过长满苔藓状的伊卡帕图亚叶芽的细小枝丫，放进嘴里。

　　"只需要嚼它就行吗？"

　　"是的，"他说，"嚼一会儿之后就会自动反刍，你甚至不用刻意想着咀嚼它。"

　　半小时后，伊瑟莉感觉好多了。一种麻醉——甚至可以说是幸福——的感觉扩散到她全身的每个角落。她正在做锻炼，毫不在意地当着阿姆利斯·维斯的面做出那些动作。他一直在说吃肉的害处，他说的每一句话在她听来都既哀婉又有趣。如果你不把他伪善的胡言乱语放在心上的话，确实可以说他是一个非常有意思的年轻人。她欣赏着他低沉的嗓音，同时缓慢旋转四肢，试图把注意力集中到身体上，一遍又一遍不自觉地嚼着苦涩的叶子。

　　"你知道吗，"阿姆利斯说，"自从人们开始吃肉以后，就有报道称出现了一些神秘的新发疾病，有些人莫名其妙地死掉了。"

伊瑟莉嘲弄地笑了笑。他宣扬着吃肉会导致厄运的观点，那副郑重其事的样子看上去特别滑稽。

"就连掌权者也在暗示吃肉可能会有危险。"他坚持说。

"这个嘛，"她漫不经心地回道，"我只能说，在选材和加工的这一头儿，一切都是按照最高标准来执行的。"

她扑哧一声笑了。令她惊讶的是，他居然也扑哧一下笑出声来。

"话说回来，在母星上，一片沃迪塞尔肉能卖多少钱？"她一边问，一边朝着头顶的夜空伸展双臂。

"大概九千或一万利斯①。"

她停止旋转，难以置信地看着他。对一个普通人来说，一万利斯足够买下整整一个月所需的水和氧气了。

"你在开玩笑吧？"她目瞪口呆，双臂垂在身体两侧。

"要是价格低于九千，基本可以断定，他们往肉里掺杂了别的东西。"

"但是那么贵的肉……谁能吃得起啊？"

"几乎没人吃得起。当然，这一点会让人们更加心急如焚地想要得到它。"

阿姆利斯若有所思地闻了闻一摞裹着纤维胶的鲜红色的肉，仿佛在努力辨别是否能闻到在母星时烹饪好的最终菜品的味道。"如果有人想贿赂官员、讨好客户……勾引女人……没有比沃迪塞尔肉更好

---

① 伊瑟莉母星的货币单位。

的礼品了。"

伊瑟莉依然对此感到匪夷所思。

"一万利斯啊……"她惊叹道。

"事实上，"阿姆利斯继续道，"肉简直太贵重了，所以他们正试着在实验室里人工培养。"

"就是顶替我这份工作吧，嗯？"伊瑟莉说，继续锻炼起来。

"也许吧，"阿姆利斯说，"维斯公司在运输上花了不少钱。"

"我觉得这点儿钱对他们来说不算什么。"

"当然不算什么。尽管如此，他们还是想省下这笔钱。"

伊瑟莉水平伸展手臂，然后转动肩关节，让手指在空气中缓慢掠过。

"但有钱人总是想要真材实料的东西。"她断言道。

阿姆利斯拨弄着那片叶子，尽可能地不把它弄坏。

"他们在做一项计划，"他说，"把肉推销给穷人，品质低劣的那种。当然，我父亲对此守口如瓶。但我恰巧知道公司里已经做过一些非常诡异的试验。为了扩大生意版图。只要我父亲认为其中有利可图，即使把这颗星球剁成碎片，他也在所不惜。"

伊瑟莉正在双腿站立，慢慢转动身体，就像一个螺旋桨或风向标。她的身体若是没被改造过，她绝不可能做得出这种动作。虽然有些羞怯，但从某种程度上来说，她这么做也是在向阿姆利斯炫耀。

"在伊斯特德，有一款相当恶心的零食，"他解释道，"那种零食非常受欢迎，是把一种淀粉含量很高的植物块茎切成薄片，油炸，然后晾干，薄片就会变得松脆。维斯公司一直在用沃迪塞尔肉的副产品给那种零食调味，需求量大得惊人。"

"垃圾人吃垃圾食品。"伊瑟莉说着，再次向天空伸展双臂。

飞船外传来一阵嘶嘶声。伊瑟莉和阿姆利斯越过船体外缘向下瞧，看到恩塞尔和一个男人正走出电梯。另外两个男人站在空旷的水泥地面上，回望着他们。

"只是过来看看，"恩塞尔大喊道，他粗鲁的声音撞击着金属墙壁，在房间内空洞地回响，"看看你们有没有事。"

"我没事，恩塞尔，"伊瑟莉回道，差点儿没认出他来，"维斯先生也平安无事。"

"呃……好吧，"恩塞尔说，"好吧。"然后便不再说话，转身走进电梯，几个同伴紧随其后。又一阵嘶嘶声，他们离开了。

阿姆利斯轻柔的声音从伊瑟莉的肩膀附近飘来。

"恩塞尔真的很关心你，你知道吗？"

"是吗？让他用他的尾巴干他自己去吧。"伊瑟莉说，把反刍上来的伊卡帕图亚残渣从口腔侧壁上舔下来，继续咀嚼。

头顶上方的天空又开始落雨了，不过只是绵绵细雨。阿姆利斯仰头凝望夜空，感到既惊讶又费解：群星不见了，取而代之的是一片薄雾，那轮飘浮的发光圆盘马上就要移到视野之外。雨点啪嗒啪嗒地滴在他的身上，落到黝黑光滑的皮毛部位，瞬间便杳无踪影，而落到他胸脯上羊毛似的白色绒毛上时，则颤巍巍地挂在那里，闪闪发光。他迟疑片刻，最终还是决定用后腿站立起来，把尾巴撑在地上，张开嘴巴。伊瑟莉以前从未看见过他的舌头：它红通通的，干干净净，仿佛一片银莲花的花瓣。

"伊瑟莉，"他说，把落入口中的雨水吞咽下去，"关于大海的传言，是真的吗？"

"嗯？"她也在享受雨滴打在脸上的感觉。她希望这蒙蒙细雨能变成倾盆大雨。

"我听工人们聊起过大海，"阿姆利斯继续道，"一大片水，就那么……与陆地紧紧挨着，并且亘古不变地待在那里。他们在远处看到过大海。他们说它茫无涯际，而且你经常去那边。"

"是的，"她叹息着说，"他们说的是真的。"

屋顶上的敞口开始关闭。恩塞尔显然认为她已经呼吸了足够多的新鲜空气。

"另外，我把那些可怜的沃迪塞尔放走的时候，"阿姆利斯说，"尽管当时天很黑，但我还是看到了……像是……树木一样的东西，只不过那些东西巨大无比，比这栋建筑还要高。"他那原本拿腔拿调的口音现在却变得可怜巴巴。他就像一个孩子，试图用一门远未掌握的语言笨拙地概括宇宙之壮丽。

"是的，是的，"她微微一笑，"都是真的。那些树都在外面呢。"

不过，屋顶已然彻底合拢，外面的世界随之消失。

"带我出去看看吧，拜托了。"阿姆利斯突然说道，他的声音在空荡的飞船棚内回响，几不可闻。

"不可能。"她断然拒绝。

"天已经黑了，"他怂恿道，"我们不会被看见的。"

"你担心的是沃迪塞尔吗？那些愚蠢的动物能有多危险？"他

248

恳求道。

"非常危险。"她向他保证。

"是能让我们有生命危险，还是能危及维斯公司的正常运营？"

"我对维斯公司一点儿都不在乎。"

"那就带我出去吧，"他乞求道，"开着你的车。我会规规矩矩的，我保证。我只是想出去看看。求你了。"

"我说了，不行。"

几分钟后，伊瑟莉驱车在纷乱地纠缠在一起的枝杈下缓缓行驶，从埃斯维斯的农舍前驶过。像往常一样，农舍里亮着灯。因为只借助月光也能看得很清楚，伊瑟莉便关上车灯，而且这样她也不必再戴眼镜了。再者说，她已经在这条小路上步行过好几百次了。

"这些房子是谁建造的？"阿姆利斯问道，他蹲坐在副驾驶座上，双手搭在仪表板的边缘。

"我们建的。"伊瑟莉平静地说。她很高兴在农场的这一边看不到任何其他房屋，自然也看不见她自己那栋像是用碎石和残渣胡乱拼凑起来的破旧小屋。对于埃斯维斯那栋相对而言富丽堂皇得多的住宅，她如此评说道："那栋房子是为埃斯维斯建造的。他算是我的老板吧。他的工作主要是修补栅栏、管理动物饲料之类的。"

他们从埃斯维斯的农舍近旁经过，近得阿姆利斯都能看清凝满水珠的窗户，以及窗台上敦实的木制装饰品了。

"那些是谁雕刻的？"

伊瑟莉瞥了一眼窗台上的小雕像。

"哦，是埃斯维斯。"她边开车边不假思索地说。但她忽然意识到，自己随便应付的答案很可能就是事实。她的脑海中闪过一排浮木的样子，它们被切削、打磨成优雅的形状，永久地摆着芭蕾舞演员般的曼妙身姿，在双层玻璃后面一字排开。也许埃斯维斯就是靠这个打发冬季的孤独时光的。

伊瑟莉在开阔的田野间穿行，田野中散乱地放着巨大的球形干草捆，仿佛地平线上分散的一个个黑洞。一块田地尚在休耕期，它对面的田地里则长满了郁郁葱葱的深绿色马铃薯秧苗。毫无农用价值的灌木丛和树木到处都是，向着天空萌生新芽，根据所属的种类，或是展露着耐寒的花朵，或是伸展着易折的细长枝丫。

伊瑟莉很清楚阿姆利斯此时的感受：这里的植被不需要在营养罐中培养，也不需要从白垩质的黏滑土壤中连根挖出，而是从泥土中朝着天空径直生长开去，就像喜悦之情冲上头脑般向上喷薄。一英亩又一英亩的肥沃田野，就这么静静地卧在那里，无须人类料理，自己便可照料自己。这还只是阿布拉赫冬天的田地。要是他能看到这里春天的样子，定会更加震惊！

她开得非常非常慢。通往海岸的小路并不适合两轮驱动的车辆行驶，她不想颠坏她的车。而且，她还被一种荒谬的恐惧所烦扰：路上的颠簸或许会震得她右手脱离方向盘，然后一不小心就触发伊卡帕图亚的开关。虽然阿姆利斯没有系安全带，而且正在座位上兴奋地不停晃动，但针头还是有可能扎到他。

伊瑟莉驶到小路尽头的农场大门前，便停下车，熄掉发动机，这里已经离悬崖不远了。从这里可以清楚地看到北海，今晚的海面闪着银色的光泽，北海上空，最东边飘浮着的雪云正在向这边驱进，使那个方向的天空显得暗灰一片，而西边的天空中仍然月光明媚，群星璀璨。

"哎呀。"阿姆利斯细声说。

他大概是被惊到了，她能看出来。他直勾勾地盯着前方那片广阔无边的大海。她知道他不会注意到她眼神中饱含的对他的热望，便肆无忌惮地凝望着他的侧脸。

过了很长一段时间，阿姆利斯回过神来，终于可以提出问题了。他还没开口，伊瑟莉就已经知道他要问什么，并且在他开口提问之前就解答了他的疑惑。

"那道明亮的细线，"她指向远方，"就是大海的尽头。话虽如此，但它的尽头并不是真的在那里，而是一直向远方铺展开去。但那道线是我们视野范围内的尽头。再瞧瞧那道线的上方：那就是天空开始的地方。看到了吗？"

阿姆利斯凝视她的目光有些怪怪的，仿佛她是这个世界的监护人，仿佛这个世界只属于她。也许，确实如此。这让伊瑟莉心中异常酸楚，同时又感到喜不自禁。

从某种意义上说，她付出的惨痛代价使这个世界已经为她所独有。她在向阿姆利斯展示一种可能性：不管是谁，只要愿意做出极大的牺牲，就能够无所顾忌地占有这拥有无尽自然之美的世界。除了她，没人敢做出这么大的牺牲。好吧，还有埃斯维斯。但埃斯维斯很少离开他的农舍。估计是因为外形损毁给他造成的打击太大了，自然界的美景对他来说毫无意义，不足以使他感到安慰。与他截然相反的是，她却不断地到外面去，尽情地欣赏这个世界的一切东西。她每天都会让自己置身于对万物没有偏见的广阔天空之下，这对她而言是一种慰藉，她很高兴这么做。

这时，一群羊排成一列纵队，沿着阿布拉赫边界处的悬崖边缘走入他们的视野。它们的皮毛在月光下微光闪闪，黑色的面庞隐没于黑乎乎的金雀花剪影中，难以看清。

"那些是什么？"阿姆利斯惊叹道，他把脸紧贴在挡风玻璃上，鼻子都快被压扁了。

"它们被称为'羊'。"伊瑟莉对他说。

"你怎么知道的？"

伊瑟莉迅速转动脑筋。

"它们就是这么称呼自己的。"她说。

"你会说它们的语言？"他瞪大眼睛看着那些生物小步跑过。

"算不上，"她说，"就会说几个字。"

他凝视着它们，每一只都仔细瞧着，看着它们慢步跑出视野，他的头也向伊瑟莉越靠越近。

"你试过吃它们的肉吗？"阿姆利斯问。

伊瑟莉目瞪口呆："你是认真的吗？"

"我怎么知道你们这些人在搞些什么！"

伊瑟莉连连眨眼，一时间不知道该说什么好。他怎么能想出这种事来？这样的冷酷残忍已经融入他们父子二人的血液里了吗？

"它们……它们都用四肢行走，阿姆利斯，你看不见吗？它们的皮毛、尾巴和面容跟我们并没有太大不同……"

"听着，"他烦躁地说，"如果你要吃动物的肉……"

伊瑟莉叹了口气。她真想把食指按在他的嘴唇上，让他闭嘴。

"拜托你，"她恳求道，最后一只羊也钻进了浓密的金雀花丛中，不见了踪影，"别坏了现在的兴致。"

但他是那种典型的男人，你越是劝阻他不要破坏这完美的一刻，他越是跟你对着干。他只会选择另一种策略继续破坏。

"你知道吗，"他说，"我已经跟那些男人聊过很多了。"

"什么男人？"

"跟你一起工作的那些男人。"

"我独自工作。"

阿姆利斯深吸一口气，再次发起探问。

"工人们说你最近不在状态。"

伊瑟莉轻蔑地哼了一声。他指的肯定是恩塞尔。是那个满身疥癣、疤痕和肿块的恩塞尔，向这位到访的大人物告的密，私下里把他知道的一切都供认了出来。

她察觉到憎恶的念头再一次渗进她的头脑，这让她感到很难过，甚至有些害臊。要是憎恶的念头彻底消散该是多么痛快的解脱啊，哪怕只有一小会儿也好！她不停反刍的这一小撮残渣果真具有抚慰效用吗？她转向阿姆利斯，不好意思地笑了笑。

"你还有没有……呃……"别让我把那个词说出来，她心想。

阿姆利斯又从他带来的那一大束伊卡帕图亚枝丫上折下一小枝，递给伊瑟莉。

"工人们都在说你像是变了个人。"他说，"你是遇到什么糟心的事了吗？"

伊瑟莉握着他的赠予之物，竭力抑制想要对他诉说苦楚的冲动。

"哦，总是很倒霉呗。比如，以前不少有钱的公子哥承诺过会关照我，结果当我被送进那个地狱的时候却袖手旁观，后来我的身体又被切开，整成这副样子。就是诸如此类的事情吧。"

"我是说最近。"

伊瑟莉把头靠在座椅上，将手中的伊卡帕图亚送进嘴里。

"我很好，"她轻叹一声，"我的工作做起来很棘手，仅此而已。工作嘛，总有顺利和不顺的时候。你不会明白的。"

在地平线上，一团雪云正在以极快的速度聚集。她知道他根本不了解那是什么，她很珍视这点儿知识。

"为什么不辞职呢？"他提议道。

"辞职？"

"辞职。不干了。"

伊瑟莉转动眼珠望向天空，或者说望向汽车顶棚。她注意到顶棚上的内饰有些破烂了。

"我敢肯定维斯公司会被我的这一举动深深打动，"她叹了口气，"你老爸绝对会亲自向我致以最美好的祝愿。我敢肯定会是这样。"

阿姆利斯不屑地大笑一声。

"你以为我父亲会大老远跑来这里咬断你的脖子吗？"他说，"他只会再派个人过来顶替你的位置。有成百上千的人乞求得到这个机会呢。"

伊瑟莉还是头一次听说，这则消息令她大惊失色，心中不免一紧。

"这不是真的。"她低声说。

阿姆利斯沉默了一会儿，盘算着如何安全地穿过在她心防上刚刚打开的缺口——她的不幸遭遇，既是突破口，也是布满危险尖突的陷阱——去深入她的内心。

"我从未想过对你的不幸遭遇视若无睹，"他小心翼翼地说，"但你必须明白，在我们的星球上有许多关于这个地方的传言，像是这里的天空是湛蓝的、夜间可以看到满天繁星、空气十分纯净、植被都长得繁茂葱翠，等等。甚至还有不少关于巨大水体的传言，比如，它们是怎么绵延不绝的，"他哈哈大笑，"就这么一英里一英里地铺展开去。"

他又沉默了一段时间，等待她做好袒露心扉的准备。她向后倚靠在座位上，闭着眼睛。在月光下，她潮湿的眼皮泛着银光，上面爬满了错综复杂的图案，就像他在飞船棚里赏玩的那片叶子。

虽然她看起来很另类，他心想，但她确实有一种别样的美。

伊瑟莉终于再次开口了。

"听着，我不能就这样辞职，"她说道，"我的工作给我提供了一个家……食物……"她竭力思索，试图想出更多的理由。

阿姆利斯没等她说完。"工人们告诉我，你基本上只靠面包和穆桑塔酱维持生命。"他插话道，"恩塞尔说你吃东西特别少。你说你不能辞职的理由，是在告诉我这颗星球上土生土长的东西，没有一样你能吃的，也没有一处地方可以为你自己安家吗？"

伊瑟莉愤怒地握紧方向盘。

"你是在建议我像动物那样活着吗？"

他们一言不发地坐了很久。在此期间，雪云在峡湾上方聚集起来，然后飘到了农场上空。伊瑟莉偷瞄着阿姆利斯，注意到他先前的惊叹与兴奋现在都染上了一层不安的色彩：既因为他用言语伤害了她，也因为害怕天空中的自然现象会伤及自己。他对这种现象不明所以，因此，在他看来，雪云无疑与母星上的有毒烟雾十分相像，那种雾的毒性非常强，甚至连政治精英们都得被迫转入地下躲避。

"我们……我们待在这里没事吧？"月亮刚被旋动的灰白阴云彻底遮挡住，他终于开口问道。

伊瑟莉得意地笑了笑。"想追求刺激，就别怕危险，阿姆利斯。"她责备道。

雪花在风中打着转，急速俯冲，颤动不休，盘旋而降，洋洋洒洒地砸到挡风玻璃上。阿姆利斯被吓得畏畏缩缩。接着，几片雪花从打开的副驾驶侧的车窗飘进来，落到他的皮毛上。

伊瑟莉感觉到他怕得直哆嗦，闻到了他身上散发出来的新气味。她已经很久没有闻到人类散发的恐惧气味了。

"放轻松，阿姆利斯，"她平静地轻声说道，"只是水而已。"

他紧张地抓起落在胸前的异星物质，然后看着它在指间迅速融化，发出了惊奇的嘟囔声。他看着伊瑟莉，仿佛这个场景是由她一手安排的，仿佛她刚刚为他将整个宇宙颠倒过来，好让此等景致能迷住他哪怕片刻。

"只看就行。"她说，"别说话。只是看着就行。"

他们静静地坐在伊瑟莉的小汽车里，看着漫天的飞雪。不到半个小时，他们周围的土地上就铺满了皑皑白雪，闪亮的冰晶像肥皂泡般漫到了挡风玻璃上。

"这简直是……一个奇迹，"阿姆利斯最后忍不住说道，"就好像天空中还飘浮着另一片大海。"

伊瑟莉忙不迭地点点头：他的直觉太准了！她自己也经常产生同样的感想。

"等着看太阳升起吧！到时候你绝对不敢相信自己的眼睛！"

他们之间的空气泛起阵阵涟漪，空气分子发生了微妙的反应。

"我看不到了，伊瑟莉，"阿姆利斯沮丧地说，"我那会儿已经离开了。"

"离开？"

"我今晚就走。"他说。

她一脸困惑，似乎仍然没能明白他的意思。

"那艘飞船，"他提醒她道，"几小时后就会起飞。到时我必然得在船上。"

她一动不动地坐着，消化着这则信息。

"人家叫你做什么你就乖乖去做，这可不像是你的作风。"过了一会儿，她小声地开玩笑道。

"我有必要回去，"阿姆利斯解释说，"把我在这里看到的一切都说出来。人们需要有人把他们赞许的这件事情的丑恶真相揭露出来。"

伊瑟莉哈哈大笑，笑声甚是刺耳。"所以你是'圣战骑士'阿姆利斯，"她讥笑道，"要把真理之光带给全人类啊。"

他咧嘴一笑，眼中闪烁着委屈的神色："你真是个愤世嫉俗的家伙，伊瑟莉。听着，如果这对你来说更容易接受，你可以说我确实没什么理想，你也可以说我只是想回去把我父亲气得火冒三丈。"

她疲倦地笑了笑。雪几乎已经把挡风玻璃完全盖住了。她必须尽快把雪弄掉，否则她的幽闭恐惧症就要发作了。

"唉，父母啊，"为了试图维系他们之间那座脆弱的桥梁，阿姆利斯笨拙地抱怨道，"去他们的吧。"这句脏话从他嘴里说出来，听着很勉强，也很刻意。他本以为能说出下等人特有的腔调，但他失败了，显得魅力稍稍减色了一些。随后，他羞怯地伸出一只手，轻轻放在她的胳膊上。

"但话说回来，"他说，"这个世界很容易就能让人看得入迷。它确实非常非常……迷人。"

伊瑟莉抬起双手，握住方向盘。她在黑暗中准确无误地找到点火开关的过程中，他的手从她的胳膊上滑落下去。引擎嗡嗡地发动了，车头灯随之亮了起来。

"那我开车把你送回农场主楼吧，"伊瑟莉说，"该回去了。"

回到主楼时，伊瑟莉看到铝制大门开了一条缝，恩塞尔的鼻头探了出来。她能想象得到，在阿姆利斯失踪的那几个小时里，他肯定急得满身大汗。今晚可能是他站岗。让我们看看他是否会跑出来，并告诉她这次的猎物是有史以来最棒的一个，这个小马屁精。

没承想，恩塞尔这次却一动不动地站在原地等待着。

车门的构造难住了阿姆利斯，他打不开，伊瑟莉便伸手越过他的身体，将车门打开。她的前臂短暂地拂过他的软毛，她闻到了软毛下的身体散发的温热味道。车门打开，一阵冷空气携着羽毛似的雪花吹了进来。

"你不进去吗？"阿姆利斯问。

"我自己有住处，"伊瑟莉告诉他，"而且我明天一早还得工作。"

他最后一次与她四目相对。她突然对他生出一股对立的情绪。然后——

"你自己多保重。"他低声说道，下了车，站在积着白雪的地面上，"你内心深处有个声音。听听它在说些什么。"

"它说：滚蛋吧。"她强迫自己挤出一张笑脸，但眼泪却诚实地流了出来。

他蹑手蹑脚地踏雪而行，走向那扇正在打开迎接他的大门。

"我还会回来的。"他边走边扭头大声说，然后他又咧嘴一笑，"当然，前提是我还能搭上飞船。"

伊瑟莉开车回到她的小屋，把车停在车棚里，然后走进屋内。自从她上次离家以后，有些神秘的不速之客往她前门下的门缝里塞了一些封皮光亮的单子。主要是各式各样的沃迪塞尔传单，对她来说尺寸都太小，内容是希望她能在选举中给他们投票：苏格兰的未来岌岌可危，拯救苏格兰的机会就握在她的手中。还有一张埃斯维斯送来的便条，伊瑟莉懒得去看上面写了什么。她径直上了床，用毯子盖住赤裸的身体，连续哭了好几个小时。

电子闹钟的电量已消耗殆尽，计时数字停止了闪烁。她估计，当运输船最终发出它那特有的嘎吱声起飞时，大约是凌晨四点。

紧接着，她听到农场主楼的屋顶合拢的声音。随后，阿布拉赫农场恢复宁静，她倾听着轻柔得宛如乐曲的海浪声，心里倍感安慰，渐渐沉入梦乡。

12

伊瑟莉将双臂交叠放在胸前，手掌搭在肩上，紧闭双眼，任凭自己滑入水底，把支撑头部的重任从酸痛不已的脖颈肌肉和骨骼移交给浴缸里的水。随着那颗沉重的头颅像石头一样沉下去，她感觉到自己的头发打着旋儿浮上水面。世界陷入黑暗之中。阿布拉赫农场熟悉的喧闹声被沉闷的水流潺潺声所吞没。

身体的其余部分远没有头颅下沉的速度快，起初，伊瑟莉尝试找到新的重心，试图漂浮起来，但最终还是整个沉入了水底。耳朵和鼻孔里汩汩地冒着气泡。她嘴唇微启，屏住呼吸。

过了一两分钟，她睁开眼睛。透过波光粼粼的水面和海草般摇曳的头发，她能够看到一缕阳光扭扭曲曲地透射过来，仿佛在黑暗走廊的尽头瞥见从远处敞开的门里照进来的微光。当她感到肺部憋得生疼时，那缕阳光便开始扩张，并随着她心跳的节奏剧烈搏动。是时候出去透透气了。

她把自己从浴缸底部撑起来，脑袋和肩膀钻出水面，溅起一阵水花，然后大口呼吸新鲜空气，她揩掉沾在脸上的不住淌水的头发，眨巴着眼，呼哧呼哧地抽着鼻子。随着她坐直上身，脑袋的重量重新落到肩膀上，她的椎骨也移动着位置，软骨发出的咔嗒声被困在躯体深处，听上去令人揪心。

在水面以外的世界，阳光不再闪烁和搏动：它透过脏污的浴室窗户，温暖且恒定地照射进来。淋浴喷头反射着阳光，像电灯一样明亮，天花板上的蜘蛛网也像挂在倒刺铁丝网上的一缕缕羊毛那般冷光闪闪。马桶水箱的陶瓷盖亮得让人无法直视，所以伊瑟莉只能把目光停留在它那蜡一般质地光滑的水箱箱体上。尽管已经学习当地语言多年，但箱体上印着的淡蓝色字迹"阿米蒂奇·尚克斯[1]"还是一如既往地让她费解。热水器哽咽似的时而倒吸气，时而骤然喷出一股热水，每当伊瑟莉泡澡而非淋浴时，它总是这个样子。在她脚边，生锈的黄铜水龙头奏出汩汩声与嘶嘶声交替的奏鸣曲。绿色塑料洗发水瓶的瓶身上写着"日常使用"。一切都恢复了正常。阿姆利斯·维斯走了，而她留了下来，此时已经是他们分别后的第二天。她从一开始就应该知道他们会是这样的结局。

伊瑟莉头痛欲裂，她向后仰头，将后脑勺搁在陶瓷浴缸的边沿上。浴缸正上方的天花板经过多年的水汽侵蚀，油漆已变成脓液般的颜色，到处都是裂纹和鼓泡，构成一幅错综复杂的图案。这种侵蚀已经穿透了好几层油漆，使它们像是薄薄的地质层一样清晰地区分开

---

① 英国的一家浴室装置和管道系统制造商。

来。这是伊瑟莉在这个世界上发现的最接近她童年时期家乡景观的东西。她垂下眼睑。

她被反光的水面挡住了视线，看不清水下的身体，只能看到脚趾尖和胸脯的曲线。她低头凝视着那对仿造外星生物的肉球，很容易就能把它们想象成别的东西。像这样淹没在被阳光照耀的水下，它们让她想起了海水退潮时隐现的礁石。就像两块放在胸口的石头，将她向下压去。阿姆利斯·维斯从未见过她被安上这对隆起的人造肿块之前的样子，他永远都不会知道她的胸膛曾经和他的一样平顺光滑。她的胸部原先是那么结实且光亮，长满亮泽的赤褐色软毛，任何男人都忍不住想要轻轻抚摩。

她紧闭双眼，忍受着水从残缺的耳朵里淌出的极度不适感。仿佛是瞅准了她放松戒备的这一时机，热水龙头中突然吐出一股细细的滚烫水流，落到了她的左脚上。伊瑟莉惊讶地嘶叫一声，紧紧地蜷起脚指头。真奇怪啊，她心想，当阿姆利斯离去，而她已经丧失求生的欲望时，这种微不足道的不适感依然能刺痛她。

挂在浴缸边上的那个生锈的肥皂碟里，放着几片包在硬纸板里的崭新的剃刀刀片。她抽出一片，将硬纸板弹到一边，然后把手伸到沾满污垢的瓷砖地板上，拿起她从楼上带下来的镜子。她举起镜子调整角度，以找到最佳光线，直直地看着脸部的映像。

她试着用沃迪塞尔的眼光审视自己的容貌。

哪怕只是短促一瞥，她也发现自己做出的牺牲大得让人难以置信。她完成最后一道不得不做的改造手术，把自己推到人兽分界线的另一边，似乎只是几天前的事，但那实际上已经发生很久了。对于近日看到过她的沃迪塞尔来说，她的模样一定非常怪异。最近的两个沃迪塞尔都远离社交活动，很安全，这是好事，真的，因为她不得不承认，她现在这副样子肯定达不到工作的要求。她浑身上下的毛发又长回来了，除了那些疤痕过重或人工仿造的部位——那些地方什么都不会长出来。她现在看上去已经很像人类了。

她的发际线几乎看不出来了，柔软的绒毛爬满了她的前额，并与眉头上更浓密的毛发融为一体。她的下睫毛也快变得不那么像睫毛了，与她脸颊上的毛楂——那些毛楂呈棕色，随着长度的增加而越发柔软——连在一起。她的肩膀和上臂上也长出了一层赤褐色的细短绒毛。

如果阿姆利斯·维斯能待得更久一点儿，他就会明白那些掌权者为什么总是向她许诺他们会把她留在身边，当那个时刻来临时，他们会为她说好话，他们会确保她永远不会被强制送到那个鬼地方。因为像她这样美丽的女孩与那儿是格格不入的，被送下去吃苦简直是暴殄天物，他们中的一个人曾经这样告诉她，当时，他一边说一边轻抚她的侧腹，然后探入她的皮毛深处，摸索到她那柔软的生殖裂口。

伊瑟莉小心翼翼地挥动刀片。她把洗发水抹在脸上，但由于毛发蔓延到了眼睑边缘，她得十分谨慎，以免把肥皂泡沫涂到眼珠上。因为她大部分时间里必须戴眼镜，她的眼睛已经够酸痛的了，再加上阿姆利斯的离开以及今时的境遇令她伤心落泪，眼睛就更难受了。

她动作轻柔且小心地刮掉脸上的毛发，只在眼眶周围留下几缕当作睫毛。在刮除前额的毛发时，她努力舒展眉头，让前额变得平坦。每刮一下，她就把刀片浸到洗澡水里涮一下。很快，周围的水面上便漂满了她的毛发，散落在一团团洗发水的泡沫上。

刮完之后，伊瑟莉又拿起镜子检查一番。一颗掺杂水分的血滴从额头上淌了下来，她赶紧将其擦掉，免得它流到眼睛里。那个伤口不一会儿即可愈合。

这次，她并没有把发际线刮成一条直线，让额头变得像挡风玻璃似的，而是尝试着刮出一个轻微的V形。她曾经见到有些沃迪塞尔就留着这种形状的发际线，那样看起来很有魅力。

剩下的事情就简单了。她抽出一片新的刀片，刮干净胳膊和腿，以及肩膀和脚。她哼唧一声，用力把胳膊转到后背上，一只手调整镜子角度，另一只手挥动刀片，刮掉那里的毛发。她腹部的毛发只需蹭上几下就会彻底刮除。她被割掉的乳头部位疤痕累累，满是褶皱，而且还很硬，就像一个远离酒精、低脂饮食的沃迪塞尔那精瘦又肌肉发达的躯干。她没有触碰或检查两条后腿之间缠结一团的肉块，因为原来的构造已被切除，再也摸不到了。

她周围的水已经变凉了，看上去像是一潭漂浮着褐色水藻的死水。她站起来，把淋浴喷头开到最大，用热水把粘在身上的毛发迅速冲洗干净。然后，她迈出浴缸，站在冰凉的瓷砖上，用脚趾抓起脚边那堆破旧的衣服，将它们扔进浴缸，并摁到水下。水立刻就变脏了。

阿姆利斯·维斯已经走了，除了工作，她再也没有别的事情可做。

在她锻炼的时候，电视上播出了午间新闻。新闻内容与她有关，这还是多年以来的第一次。

"警方正在搜寻一名失踪的佩思郡男子，威廉·卡梅伦。"一个雌性沃迪塞尔的声音关切地说，这时，伊瑟莉卧室里那块肮脏的电视屏幕上显示出一张照片，正是她前几天搭载的那个红头发、穿针织套衫的沃迪塞尔。"他最后一次被看到是在周日，他当时在试图从因弗内斯搭便车回家。"刚才那张照片被另一张所取代，这张照片上有几个沃迪塞尔正在一辆大篷车前面休息，一个戴着厚厚的眼镜、睡眼惺忪的雌性坐在雄性的两腿之间。定格在前景极远处的是两个胖乎乎的幼童，图像很不清晰，在照相机的闪光灯下惊讶地瞪大眼睛。"警方称，目前尚没有证据表明卡梅伦先生的失踪与周日那起安东尼·马林德的谋杀案之间有任何联系。""红头发"和他妻儿的影像消失，一个穿着黄色工装裤的秃头沃迪塞尔的模糊形象叠加在上面，这让伊瑟莉瞬间浑身起了一层鸡皮疙瘩。"但是，警方承认这与德国医科学生迪特尔·根舍的失踪可能有所关联，最后一次有人看到他是在阿维莫尔。"令人不安的光头形象终于隐去，被一张快照所取代，快照里的沃迪塞尔形象看起来人畜无害，伊瑟莉不记得以前见过他。旋即，似乎只是一眨眼的工夫，屏幕上就播放起了一段A9公路的高清录像片段，摄像机被安装在地面上，从搭车客的视角记录着过往的车辆。

伊瑟莉继续着她的锻炼，此时，新闻内容转到了其他事情上：别国有大批沃迪塞尔正在挨饿；一名歌手——不是约翰·马丁——品行不端；体育赛事；天气预报。如果预报准确的话，待会儿的天气可能会很适合开车。

刚才的锻炼，再加上从窗外照进来的阳光，已经把她的头发弄干了。她对着小镜子打量自己，同时皱起眉头。她那件新的黑色上衣——至少是衣柜里看上去最新的一件——有点儿磨损了。虽然还很整洁，但确实有点儿破旧了。

你真不该拿下那个红头发的沃迪塞尔，她突然自言自语道，那个名叫威廉·卡梅伦的猎物。

她把这个念头抛到一边，试图把注意力重新集中到眼前的问题上。她应该去哪里买更多的衣服呢？唐尼汽车修理厂并不卖衣服。这些年来，她一直忍住没穿她在工作中获得的衣物，因为她担心它们会被认出来是某个特定沃迪塞尔的所属物，但或许……

你不该带走他的，她又一次自言自语道，你出差错了，你的职业生涯要结束了。

她的裤子还不错，绿色的天鹅绒料子既光亮又干净，也许挨着车座的部位有点儿磨损，但谁也看不到，所以总体来说没有问题。她的鞋子擦得锃亮，看上去坚不可摧。她的胸沟在阳光下熠熠生辉，就跟沃迪塞尔的杂志封面照片似的。发际线上的小伤口已经愈合，她把痂皮剥掉，那儿没再出血。她用手指捋了捋头发，十个指甲全都牢固地嵌在本来的位置。她做着深呼吸，用鼻孔吸入清凉的空气，脊柱保持挺直。窗外，地球的大气层明晃晃、蓝湛湛的，遮住了外面无尽的宇宙空间。

不论怎样，生活还得继续，她如此劝告自己。

出门的时候，她发现了埃斯维斯的那张便条——这件事她早就忘得一干二净了。看样子，便条已经在她的门缝下躺了好几天了。她把它举起来，迎着光看着上面因受潮而有些褪色的文字。埃斯维斯那弯弯曲曲的潦草字迹读起来颇为费劲，但有一点她很清楚：这并非一封私人信件。他只是在传达维斯公司的通知，因为埃斯维斯是伊瑟莉的上司，所以他便第一时间转达给了她。

从她能够辨认出的内容来看，维斯公司是想知道，她是否有可能猎到比往常更多的沃迪塞尔，每年的任务量只增加百分之二十即可。如有任何困难，公司可以派人来帮她。事实上，不管她如何回复，公司都在认真考虑加派人手的事。

尽管还没把内容全部看完，但伊瑟莉还是把便条叠好，揣进了裤兜。维斯公司必须知道，它决不能这样瞎干涉她的工作。她会简短地给他们写封信，让下一艘运输船捎回去。在此期间，她会考虑一下工作的哪些方面需要做出调整。

伊瑟莉刚走进食堂，就引得男人们交头接耳起来。他们显然没想到，自从上次自取其辱之后，她居然这么快就又出现在他们面前。他们之所以这么想，是因为他们太蠢，什么都不懂。要是她不出现，给他们留出更多的时间对她说长道短，那他们才高兴呢！她精神崩溃、从加工大厅里被轰出去这件事，肯定在他们一潭死水似的生活中掀起了巨大的波澜！如果她因羞愧而中断工作，在小屋里一躲就是好几天，直到最后饿得浑身无力，不得不慢悠悠地下到食堂里来，那么关于她的风言风语绝对会被吹得不着边际！哼，她才不会让他们得逞呢。她会咬紧牙关挺过去，让他们看看她到底是个怎样的狠角色。

她向那些男人投以轻蔑的目光。与阿姆利斯·维斯相比，他们都是粗鄙的丑八怪、愚蠢的野蛮人。她永远都不该为自己的畸形感到羞耻。她绝对不比他们更丑，而且从小到大受到的熏陶也肯定比他们高贵得多。

"上等的肉都吃完了？"她一边询问，一边在餐桌上的罐子和碗中翻找着。为了迎接阿姆利斯的到来，西里斯特地准备了一顿美味非凡的腌制肉排，她当时尝过一小块，此刻，对于那股绝美味道的回忆突然涌上了她的心头。

"抱歉，伊瑟莉，都进到这里边了。"那个她总是记不住名字、长着一张霉脸、眼睛歪斜的男人说。他拍了拍他那长满疥癣的、鼓胀的肚皮，呼哧呼哧地大笑起来。

伊瑟莉瞪着他，目光中满是蔑视。他们就该只喂你吃稻草，她心想，然后转过身去，忙着给自己准备平时最常吃的那一样食物，面包配穆桑塔酱。餐桌上还有表面起着水泡似的油腻腻的香肠，以及切成小扇形的软塌塌的馅儿饼，不知道里面掺杂了什么垃圾食材，与其冒险吃这几种，还不如吃面包呢。

"还有很多馅儿饼。"有人安慰她道。

"不用了，谢谢。"她敷衍地笑了笑，同时无视男人们发出的让她与他们一起坐在地板上的邀请，径自斜靠在一条长凳上。她一只手拿着薄薄的、抹好酱料的面包，另一只手放在面包下方，以便接住可能会掉落的碎屑，然后开始吃起来。她的目光越过男人们的头顶望向远处，计划着今天的工作。

"上等的肉确实很好吃，"工程师恩斯回想着那种美味，然后窃笑一声，又打趣道，"要是能让阿姆利斯·维斯多来几趟就好了，对不对？"

伊瑟莉低头瞧着他，他冲她咧嘴一笑，露出满嘴的烂牙，沾在鼻尖上的肉汁闪闪发亮。尽管对他这副样子感到厌恶，但她突然意识到，他其实并无恶意，他只是一个不起眼的苦力，一个奴隶，一个用完即弃的工具。他被囚禁在地底，他的生活条件并没有比在伊斯特德强多少。坦白讲，所有这些男人都快要散架了，头发和牙齿就像过度使用的设备上的零部件似的一根根、一颗颗地脱落，他们像是用来执行工作的廉价工具，哪怕他们耗尽生命，这项工作也远远没到结束的时候。当伊瑟莉在开阔的、空气清新的地上世界漫游之时，他们却只能被困在阿布拉赫农场的主楼地下，机械地辛苦劳作，在昏暗的钨丝灯光下拼命苦干，呼吸着污浊的空气，吃着对他们的老板而言恶心得不屑一顾的内脏。在大张旗鼓地宣扬"逃离旧世界、开拓新世界"的影响下，他们来到了这里，但实质上维斯公司只是把他们从一个深坑里挖出来，然后埋进另一个深坑。

"我相信这里的伙食可以改善一下，"伊瑟莉说，"哪怕不是为了迎接阿姆利斯·维斯的到来。"

这番话引发了更多的窃窃私语，这群人中了无希望的人嘟囔着毫无意义的暴动。只有一个人把话大声说了出来。

"有传言说维斯公司想增加每次的装货量。"恩塞尔说。他正吃着盘子里用绿色蔬菜捣成的糊状物，用淡水，而非其他男人喜欢的埃津，把食物冲进肚里。伊瑟莉意识到，他在努力爱护自己，以使他的样貌保持在某种档次以上，这让她对他感到极为同情。也许，一直以来，他都在为她珍爱身体，虽然他毛发的颜色就像没洗干净的土豆，质地就像……就像破旧的防寒服兜帽，但他始终在一丝不苟地保养它们，阻止它们脱落。

"我相信维斯公司很希望我们所有人加倍努力地工作。"她说。

有那么一会儿，所有人都沉默不语，埋头吃起饭来。

你真不该把那个"红头发"带回来，伊瑟莉再一次想到，你的工作要完蛋了。

她一脸苦相，为了掩饰这副表情，她大口咬着面包。别这么怯懦，她责备自己，不出一个星期，沃迪塞尔们就会把这一切彻底遗忘。

随着食物越吃越少，一盘接一盘地送进他们的肚子里，食物特有的味道也渐渐减弱，并被逐渐浓烈的男人的汗臭和发酵酒精混合而成的恶浊气味所取代。要是放在以前，这种气味绝对能让伊瑟莉恶心得想吐，但今天，她可以克服这种恶心感。事实上，当她意识到只需面对这几个男人时，她便立刻放松了下来。上次的丢人现眼还没过去几天，她现在最怕碰到的就是昂瑟，好在这里没有看到他的身影，食物马上也快吃光了，所以他大概率不会过来了。西里斯也不在，跟往常一样，把饭菜一端出来他就没影了。这很好，正合她的心意。

现在回想起来，她压根儿就不该让西里斯把她领进他的厨房。西里斯把她当成同类来对待，试图与她建立亲近的关系。但她跟任何人都不是同类，他越早明白这一点，对他俩来说就越好。至于昂瑟嘛，他就是个浑蛋，竟然在她最脆弱的时候羞辱了她。他那是滥用职权，真希望能把他从这颗星球上抹去。得亏他今天没露面。

用餐时间即将结束。一个男人已经出去了，其他男人都在啧啧作响地舔着他们的碗底和罐底。对于西里斯和昂瑟没有出现一事，伊瑟莉起初松了口气，最后还是变成了好奇：他们现在在哪里呢？接着，她渐渐明白过来，这肯定与等级和特权有关。昂瑟和西里斯比散坐在食堂里的这些彪形大汉的级别要高上一等，他们俩很可能一起正躲在某个舒适的房间里吃饭呢，而且他们的饭菜，毫无疑问也要更好一些。他们俩在享用什么美食呢？她很想知道。每个月都会运来的那些密封补给箱，里面装的确实只是诸如赛斯莱达酱和穆桑塔酱之类的廉价食物，还是说有一些她从未品尝过的美味佳肴？还有，尽管一切工作都是以她为中心，但维斯公司却通过埃斯维斯向她传达通知，这又是怎么回事？男人和他们那讨厌的权力游戏啊！她很快会就这些不平等的待遇问题跟他们交涉。

伊瑟莉又往一片面包上抹好穆桑塔酱，然后取来一碗恩塞尔刚才吃的那种用绿色蔬菜捣成的糊状物。她决心从今天开始，每天都要吃饱喝足，以免再次因没有摄入足够的母星食物而饿得连沃迪塞尔零食都吃，最后出尽洋相。她一杯接一杯地喝水，感觉到胃部迅速膨胀起来。

"我们听说可能还会送来一个女人。"霉脸男脱口而出，然后在伊瑟莉的怒视下不好意思地吃吃笑起来。

"我不这么认为。"她警告道。

霉脸男眨眨眼，继续喝着他的那罐埃津。但恩塞尔可没那么容易被吓住。

"但是，假如他们真的要再派一个人过来呢？"他若有所思地说，"那将会对你的生活造成很大影响，对不对？到目前为止的工作形式，你有时一定感到很孤单吧？工作范围要覆盖那么大的区域，只有你一个人负责。"

"我应付得来。"伊瑟莉平静地说。

"不过，再送一个人过来，肯定不是让你们交朋友的，对吧？"恩塞尔追问道。

"那我就不知道了。"伊瑟莉用警告的语气说。

没过两分钟，她便离开食堂，回到了地面上。

她开车驶上A9公路时，雾气正从远处滚滚而来。地平线已被雾霭彻底遮挡，路面本身仍然清晰可见，但两侧的田野已然朦胧不清，粮仓隐入雾中，牛羊温顺地任由自己被雾气吞没。白色的雾潮拍打着高速公路那长满青草的"草滩"。

又是一道阿姆利斯想一睹为快的奇景，伊瑟莉心想。云朵降落到地面上，水像烟雾一样飘浮在眼前。

这里有无数的事物阿姆利斯永远都不会体验到，尽管他享有特权，尽管他如此美丽，皮毛完美无瑕。他是归家的王子，但他的王国与伊瑟莉现在的活动范围相比，只是一座矿渣堆。即便是躲在最糟糕、最不堪入目的环境之外的掌权者们，也不过像被关在华丽囚笼里的囚犯，他们只能那样度过一生，根本想象不到伊瑟莉每天驱车漫游时看到的绝美景致。他们追求的一切都被牢牢地锁在了室内：金钱、性、毒品、贵得离谱的食物（比如一万利斯一片的沃迪塞尔肉）。所有这些仅仅是为了分散他们的注意力，可以使他们对于潜伏在薄墙之外的可怕废墟、黑暗和腐尸视而不见。

而在伊瑟莉独享的这个世界里，一切都与母星截然相反。在室内做的事情都无足轻重，房子在广阔天空下犹如一个个小斑点，住宅和它们的居民就像依偎在淡蓝色的空气海底的小贝壳和小虾米。地面上发生的任何事情都无法与壮丽的天空相提并论。阿姆利斯曾经瞥见过一丝这样的壮美，他抽出几个小时的时间，难以置信地凝望着天空，最后不得不离开这里。她做出了牺牲，却也因此将这整个世界永远地据为己有。

决不能让他们再派一个人过来。她告诉自己。

远处，一个搭车客站在她这一侧的路边，满怀希望地向她比画着搭车手势。她放慢车速，以便好好打量他一番。她后面的那辆车猛轰了几下油门，喇叭嘟嘟直响，迫不及待地想要超过她。她未予理会。它可以尽情鸣笛抱怨，只要在她下定决心搭载这个搭车客之前别跟她抢就行。

搭车客身材高大，身穿西装，既没披雨衣，也没戴帽子。他没有秃头，事实上，他满头的灰色头发在微风中飘扬。他就站在一个停车标志牌旁边，意在让司机们放心，为他停车不会引起任何麻烦。由于身后那辆车还在按响喇叭、引擎轰鸣地催促，伊瑟莉只能注意到搭车客的这一举措，来不及留意他的身材如何。

她从搭车客身边经过，转向路边停车区，好让那辆愤怒的车子超过去。当然，在搭车客看来，他以为她是为他停车的，但对伊瑟莉来说，做决定还为时尚早。她可不想再犯任何错误了。那辆车一过去，她就加速回到公路上，此时，搭车客已经跟跄着朝她这边跑到半路了，见她丝毫没有停下的意思，而是冲他喷出一股浓重尾气径直向前，他便颓然地立在原地。

从公路对面第二次向他驶近时，她注意到他的衣服相当破旧。他身穿深灰色的西装，里面套着一件浅灰色的套头毛衣，衣服本身质量很好，但泛着油腻腻的光泽，像松垮的兽皮似的披挂在他庞大的躯体上。他的外套口袋耷拉着，扯开几个大口子，使衣服上额外多出了一些大洞。裤子的膝盖处松松垮垮，布料已变得灰白。他那只朝着过往车辆无力地挥舞的手看起来脏兮兮的。但是，他藏在衣服下面的肉体是怎样的呢？

现在两个方向的车辆都很少，所以当她从对面驶过时，他便转头看着她的车。但就算他认出她就是方才差点儿为他停车的那个司机，他也没有任何表示。他的脸像是一张表情坚忍的面具，板得紧紧的，爬满了皱纹。伊瑟莉不得不承认，他跟她见过的最符合要求的那类目标差远了。他看着年纪有点儿大，头发灰白，灰褐色的胡子上散布着点点银斑，而且站得并不很直。他身上肌肉很多，但脂肪也不少。在沃迪塞尔的社会中，他不是阿姆利斯·维斯那种阶层的，这是肯定的，但他也绝不是恩斯那种劣等阶层。他就是最普通的那种沃迪塞尔。

第三次向他驶近时，她决定捎上他。说到底，为什么不呢？最后制成成品之后，他跟其他肉块有什么不同呢？她的工作已经很难了，维斯公司凭什么还要给她增加难度？如果伊瑟莉让他们得逞，她将不得不仔细审查这个世界数不尽的所有居民，放弃几乎每一个沃迪塞尔，只能疯狂地寻找极少数的最完美的目标。现在，是时候让他们知道这个世界的绝大部分猎物是什么样了。这个搭车客就是占比最大的那种猎物的水平。

她将车停在刚才那个路边停车区，轻轻按响喇叭，免得他担心这次还会被耍。在他朝她走来的当口，雨滴开始零零星星地打在挡风玻璃上。他刚走到副驾驶侧的车门旁边没过几秒，大雨便倾盆而下。

　　他身子一晃，坐进车里，躯体像是皱巴巴的团块，肩膀上拧着一颗头颅，一脸严肃的表情。伊瑟莉问道："你要去哪里？"

　　"随便吧。"他说，两眼直视前方。

　　"你说什么？"

　　"抱歉，"他说，冲她挤出一个淡淡的微笑，但他充满血丝的眼睛里却全无笑意，"谢谢你为我停车。继续开，继续开吧。"

　　她迅速上下打量着他。他的衣服不但很破旧，而且还稀稀拉拉地落满了头发——不是他的灰发，而是黑色和白色的。他自己的头发曾经被剪得非常简洁，现在仍然可以看到原来发型的影子，但在精心修饰的发型边际线周围，已经长出了更多的新发楂：他的脖子上生出一丛金属丝般的短毛，下巴上有一团形状不规则的细毛，还有几乎覆盖了从脸颊到套头毛衣那肮脏的领口之间全部皮肤的短硬毛发。

　　"不过，你想去哪里呢？"伊瑟莉追问道。

　　"我一点儿也不在乎。"他说，呆滞的语调中透出一丝烦躁的意味，"你知道有什么刺激的去处吗？我不知道。"

　　伊瑟莉试图用直觉判断他是否有危险，但奇怪的是，她没有察觉出任何异常。她指了指安全带，他便用那双结实有力的大手摸索着将安全带扣好，在这个过程中，可以看到他的指缝里塞满了黑色的污垢。

　　"带我去月球吧，怎么样？"他暴躁地说，"带我去廷巴克图，带我去蒂珀雷里。人们都说这段路途非常遥远。①"

伊瑟莉困惑不解，将目光从他身上移开。瓢泼大雨倾泻而来。她打开挡风玻璃的雨刷器和转向灯的开关。

即使在系安全带的时候，这个搭车客依然在思索，现在应该还来得及改变主意。搭上这辆便车有什么意义呢？为什么不直接下车，回到他来时的地方，把他的……他的糟心事窝在自己心里？日复一日地游逛到公路上，看看能否诱使某个可怜的傻瓜让他搭便车，这样做实在是太变态了。然后，一旦捕获了一个被迫跟他待在车厢里、无处可躲的听众，他必然会把糟心事一股脑儿地灌输给对方，像毒药一样灌进他们的肠胃里，通过眼神交流注射进他们的眼睛里，每次倾诉的事情都一模一样。为什么要这样做？为什么呢？每次倾诉完之后，他的心情并没有变得更好——通常来说只会变得更糟。对于让他搭便车的司机而言，如果他们能对他有那么一丁点儿感同身受的话，他们的心情会比他糟糕得多，这是肯定的。他居然用这种方式来报答那些只是想做件好事的司机，简直太残忍了！

也许面对这个司机，他不会那么做，因为她是个女孩。女人让他搭便车的情况是很罕见的，尤其是这么年轻的女孩。她看上去也很痛苦，虽然年纪不大，但过得并不容易。她脸色苍白，直挺挺地坐在那里，试图装出一副若无其事的样子。他以前见过这类女孩。年纪轻轻，却遭受了太多的磨难。露出大半个胸脯，表明她还没打

---

① 这段话改编自一首英国歌曲It's a Long Way to Tipperary（《漫漫长路通往蒂珀雷里》）。

算放弃性感这一手段，但她身体的其他部位却皱巴巴的，粗糙不已，显得未老先衰。她该不会有两个尖叫不止、刚学会走路的娃娃在她父母家等她吧？她是瘾君子吗？抑或她本身是个妓女，正在想尽办法寻找一种替代途径来维持生计？她紧握着方向盘的双手骨瘦如柴，皮肤干燥，疤痕累累。他现在看不到她的脸，但仅凭刹那的一瞥，他也能看出那是一张遭遇过许多痛苦经历的脸。天哪，真希望他能让她免受他即将倾吐的苦水的折磨，但是，若想把那些话憋在自己的肚子里，得付出超人的努力才行。希望渺茫啊。他会让她像其他司机一样倾听他的诉苦，直到某个契机让他住嘴。直到……直到他最后全都倾吐出来。

他能看到她的小鼻子从发帘后面探出来，正在微微翕动，嗅闻着什么。她在嗅闻他的味道，没错。所有让他搭便车的司机都会这么闻他。倾诉的通道已经开始打通。

"要不我还是打开窗户吧？"他疲倦地说。

伊瑟莉不好意思地微微一笑，因为被发现自己在嗅闻他散发的异味而感到尴尬。

"不用，不用，下着雨呢，"她申辩道，"你会被淋湿的。我……我其实并不介意这种气味。我只是好奇这是什么味道。"

"狗的气味。"他说，直视前方。

"狗？"

"百分之百的狗的气味，"他声明道，"西班牙猎犬。"他握紧拳头，放在大腿上，双脚在车厢地板上不安地抖动。伊瑟莉注意到他没穿袜子。他像是被某种利器轻轻戳刺似的不停地嘟囔着，低头看着膝盖，脸部扭曲，然后突然问道："你喜欢养狗还是养猫？"

伊瑟莉思考了好一会儿。

"说实话，都不喜欢。"她说，仍然不确定应该怎么应对这场怪异的谈话，她绞尽脑汁地回想那少得可怜的对于猫狗话题的记忆，"我不知道我能不能照顾好一只宠物，"她承认道，这时，她看到前方的斜坡上还有一个搭车客，不知道选择这一个是不是个错误，"据我所知，养宠物挺麻烦的。你是不是得不断地把狗从床上推下去，让它知道谁才是老大？"

沃迪塞尔急躁地想把一条腿搭在另一条腿上，结果膝盖磕到了仪表板的底面，疼得哼唧起来。

"谁跟你说的？"他冷笑道。

伊瑟莉担心警方可能正在搜寻之前那个养狗者，她便决定不提起他。"我应该是在哪里读到过。"她说。

"这样啊，不过我可不是睡在床上。"这个衣衫褴褛的沃迪塞尔说，将双臂交叠放在胸前。他压低嗓音，又恢复了刚才那种呆滞的语调，语气混杂着刺人的傲慢和深不可测的绝望。

"真的吗？"伊瑟莉问，"那你睡在哪里？"

"我面包车后面的床垫上，"他说，那语气像是她在试图说服他别那么做了，但他已经无所谓了，"跟我的狗一起。"

很好，无业游民，伊瑟莉心想。但紧接着，她又转念一想：这不重要，放他走吧，一切都结束了，阿姆利斯已经走了，没有人爱你，警察在追查你，还是回家去吧。

但她无家可回，没有真正意义上的家。除非她完成工作，否则连阿布拉赫农场那个"家"都回不去。她把头脑中的消极情绪推开，试着跟身边这个沃迪塞尔深入沟通。

　　"你说你有面包车，"她委婉地提议道，"那你为什么要搭便车，而不是开自己的车呢？"

　　"我买不起汽油。"他咕哝道。

　　"政府难道没给你……呃……补贴吗？"

　　"没给。"

　　"没给？"

　　"没给。"

　　"我还以为政府会给每个失业的人发放补贴呢。"

　　"我没失业，"他反驳道，"我有自己的生意。"

　　"噢。"伊瑟莉用眼角的余光瞥见他的脸上出现了奇怪的变化：脸颊变得绯红，眼睛闪烁着光芒，可能是狂热的激情之光，也可能是泪光。他露出牙齿，牙缝间塞满了波利菲拉①似的奶油色食物残渣。

　　"我给自己发工资，你知道吧？"他宣称道，吐字突然变得清晰起来，"只要我付清手下员工的工资，甭管剩多少钱都是自己的。"

　　"嗯……那你手底下有多少员工啊？"伊瑟莉被他龇牙咧嘴的笑容、他对谈话骤然增强的专注搅得烦躁不安。他仿佛刚从昏迷中苏

---

① 伊瑟莉母星的一种物质。

醒过来，并猛地罐下一大杯用暴怒、自怜和欢喜等成分调制的烈性鸡尾酒。

"这个嘛，现在有个问题，有个问题，"他一边用手指敲击大腿，一边说，"他们可能都不会到工厂去了，你知道吧？可能被紧锁的大门给拦在外面了，也可能看见工厂里关着灯就打消进去的念头了。我也好几个星期没去了。工厂在约克郡，你知道吧？去约克郡要费很多汽油。而且，我还欠银行大约三十万英镑呢。"

雨势变小了，伊瑟莉终于能辨清方向了。如果他的疯狂到了不可收拾的地步，她完全可以在阿尔内斯放他下车。她以前从未让像他这样的沃迪塞尔搭过便车。她不禁担忧地想，不知道自己会不会喜欢他这样的猎物。

"这么说，你惹上麻烦了吗？"她问，指的是金钱上的麻烦。

"惹麻烦？我吗？没——没——没，"他说，"我又没做什么违法的事。"

"但是，你不是……逃离约克郡，对那儿的人来说下落不明吗？"

"我给家人寄了张明信片，"他立即回道，并咧嘴笑了起来，就一直那么咧着嘴，眉毛和小胡子上挂着亮晶晶的汗珠，"一张邮票就能买来他们的安心。而且还能省得让警察浪费宝贵的时间搜寻我。"

一听到"警察"这个词，伊瑟莉立刻僵住了。接着，她发出指令让身体放松下来，却突然担心她很可能让手臂下垂到了一个对沃迪塞尔的肌肉组织来说不可能达到的角度。她便低头扫了一眼自己的左臂，也就是靠着他的那条手臂。它看起来还算正常。但是在她脸庞附近传来的可怕的吱吱声是怎么回事？哦，原来是雨刷器在刮掉挡风玻璃上的雨水的声音。她急忙将雨刷器关掉。

放弃吧，这场狩猎游戏结束了，她想。

"你结婚了吗？"她深吸一口气，然后问道。

"现在有一个问题，有一个问题，"他激动地回应道，像是要从座位上站起来似的，"我结婚了吗？我结婚了吗？让我想想。"他的眼睛闪烁着狂热的光芒，仿佛快要爆炸了，"是的，我想我原来是结过婚的。"他坚决地说，像是在承认别人刚刚拿他取笑并且成功了，语气中透着一种令人厌恶的幽默感，"事实上，那段婚姻持续了二十二年。确切地说，直到上个月才结束。"

"那你现在是离婚了吗？"伊瑟莉追问道。

"反正他们是这么告诉我的，这么告诉我的。"他说，然后冲她眨了眨眼，但看上去却像脸部剧烈抽搐似的。

"我不明白。"伊瑟莉说。她的头开始疼痛起来。车厢内充满了令人作呕的狗臭味，精神煎熬使她眼前爆出一团强光，这时，炽热的正午阳光突然射入了她的双眼。

"你曾经爱过谁吗？"沃迪塞尔主动挑起话头。

"我——我不知道，"伊瑟莉说，"应该没有吧。"她必须尽快拿下他，要么就放他走。她的心脏剧烈跳动，她的胃似乎快要痉挛了。身后某处传来一阵轰鸣，她瞥了一眼后视镜，原来是另一辆车发出来的——一辆极其巨大的露营车，正在不耐烦地从公路一侧拐到对侧，如此反复，试图找机会超车。伊瑟莉看了看自己的车速，气馁地发现仅为每小时三十五英里，这样的速度即使在她看来也是很慢的，于是，她把车开得更贴近公路边缘一些，好让露营车超过去。

"我爱我的妻子，你知道吧？"浑身狗臭味的沃迪塞尔说，"我非常爱她。她就是我的全世界。就跟西拉·布莱克^①唱的一模一样。"

"你说什么？"

露营车飞速超车，把它的影子投到伊瑟莉的车上，一掠而过。沃迪塞尔开始纵情高歌起来。

"她是我的世界，她是我的夜晚，我的白——昼；她是我的世界，她是我的——每一次呼吸，如果我们的爱——不再，那对我——来说就是我的世界的尽头！"他迅速闭上嘴巴，就像开口歌唱时一样突然，然后再次把嘴咧得大大的，冲她笑了笑，泪水顺着他长满灰白胡楂的脸颊淌落下来，"你明白我的意思了吗？"

伊瑟莉把车慢慢开到车道中间，她的头阵阵作痛。

"你是服用什么致幻药了吗？"她问。

"可能吧，可能吧。"他又眨眨眼，"发酵的马铃薯汁，波兰酿造，能有效缓解疼痛，还能有效让人忘记导致疼痛的原因，每瓶只需六英镑四十九先令。不过服用这玩意儿之后上床挺让人扫兴。而且我感觉聊天的时候也管不住嘴。"

空气能见度渐渐升高，车子前方和后方几百码的A9公路都能清晰可见，露营车马上就要消失在视野中了。伊瑟莉把一根手指放在伊

---

① 西拉·布莱克（1943—2015），英国歌手、电视节目主持人、演员和作家，代表单曲《你是我的全世界》（*You're My World*）。

卡帕图亚的按钮上。她的心脏并没有像往常那样剧烈跳动，相反，她感到恶心，仿佛随时都会吐出来。她深深地吸了一口混杂着狗臭味的空气，强忍着恶心问出最后一个关键问题。

"你出来搭便车的时候，谁照顾你的狗呢？"

"没人，"他一脸苦相，"它自个儿待在面包车里。"

"整日整夜都不出来？"

她的语气里并没有指责的成分，但这句反问似乎在他身上捅出一道很深的口子，他体内躁狂的能量从伤口里涌出并消散殆尽，使他立刻变得无精打采、萎靡不振。

"我从来不会在外面待太久，"他争辩道，又恢复了呆滞的语调，"我也需要散散步。它明白。"

伊瑟莉搭在伊卡帕图亚按钮上的手指微微颤抖。她很想按下按钮，但又犹豫了一下，同时把想吐的感觉咽了回去。

"而且面包车的车厢空间挺大的。"沃迪塞尔咕哝着辩解道。

"嗯。"伊瑟莉咬着嘴唇，附和道。

"我得尽快回去，看看它是不是还在车里。"他恳求道。

"嗯。"伊瑟莉说。汗液从她的左手手指上渗出，使那里的皮肤感到一阵刺痛，她的手腕也隐隐作痛。"对不起，"她低声说，"我……我得停一下车。我感觉……不太舒服。"

汽车已经在缓慢行驶了。她把车子拐进最近的停车区，然后停下来。发动机颤动几下便熄火了。她攥起一只拳头，颤巍巍地放在方向盘上支撑身体，用另一只手摇开一扇车窗。

"你是不是身体不太好？"

她摇摇头，说不出话来。

他们沉默地坐了好一会儿。新鲜空气吹进车厢。伊瑟莉深呼吸，沃迪塞尔也跟着深呼吸。他似乎正在做着某种思想斗争，就像她一样。

最后，他终于说话了，声音低沉，语调悲伤，但吐字非常清晰：

"生活就是狗屎，你知道吧？"

"我不知道。"伊瑟莉叹息着说，"我觉得这个世界很美。"

他轻蔑地哼了一声。

"那就留给动物们吧。把这个该死的世界全留给动物们吧。"他好像不想再就这个话题发表任何言论了，但随后，当他看到伊瑟莉开始哭泣时，他抬起一只肮脏的手，在伊瑟莉的肩膀旁边犹豫地晃了晃，想了想还是作罢，便把两只手交叠起来放在大腿上，将视线从她身上移开，透过副驾驶侧的车窗向外望去。

"我今天出来的时间够久了，"他轻声说，"要不你停在这儿，让我下车吧？"

伊瑟莉直勾勾地看着他的双眼。那双眼睛里噙着闪亮的泪水，她可以从他的每颗眼珠上看到一个自己的小小映像。

"我明白。"她说，然后按下伊卡帕图亚的按钮。沃迪塞尔的脑袋歪向一侧，抵在副驾驶侧的车窗玻璃上，定在那里。他脖子上新长出的纤细的灰白毛发在微风中轻轻飘动。

伊瑟莉摇上她这侧的车窗，接着按下那个能让所有玻璃变暗的按钮。当车厢内昏暗下来，里面的一切都不为外界所见时，她就将沃迪塞尔斜倚在窗玻璃上的身体拉直，并把他的脸转向正前方。他的眼睛是闭着的。他神情安详，不像其他猎物那般看上去很震惊和惊恐。他像是在睡觉，打了一个超长路途的盹儿，沉睡了一千光年的航程。

伊瑟莉打开手套箱，挑出一顶假发和一副眼镜，又从后座上取来那件带帽防寒服，小心翼翼地给她的旅伴穿上，然后给他戴上那顶蓬乱的假发，抚平他黯淡无光的灰白头发并塞进假发里。这顶假发乌黑油亮，如果他的头发还没变白，或许也是这个样子。她用疤痕累累的手掌抚过他的眉毛，它们是温热的，又短又硬地扎着她的皮肉。

"对不起，"她低声说，"真对不起。"

将他打扮完毕后，她把车窗玻璃的颜色调回透明，然后发动汽车。如果交通状况良好的话，她在二十分钟内即可到家。

回到阿布拉赫农场时，恩塞尔像往常一样第一个走出主楼迎接她。看起来，一切都恢复了正常。

伊瑟莉打开副驾驶侧的车门，恩塞尔评估着坐在那里的猎物。

"真好啊，"他称赞道，"有史以来质量最棒的之一。"

伊瑟莉终于忍不住大发雷霆。

"别再这么说了！"她声嘶力竭地大叫道，"你他妈干吗每次都说这句话！"

恩塞尔已经抓住了他们之间的那个猎物的身体，见她产生如此激烈的反应，他被吓得怔住了。等在一旁的男人们伸过手来，想把他从座位上拽下去，伊瑟莉便也抓住他，拼命把他被扯得歪斜的身体拉回来，让他保持直立的坐姿。"他不是最棒的，"她一边抓住猎物、推搡男人们，一边怒斥道，"他也不是最差的。他只是一个……只是一个……"那具身体从所有人的手中滑脱,重重地摔在石头地面上。伊瑟莉怒不可遏地尖叫道:"去你妈的!"

两小时后,当她开始冷静下来的时候,她在口袋里摸到了埃斯维斯的那张便条,又打开重新读了一遍,这次,她强迫自己辨认出最后几行字。看来维斯公司给她额外增加了一项任务。他们想知道,她能否想办法抓住一个雌性沃迪塞尔,最好是能够产生完好无损的卵子的成年雌性。对于这个雌性,不必加工,只需把她小心地包裹起来,送回母星,至于接下来对她作何处理,维斯公司自有打算。

13 //

因为害怕入眠，伊瑟莉在黑暗中赤身裸体，从一个房间游荡到另一个房间，就这么过了一个又一个小时。她的路线呈螺旋形：从她的卧室出发，沿着楼梯平台走到另一间她从未使用过的卧室，下楼，来到地板腐烂的玄关，进入空荡荡的主卧，然后是堆满树枝的客厅、只剩个空壳的厨房和湿冷的浴室。每进入一个房间，她都会在里面来回踱步，在脑海中一遍又一遍地回想着她迄今为止的生活，以及盘算着她将来还能做些什么。

在她考虑的所有事情当中，有一件她始终没有中断思索，并至少持续到了凌晨时分，那就是把小屋的内墙拆掉。走到楼下客厅时，这个念头一下子冒了出来，她便冷不丁地捡起一根大棒，用尽全身力气砸向最近的那面墙壁。效果非常令人满意：石膏在敲击下碎裂开来，露出一个黑乎乎的空穴和一根粗糙的木头。她又砸了一下，更多的碎块随之掉落。也许她会把这座小屋变成一个大房间。也许她会把这整栋该死的建筑夷为平地。

不间断地砸了大约二十分钟后，她在墙上弄出一个能让她勉强爬过去的洞，不过，现在挥舞大棒不再像最开始那几下，能溅落那么多石膏碎块了。第六根手指被截掉之后留下的那条疤痕疼得突突直跳，猛力挥舞棒子也对她的脊柱造成了不良影响。所以她便放弃了砸墙，重新踱起步来，赤裸的脚底沾满了碎屑。她从一个房间走到另一个房间，同时用指甲不停地轻敲墙壁。房子里响起木地板的嘎吱声和脚拖在地上的沙沙声。小屋外面，猫头鹰在阿布拉赫农场的树上彼此呼唤，像是人类女性高潮时的尖叫。风裹挟着海浪拍击海岸的声音呼呼吹来。从更遥远的某个地方传来呜呜的雾角①声。

直到午夜过后，伊瑟莉终于累得无法继续思考，上床休息去了。她现在有了一些还不太成熟的计划，她希望自己能保持长时间的清醒，以确保她醒来时太阳已经升起。

她沉沉睡去，似乎睡了很久很久，但当她的意识浮出水面，惊恐地大口喘息时，眼前仍是一片漆黑。床单紧紧缠绕着她的双腿，湿乎乎的，上面沾了石膏碎屑、树枝碎片和尘土，让她感觉有点儿磨得慌。她摸了摸浑身的皮肤：胳膊和肩膀就像刚从烤箱里拿出来的烤肉一样滚烫，但她的腿却冰冷如石。在所有非自然醒来的睡眠阶段中，这个阶段是最糟糕的。

令人痛苦的是，尽管她的头脑尚未来得及彻底放松，但它仍然陷入了通常会做的噩梦之中：被活埋，被遗弃，被宣判前往一个空气沉

---

① 向雾中的船只发出警告的喇叭声。

闷不通风的地牢中了此余生。

　　不过……那果真是她通常做的那种噩梦吗？在梦境从脑海中渐渐消散的过程中，她瞥见了它的一抹残影，意识到这场噩梦与此前做的那些略有不同。它们给她造成的感觉毫无二致，但这次的不同之处在于，梦境中的焦点人物似乎第一次变成了别人，而不是她自己。这种转变不是在最开始，不是的——最开始的时候绝对是伊瑟莉，她被带到了地底深处。但到了最后，她的外形、大小和物种似乎都变了。醒来前的最后几秒钟，梦中的主角已经不再是人类，而是一条狗，被关在一辆停在荒郊野外的汽车里。它的主人不会再回去了，它必然难逃一死。

　　等到完全清醒过来时，伊瑟莉立刻解开缠结的床单，脱出身来，用温暖的臂弯抱住冰冷的双腿，开始劝解自己莫要跳下令人恐慌的悬崖。

　　她梦见的那条狗无疑就是昨日那个沃迪塞尔的，但她也没必要因此做噩梦。那只动物不会有事的。它的主人肯定会把车窗打开一条小缝。即便他没打开，车厢也并非绝对的真空密封，而且天气也很凉爽。至于担心那条狗会被饿死，这个想法可就太愚蠢了。狗饿的时候，它会汪汪狂吠，附近的沃迪塞尔最终会不堪其扰，前往寻找这种噪声的来源。况且，不管怎么说，狗是死是活有什么重要的呢？每天都有狗死去。她在A9公路上看到过很多被轧扁的狗的尸体，她自己也曾开车碾过那些尸体，而不是不顾危险地急转弯绕开它们。轮胎从它们身上碾过时，车子只会几不可察地颠簸一下。而且，它们的意识仅有最原始的水平。

伊瑟莉揉了揉眼睛，仰头去瞧。她昨天给闹钟换上了新电池，作为重新掌控自己生活的手段之一：闪着微光的数字计时显示现在是四点零九分。或许不知道还要等多少个小时太阳才会升起，但这对她来说反而是件好事。或许永远不再醒来会更好。

她从床上爬起来，像往常一样一瘸一拐。要是能对那些给她做这种手术的外科医生施以报复，那该多好啊！她甚至没有看到他们的脸，当他们把手术刀插进她的身体时，她已经被麻醉得昏睡过去了。而现在，他们很可能正在向维斯公司吹嘘，他们从以往的错误中学到了太多太多，他们现在所能创造的奇迹，跟以前对埃斯维斯和伊瑟莉所做的粗糙试验相比，简直是天壤之别。如果上苍是公平的，她会在死前得到一个机会，把那些外科医生绑在厚板上，对他们做一些她自己身上的试验。她会把他们的舌头割掉，让他们眼睁睁看着她把他们的生殖器切除。为了让他们别那么大声叫唤，她会把他们的尾巴切成一大块一大块的，让他们咬着。当她用铁扦刺入他们的脊柱时，他们的肛门会缩得紧紧的。当她给他们雕刻出全新的面孔时，他们的眼睛里会淌出血珠。

伊瑟莉打开电视，开始锻炼身体。

"我决不能忍受一辈子没有爱。"一个很小的声音在黑暗的卧室中响起。随后，屏幕上显出一幅黑白画面：一个娇小的雌性沃迪塞尔紧紧抓住一个肩膀很宽的雄性，后者将目光从她身上移开，仰望天空。

"别傻了，"他温柔地责备道，"你不会的。"

画面里，一架线条流畅的飞机飞进这个戏剧性的忧郁场景，螺旋桨呼呼地转着。这时，伊瑟莉伸出一只脚，切换了频道。

屏幕上弥漫着温暖的色彩，图像抽象，变幻不定。摄像机镜头向后拉远，画面迅速定格为捏在巨大的拇指和食指之间的一片湿润玻璃上，那片玻璃呈圆形，闪着色彩斑斓的光，就像一块涂满汤汁的眼镜片。

"这种培养皿中所培养的东西，"一个听上去很有权威的声音说，"也许真的蕴藏着治愈癌症的希望。"

伊瑟莉站在那里，凝视着她生起的那堆火，入迷得快要失了神。她用树枝搭的这个柴堆比往日的大得多，在晨曦中，火焰闪耀着金色和杏黄色的光。她努力让自己回过神来，从她的车旁走过——那辆汽车已被开出车棚，车头朝向农场外面，发动机空转着。伊瑟莉一瘸一拐地向农场主楼走去，她的鞋子在石头地面上笨拙地拖着。她的脊柱底部感觉有些别扭，锻炼后仍未有所好转。

"伊瑟莉。"她对着对讲机说。

无人应答，但那扇巨大的金属门却应声而开。不出所料，门边的地板上放着一个黑色塑料袋，里面装满了昨天那个沃迪塞尔的随身物品。她立刻抓起塑料袋，离开了主楼，免得值班的人从地底深处上来跟她聊天。

回到火堆旁，她从袋子里掏出沃迪塞尔的鞋子、套头毛衣和沾满狗毛的西装，并检查了一下其余的东西。袋子里并没有剩下多少东西——很显然，他在套头毛衣下面只穿了一件污渍斑斑的T恤，而且没穿内裤。他的外套口袋空空如也，裤兜里除了车钥匙和钱包之外，再无他物。

为了不让套头毛衣碰到挂着露珠的青草，她便将其搁在汽车引擎盖上，然后往外套、T恤、裤子和鞋子上都洒上汽油，扔进火堆里。她的手上沾了大量的狗毛，她不想用自己的衣服擦掉。运气好的话，狗毛会自然而然地逐渐消失。

她跪下翻看钱包，这个动作让她不舒服地呻吟起来。与她见过的其他钱包相比，这个钱包更加鼓囊，但里面的物品种类却很少。钱包里并没有压膜的塑料卡片、政府颁发的减价票、驾照、地址簿、票券和购物单据等常见的杂七杂八的东西，只有钱和一张被折叠得很小、像是微型地图的硬纸片。钱包鼓囊纯粹是因为装了太多现金。除了一点儿硬币之外，还有一厚沓纸钞，大部分面值二十英镑，此外还有些面值十英镑和五英镑的，纸币加起来总共三百七十五英镑。伊瑟莉从未见过这么多现金，这些钱足够买下五百三十五升汽油，或者一百九十二瓶蓝色的洗发水，或者一千多片剃刀刀片……或者……五十七瓶这个沃迪塞尔所说的那种发酵的马铃薯汁。她把钞票分成两份，分别揣进两个裤兜，以免单个裤兜太过鼓胀。

那张硬纸片其实是一张很大的彩色照片，被折叠了许多下。她将纸片展开、抚平，出现了那个沃迪塞尔的肖像，比昨天看上去年轻得多，他怀里抱着一个身穿白色薄纱连衣裙的雌性沃迪塞尔。他们都长着乌黑亮泽的头发，面颊红润，嘴巴咧得大大的，笑成了两弯月牙儿。照片中雄性沃迪塞尔的胡子刮得很干净，脸上不见一道皱纹，而且衣服上也没有污垢。他的牙齿上并未沾有食物残渣，嘴唇很湿润，呈粉红色。从表情上来看，她认为他的快乐是发自内心的，当然，这只是她的推断。她想知道他叫什么名字。硬纸片右下角刻着一个字迹华丽的签名：彭宁顿工作室。伊瑟莉觉得这像是个外国名字，尽管那个沃迪塞尔听着并没有外国口音。

即便彭宁顿的衣服已被烧光，伊瑟莉仍然在有意无意地盘算着如何将他营救出来。阿姆利斯不费吹灰之力就放走了几个沃迪塞尔，她肯定也可以，只不过比他稍微多费点儿劲儿而已。地下那些男人都蠢得很，而且他们大部分此时还在呼呼大睡。

但毫无疑问，现在去营救已经来不及了。彭宁顿的舌头和睾丸昨晚肯定就已被割掉了。反正他本来就不想继续活下去了，现在更不可能改变主意。所以把他丢在那里等死对他来说更好。

伊瑟莉用棍子搅动篝火，很疑惑自己干吗费尽心思考虑得如此周密。应该是习惯使然。她把棍子扔到火堆上，然后朝她的车子走去。

当伊瑟莉沿着A9公路向前行驶时，太阳正在地平线上升起，不管在夜间于积雪盖顶的高山后面遭受过怎样的折磨，它都在渐渐恢复过来。太阳已完全跃出云层的遮挡，阳光骤然增强，为整个罗斯郡慷慨地投下耀眼的金色光芒。由于恰好在正确的时间出现在正确的地方，伊瑟莉变成了这幅风景的一部分。她握着方向盘的双手也被染成了金色。

能看到这般美丽的阳光，付出一切代价——或者说，绝大部分该死的代价——是值得的，她心想。抛开被扭曲的骨骼和疤痕累累的肉体不谈，生活其实还不错，根本就不是狗屎。

将彭宁顿的套头毛衣穿在身上，她的皮肤仍然觉得有点儿怪怪的，但她已经开始习惯穿它了。她喜欢袖口紧紧裹住手腕的感觉，褪色的衣物纤维在阳光下闪闪发亮。低头看向胸部时，看到那里覆着的毛衣料子像是自己的皮毛那般毛茸茸的，而不是看到那令人极度反感的人造脂肪球挤出的光裸胸沟，这让她有一种恢复本来样貌的幻觉，她喜欢这样。

前方不远处的路边站着一个搭车客，正对她招手示意。他很年轻，身材瘦弱，举着一个破旧的纸板牌子，上面写着"尼格村"。伊瑟莉径直开了过去，压根儿都没减速。她在后视镜里看见那个沃迪塞尔比画了一个骂人的手势，然后转身准备迎接下一辆车的到来。

*　*　*

她让彭宁顿上车的地点很容易就能找到。通往那里的车道异常狭窄——这也是她身后的车辆堵得老长的原因——而且那附近还有一块非常显眼的停车标志牌。找到那个地方时，她把车停在昨天停车的位置，可能也就有几英尺的偏差。她下了车，锁上车门，然后寻找能够钻进田地的最近的一条农场小径。

找到彭宁顿的面包车也比她预想中的更加容易。在一排高大树木的庇荫下，矗立着一座废旧的磨坊，磨坊已没有屋顶，墙壁也已倾颓，仅剩一副骨架结构，骨架旁堆着一捆捆干草。在不合节令的天气的侵袭下，干草已然腐烂。如果A9公路上的司机往这边瞥上一眼，那么除了废墟和干草之外，他们什么也看不见。如果从半英里外的农舍的角度来看，就只能看到一丛树林，会让农场主想起这边还有一些

295

废弃的财物，但若要清除干净还得花钱。彭宁顿的面包车就停在树木和磨坊中间的空地上，唯有擅自闯入农田者才能看见。假如她想把车藏在这片农田内，也会停在那个位置。

面包车比伊瑟莉想象的要豪华得多。她本以为会看到一辆锈迹斑斑、破旧不堪、几乎没法开上路的烂车，车身也许是深蓝色，侧面的文字早已褪色。但实际上，那辆车是奶油色的，车身锃亮，再加上抛光的铬合金保险杠和毫无老化痕迹的黑色橡胶轮胎，它看上去就像唐尼汽车修理厂里展示的全新车辆。

在亮堂堂的车厢内，被彭宁顿关住的那条狗正从一个座位上跳到另一个座位上，同时狂乱地吠叫着。伊瑟莉看得出来，这只动物叫得极其用力，不过声音透过紧闭的车窗传出来时，却显得低沉且模糊不清——随着她靠得越来越近，它叫得越发拼命起来。但她觉得这种叫声能传出很远，尤其在夜深人静的时候。

"乖哦。"她说着走到车旁。

当伊瑟莉用彭宁顿的钥匙打开面包车的侧门时，她压根儿就没想过会害怕。这条狗要么逃跑，要么攻击她。所以，她要么看着它惊惶地奔向远处，要么不得不杀死它。不论做出哪种选择，她都会得到良心上的安宁。

她打开车门，那条狗犹如发动机回火时猛烈喷出排气管的废气那般飞速蹿了出来。它近乎头朝下脚朝上地落在草地上，然后转身面对着伊瑟莉，身体哆哆嗦嗦、抽搐不止。它的毛发只有黑色和白色，仿佛一个动物形态的微型阿姆利斯。它对她怒目而视，神情中写满困惑，黝黑的额头蹙了起来，毛发随之起伏，使那里看上去像是一块皱起的橡胶。

伊瑟莉把面包车门敞开着，然后离开，回到了A9公路上。那条狗一直跟在她身后，嗅着彭宁顿套头毛衣的腰部位置——这件套头毛衣的下摆都垂到伊瑟莉的大腿上了，看着跟裙子似的——她对此丝毫不觉得意外。那条西班牙猎犬用鼻子不停地轻触她的臀部，接着，它开始用湿乎乎的舌头舔舐她的双手。她厌恶地呻吟一声，仿佛投降似的举起双手，急匆匆地赶到她的车旁。

在她关上车门并小心地不夹到它鼻子的当口，彭宁顿的狗趁机又舔了一下她的手。它仰起头，透过车窗玻璃困惑不解地望着她转动点火开关。

"你现在只能靠你自己了，小狗。"虽然知道那条狗与她语言不互通，但伊瑟莉还是对它如此嘱咐道。

然后她便开车离开，留下那只动物独自蹲坐在路边。

* * *

在回家的路上，伊瑟莉发现自己还在琢磨昨晚反复思考的那个问题：她将如何度过余生。

她当然有很多条路可以选择，至于选哪条，取决于她能鼓起多大的勇气，或者她能忍受多少身体上的痛苦。每个计划都很可能既让她收获甜美的回报，又让她承受可怕的后果。但她已经厌倦了在各种可能性之间进行权衡。她已经考虑得太多了。

是时候用直觉来做决定了。到时候，她会将手指悬在控制按钮触手可及的上方，如果手指按下了那个按钮，那么……这一切就会彻底终结。

没过几分钟，她就驶到了那块写着"B9175：通往波特马霍默克村和海滨村庄"的路标附近。她查看了一下后视镜，又看了看前方的道路：前后方向都没有车辆驶来，她既不会被催促加速向前，也不会被迫停在路边给别的车让路。她的手指在转向灯开关上方举落不定。她踩在油门上的脚像瘫痪了似的动弹不得。那块路标一闪而过，拐向B9175公路的岔路口迅速隐没在树丛后面，而她还在继续往北行驶。她已经做出了决定：再也不回阿布拉赫农场了。

伊瑟莉一直向北开，过了一会儿，她把车拐到多诺赫大桥上，腹内立刻产生一种恶心欲吐的感觉。那并非饥饿感——虽然她现在确实很饿，而是一种不祥的预感。大桥另一侧有不好的事情在等待着她。

她开到大桥中间时，找到一处为游客提供的停车区停了下来。那里已经有一个游客了，他正越过栏杆望向闪亮的峡湾，随时准备用双筒望远镜搜寻海豹或海豚的身影。伊瑟莉把车停在他的豪华房车后面，小心翼翼地打开车门。那个游客意识到她的到来，便转过身来看她。他又矮又胖，双腿细长纤弱，肯定达不到猎物的理想标准。

"你好哇。"他挥挥手，眯眼看着太阳。

"你好。"伊瑟莉站在地上，隔着她的汽车对他回应道。她确信他不会走过来，于是将目光从他身上移开，顺着桥面遥望前方的陆地。她把一只手窝起来，遮住脸庞，然后摘下眼镜，用那双大眼睛眺望远处，将目光聚焦在环岛的车流上。那边的交通似乎堵得很严重，一小队车辆踟蹰不前，像是拿不定主意究竟该拐到通往科拉什莫尔的那条路上，还是该拐到通往多诺赫的那条路上。

随后，她发现了警察的头盔，在车辆中间闪避和穿梭。

伊瑟莉身子一晃，坐进车里，发动引擎。她以超出自己预期的技巧和胆识在桥面中央掉了个头，这么做无疑是严重违法的，但那些身影极小的警察全都远在天边，根本无力追究。她越过肩膀，扭头朝站在栏杆旁边的游客瞥了一眼：当她驱车离开时，他正畏怯地盯着她，不过他没用望远镜，所以他很可能并不打算记住她的样貌或她的车牌号。

我想回家，她心想，但她已经下定了决心：她没有家了。

她一路向南，没过几分钟，就已经驶过了泰恩——虽然很想掉头开进泰恩，但她对这个念头未予理会。如果她愿意离开A9公路，驱车穿过泰恩的中心，她就可以从镇子另一头出来，驶上另一条路，前往波特马霍默克村——以及阿布拉赫农场。但现在，阿布拉赫农场对她来说已经大门紧闭了。如果她交不出货物，维斯公司决不会照管她，她对此心知肚明。公司为她提供居所和食物并非因为它大发善心。

至于阿姆利斯，他说过他还会再回来……但是，他们那种人总是喜欢信誓旦旦地开空头支票，不是吗？还记得她长到快要被划分等级的年龄时，那些男人是怎么承诺保护她安全的吗？"伊斯特德那种鬼地方？把像你这样漂亮的女孩送过去？让他们试试！伊斯①，我会跟我父亲打个招呼，不会让你沦落到那种地方的。"那帮娇生惯养、装腔

---

① 伊瑟莉的昵称。

作势的纨绔子弟，没有一个说话算话。去他们的，都他妈去死吧！

"这个世界很容易就能让人看得入迷，"阿姆利斯曾经一边说，一边轻触她的手臂，"它确实非常非常……迷人。"他这话是什么意思？他是否在暗示她也很美呢？要不然他干吗在说这些的时候抚摸她呢？他的手指啊……但是，不对，他肯定不是这个意思。他当时凝望的是他这辈子第一次看到的大海和雪花纷扬的天空，她只是他身旁的一个严重残废、大汗淋漓的怪物。她疤痕累累的肉体根本无法与这个尽情袒露的诱人的新世界相提并论，不是吗？

她心里袭来一阵刺痛。她已经开始想念阿布拉赫的海岸了。昨晚她在空荡荡的小屋里不停游荡，那些时间她本可以去海岸那边度过，她可以在月光下的海水边，或者沿着悬崖漫步。但即便是在那时，她大概已经知道，亲身前往海岸，向那里道别，只会让她更加难受。

在小屋的各个房间里踱步时，她考虑过一个不太可能的未来：住到阿布拉赫海岸边的一个山洞里。那边有好几个洞穴，由于有幽闭恐惧症，她从未探索过它们。当然，这也正是她否定了住进洞穴里的想法的原因所在。

海滩上还有一间石屋（埃斯维斯曾摆出男人所特有的那种无所不知的嘴脸，称其为"钓鱼小屋"）。石屋的门已经风化腐朽，像窗帘一样在风中摇摆。墙上一扇窗户也没有，室内的地上满是焦油和腐烂的羊粪。不过，住在石屋里的主要阻碍是，地板上还用螺栓固定住了一台大型机械，那是用铸铁制造的，得有一头牛那么大，用途是把船拖到海岸上。当然，它可能不会再被使用了，但她没法确定这一点。如果她正一丝不挂地摊开身体躺在小屋的角落里熟睡，突然渔船上岸，里面的渔民全都走了进来，那她的麻烦可就大了。

她也考虑过在阿布拉赫的悬崖上，找个地方自己建一座小屋，材料就是树枝、浮木，兴许还能用上她经常看到被冲上岸的那种大块波纹铁皮。但是如果农场里忽然多出一座小屋，埃斯维斯肯定会注意到，特别是当她失踪后，他在寻找她的时候。况且，维斯公司一旦知道她逃跑，定会派埃斯维斯全力搜寻她。

伊瑟莉眉头紧锁，想起了那些警察。她决不能被他们拦住，因为贴在车上的缴税单已经过期，而且她也没有驾驶执照。她必须找个地方躲起来，暂且不再开车。这没什么难的，甚至非常容易。毕竟，她将不必再被束缚在A9公路上，她可以探索偏僻的道路，那些路上车辆极少，向远处延伸着进入一片荒无人烟的森林。她可以像野鸡一样钻进树林中，消失得无影无踪。

三天后，伊瑟莉从一场尽情释放性欲的美梦中醒来，用拳头紧紧攥着软毛。这团软毛属于防寒服的帽子。防寒服被她放在汽车后座上当作枕头。尽管她十分不舒服，脑子里却仍然充满了对性高潮的幻想，那种美妙的感觉让她忍不住想笑。

她的车子停在狭长海湾边缘处的一丛高大的蕨类植物下面。植物嫩枝的末端轻拂着车窗，小鸟在车顶和树枝之间跳来跳去，纤细的爪子踩在金属车皮上嗒嗒作响。视野之外的某些生物，可能是野鸭或天鹅，时常会在附近不受潮汐影响的平静海水中嬉闹，发出轻微的窸窣声，尤其是在下午的时候。头顶上方，树枝十分稠密，使得雪花永远都不会降到地面上，而且，从海面上反射过来的阳光也比透过树枝钻下来的阳光显得更充足一些。

总而言之，这丛植物下面是个绝佳的藏身之地，甚至在伊瑟莉几天前刚把车子缓缓开进来时，她发现这里已经停了一辆车，幸好没有沃迪塞尔栖居在里面。那辆车仅剩下一副骨架：内部彻底损毁，没有车轮，车身上生出各种颜色的斑斑锈迹，并且长满了苔藓。伊瑟莉把她的车停在它旁边，算是给自己多一层掩蔽。

不可否认，第一晚，伊瑟莉睡得非常难受。虽然后座只比她短几英寸，但事实证明，这几英寸对她舒展身体至关重要。不过她还是挺了过来，接下来的两个晚上感觉稍微好了一些。

她并不想睡在车里，但在找到另一个住处之前，她别无选择。在田野深处蜷着身子，露宿在璀璨星空下，这种想法非常浪漫，也非常大胆，但在内心深处，她知道如果这么做，第二天脊柱就会让她痛苦难耐。她需要一张床，或者至少得有一团柔软的东西让她躺在上面。汽车后座最起码有软垫，还很平坦，不硌得慌。而且，假如有一天早上她醒来时疼得无法起身，她也可以抓住前座的头枕把自己拽起来。

如果在这个世界中，她想住哪里就能住哪里，那么对她来说，最理想的栖居之所、最完美的家，就是一座废弃的灯塔。但灯塔会被遗弃吗？她希望会。它们耸立在陆地的边缘，紧挨着无垠的大海，高高的塔尖都快触到云层了。她能想象到自己住在那上面，在塔的顶端，睡在柔软的床垫上面，四壁全是窗户，太阳刚一升起，阳光就能照射进来。

但现在，她得藏在这里避避风头。她饿得身体越来越虚弱，今天必须吃点儿东西了，而且得是比前天晚上从田里偷来的生萝卜更能顶饱的东西。

做完锻炼之后，她立即蹚进海湾的冰冷浅水里清洗身体。接着，她一手举着镜子，一手捏着刀片刮掉身上的毛发，然后将刀片浸入波光粼粼的水中，把沾在上面的洗发水泡沫涮掉。她希望洗发水不会对生活在这片海湾里的生物造成任何伤害。在这样一片巨大且纯净的自然水库中滴入一些化学肥皂泡沫，肯定不会造成什么影响吧？

为了吃上离开农场后的第一顿热饭，她开车去了一个加油站。她知道那个加油站，以前她曾在那里买过汽油。

也许将来有一天，她会克服内心的恐惧，开车进入一座大城市，把车停在数百辆汽车中间，然后走进一家超市，就像沃迪塞尔需要食物时所做的那样。那一天还很遥远。就在前不久，她开车经过一家大型超市时，还在寻思自己是否敢冒险走进去。那家超市紧挨着通往阿伯丁的A9公路，距离公路非常近，她几乎能透过彩色玻璃门看清里面的样子。她在电视上见过的所有东西或许都能在那栋巨大的混凝土建筑里找到，但是，有一大群沃迪塞尔正在里面挑挑拣拣，争先恐后地扑向精挑细选的美食。不，她还没准备好。

她在加油站加了二十英镑的汽油，还从一块贴着"好滋味街边小食"标识、用金属和塑料制成的自助式点餐显示屏上选了一份预先包装好的肉食。屏幕上有三种选择：热狗、鸡肉卷和牛肉汉堡。每份食物都用白纸包着，所以她看不见里面的东西是什么样。她选择了鸡肉卷。因为她以前听电视上说过，牛肉很危险，甚至有可能致命。如果牛肉能杀死沃迪塞尔，那么能把她折磨成什么样，她想都不敢想。

至于热狗嘛，怎么说呢……前几天她刚费劲地救出一只狗，现在又要吃下一只，想想就很奇怪。

她拿起选定的纸包，放进微波炉里，然后按照指示按下按钮。四十五秒后，她取出鸡肉卷，捧在手心里，热气腾腾的。

四十五分钟后，她蜷缩在萨尔特本的一个停车场后面的草地上，拼命地呕吐着。她的嘴巴张得大大的，唾液从舌尖上淌下，但是，当呕吐物终于涌上来时，却钻进了她的鼻子里，像酸涩的肉汁似的从她缩窄的鼻孔里一边向外喷，一边吐着泡泡。有那么一分钟，她以为自己会窒息而死，或者呕吐物会烫穿她的鼻孔，涌进她的泪腺，从眼睛里滴下来。但这些都是惊恐之下产生的错觉，不一会儿，胃部的痉挛就平息了。

当身体归于平静时，伊瑟莉用颤抖的双手拧开一个大瓶的盖子，瓶身上印着"纯净"的标志，里面装的显然是水。这瓶水是跟鸡肉卷一起买的，假如她吃不惯那种从未吃过的肉食，可以事后用水漱漱口。她强烈怀疑自己确实不适合吃鸡肉卷，但她还是给了它一个机会。"她可以安全地吃什么食物"这个谜题不会在一天内就能解开。不断试错能让她知道自己可以吃什么。她噘着水瓶的塑料瓶口，大口大口地灌下里面的透明液体，身体也随之平静下来。

她不会饿死的。农田里种着土豆，给羊吃的萝卜在地里散得到处都是，树上还结着苹果。这些都十分适合人类食用。阿布拉赫农场的男人每天都在食堂里证明这一点。虽然这些还不够多，但她会活下去的。随着时间的推移，她会找到一些目前根本无法想象的美食，那些食物会让她想起童年时享用过的美味佳肴，吃完那些食物后，她会感到慵懒、满足和完满。

她确信，那些食物在某个地方一定都能找到。

在伊瑟莉开车沿着狭窄的林间小道向她在海湾边藏身的那丛蕨类植物驶去的途中，她惊恐地看到前方有一个沃迪塞尔，正发疯似的冲她打手势，示意她停下来。他不是警察，而是一个搭车客，但他非常焦虑不安，看上去像是在公路上手舞足蹈。她试图从他身边绕过去，可他却突然蹦到她的车道上，双臂大张，迫使她猛地刹住车。

他身材魁梧，岁数不大，皮夹克下的肌肉非常发达，但神情却显得很疯狂。

"我很抱歉！我很抱歉！"他哭喊道，手掌砰的一声拍到她的引擎盖上，用哀求的目光看着她，"但是我必须得让你停车！"

"请你闪开！"伊瑟莉透过挡风玻璃大声说，同时威胁似的发动引擎，"我不载搭车客。"

"我女朋友要生了！"他冲她大吼道，朝森林外的某个看不见的地点挥舞着肌肉结实的胳膊，"行行好吧！我已经走了一百五十英里了，现在就剩他妈的五英里了！"

"我帮不了你！"伊瑟莉大喊道。

"哦，上帝啊！"他露出痛苦的表情，拍打着自己的额头，"我决不会对你动手动脚。我就一动不动地坐着！你可以把我绑起来，用刀子指着我的喉咙，我都不在乎——我女朋友要生了！我快当爸爸了！"

他显然没打算放她走，于是她便打开副驾驶侧的车门，让他上了车。

"谢谢，"他羞怯地说，"你人真好。"

修娜，他心想，坚持住啊，修娜。

伊瑟莉对他的感激之言未作回应，只是猛地发动汽车，变速箱的齿轮发出刺耳的摩擦声。只有五英里，然后她就可以摆脱他了，如果她不说话，或许他也不会主动开口。

"我对你的感激真的无以言表。"没过几秒钟，他便用嘶哑的声音说。

"不客气，"伊瑟莉说，目不转睛地看着前方的道路，"让我专心开车就好。"

"我太爱她了。"他说。

"很好。"伊瑟莉说。

"她昨晚打电话把我叫醒，那会儿我已经上床睡觉了，躺在毯子上，你知道吧？'吉米，我快生了，'她说，'比预产期提前了一周。我知道你赶不回来。我只是想让你知道。'然后我就像火箭一样从毯子上飞快地爬了起来！"

"很好。"伊瑟莉说。

他们沉默片刻。汽车像往常一样，以每小时四十五英里的速度行驶。两旁的树木在伊瑟莉的眼里一闪而过，显得模糊不清，但她必须承认，前方空寂的路面看起来却像静止一般。

"你能稍微开快一点儿吗？"沃迪塞尔终于忍不住说道。

"我尽力了。"伊瑟莉用警告的口吻说，但她还是轻轻踩了踩油门。接着，为了转移他对车速的注意力，她问道：

"这是你的第一个孩子吗？"

"是啊，是啊。"他兴奋地说，然后深吸一口气，"生命就永生不灭了。"

"你说什么？"

"生命永生不灭啊。生孩子的意义就在于此，你知道吧？通过生孩子，让历史不断地向前发展，你知道吧？人死后灵魂还在这种事情，我觉得很有道理。你相信这些吗？"

伊瑟莉在辨识他的口音和话语中的某些关键词方面十分力不从心，所以压根儿就没听懂他的问题。

"我不知道。"

但他丝毫没有住嘴的意思。他心里的痛处被触碰到了，尽管是他自己触碰的。

"自由教会的人说我的孩子是个杂种，"他抱怨道，"因为我跟我女朋友没结婚。他们凭什么这么说？那帮贱货真该死，你知道吧？"

伊瑟莉仔细思考了一会儿，然后笑了笑，困惑地摇摇头。

"你说的话，我一个字也听不懂。"她承认道。

"你信什么教啊？"他立即反问道。

"我什么教也不信。"她说。

"那你父母呢？"

伊瑟莉想了一会儿。

"我来的那个地方，"她谨慎地回答说，"宗教已经……消亡了。"

沃迪塞尔同情地哼了一声，然后继续他那难以理解的布道。在此期间，车子进一步向森林深处驶去。

"轮回转世对我很有吸引力，"他说，并竭力抑制住自己的兴奋，"修娜——我女朋友——说这种事听着就很蠢。但我认为这里边还是有点儿道理的。每样东西都有灵魂，你没法摧毁灵魂。而且，灵魂这种东西还能给你再试一次的机会——转世之后可以做得更好。"他大声笑起来，笑声中含有一种炫耀的意味，仿佛在邀请她加入进来，"谁知道呢，嗯？我下辈子有可能转世成女人，或者小动物！"

绕过一处拐角，他们转而朝下飞驰，驶入一道小山谷里。伊瑟莉轻轻踩着刹车，同时转动方向盘。底盘的异响毫无征兆地再次出现，这次的响声比以前大得多，就连整个车身都在震动。转瞬间，汽车驶到了斜坡的最低点，被刹车卡死的轮子触及地上滑溜溜的灰白冻霜。

伊瑟莉察觉到她的车与柏油路之间毫无摩擦，飞快地向前滑动，就像车体下了水或是被发射到空中一样，那种感觉犹如置身于梦境之中。那雄性的两只大手伸过来，紧紧握住她的方向盘，试图帮她扳回来，但一点儿作用也没起。车子毫无阻拦地冲出公路边缘，只听砰的一声巨响，猛地撞到一棵树上。

伊瑟莉只昏迷了一小会儿，至少在她看来是如此。她的意识像从高空跌落般坠回她的身体，就像她每次给沃迪塞尔注射伊卡帕图亚时感觉到的那样。如果非要说她现在跟给他们注射完伊卡帕图亚之后的感觉有什么不同，也主要是意识落回身体时的冲击力似乎比以往要轻一些。她并未觉得呼吸有多么费力、心跳有多么剧烈。眼前的树木显得异常逼真，她这才意识到，眼镜和挡风玻璃都已经不见了。

她低头看去。她的绿色天鹅绒长裤上落满了碎玻璃，浸透了深色的鲜血，一块扭曲的楔形金属占据了她的膝盖部位。她几乎感觉不到疼痛，她猜这一定是因为她的脊柱被撞碎了。新月形的方向盘刺透了她的乳房，躯干并没有受伤。不过，她的脖子舒服多了，这还是近几年来头一回这样，意识到这一点后，她突然狂暴且不可抑止地发出混杂着大笑与悲痛的呜咽声。一些温热的凝胶状物质被困在她的上衣和彭宁顿的套头毛衣下面，顺着她的肚子流到大腿上。她感到既厌恶又恐惧，浑身剧烈颤抖。

那个沃迪塞尔已经不在她的身边了。他撞破挡风玻璃飞了出去。从她坐着的地方，看不见他的身体。

被扯烂的裤腿布料开始发出轻微的拍打声和吮吸声，她感到极度恶心，但还是努力将目光从腿上移开。她注意到伊卡帕图亚的针头从副驾驶座的衬垫里探了出来。肯定是出故障了。虽然知道这么做很荒谬，可伊瑟莉还是用沾满鲜血的拳头无力地捶打着座椅的边缘，试图让针头缩回去。但一点儿效果也没有。

忽然间，她身后的公路上传来尖锐刺耳的刹车声，接着是猛地关上车门的声音，随后是双脚慌乱地踩在碎石上的沙沙声。

伊瑟莉下意识地将手伸进手套箱里，取出碰到的第一副眼镜，然后塞到自己的脸上，视线立刻变得模糊不清：因为这是真正的光学镜片，而不是透明玻璃。

一个隐隐约约的身影来到她身旁，朝驾驶室窗口的位置俯下身子。那个身影很小，粉红色的喉咙朦朦胧胧，穿着明黄色的衣服，头发像是一团膨大的黑色光晕。

"你还好吗？"一个雌性沃迪塞尔用颤抖的声音说。

伊瑟莉无力地笑了笑，一个鼻孔里淌出一股湿乎乎的东西。她用手腕将其拭去，手臂扭曲的幅度过大，再加上毛线贴在脸颊上的陌生触感，让她颇为吃惊，遂将手腕稍稍缩回去一点儿。

"别动。"那个雌性用命令似的口吻说，"我去找人帮忙。你坐好别动。"

伊瑟莉又哈哈大笑，这次，那个女人也跟着笑了起来，但后者的笑声更像是一种紧张的嘶嘶声。

模糊的色彩从伊瑟莉的视野里飞快掠过，旋即，她听到车子前方的灌木丛中发出一阵踩断树枝的噼啪声。那个女人的声音再次传来，比刚才更加响亮，而且吐字干脆利落。

"这是……你的同伴吗？"她大喊道，声音听着像是从很远的地方飘来。

"一个搭车客，"伊瑟莉说，"我不认识他。"

"他还活着，"那个女人说，"他还有呼吸。"

伊瑟莉把头靠在座椅上，深吸一口气，同时试图搞清她对于这个沃迪塞尔还活着一事是怎么想的。

"先把他带走吧，拜托了。"过了一会儿，她说道。

"不行，"那个女人说，"咱们得等救护车来。"

"拜托了，拜托你先把他带走吧。"伊瑟莉说，眯起眼睛在迷蒙的绿色和棕色里寻找她的身影。

"我真不能这么做，"那个女人坚持说，声音已经镇定下来，"他的脊柱可能损伤了。他需要专业人员的帮助。"

"我担心我的车会起火。"伊瑟莉说。

"你的车不会起火的，"那个女人说，"别惊慌。保持冷静。你会没事的。"

"至少拿上他的钱包，"伊瑟莉恳求道，"那里边有他的身份证件。"

灌木丛又传来一阵噼啪声，明黄色再次飘进伊瑟莉的视野。那个女人又一次站在破碎的驾驶室车窗旁边，伸出一只温暖的小手放在伊瑟莉的脖子上。

"听着，我要去找个电话，得离开你几分钟。我叫到救护车就立刻回来，好吗？"

"谢谢你。"伊瑟莉说。当那个女人越过伊瑟莉的肩膀，从后座上拿起一样东西时，她用眼角的余光瞥见了对方苍白的锁骨和桃红色上衣下面隆起的胸部曲线。

"仁慈医院①离这儿很近，"那个女人安慰道，"他们很快就能过来把你带走。"

伊瑟莉再次感觉到那双温暖的手放在她的身上，她这才迟钝地意识到自己的身体十分冰凉。那个女人把带帽防寒服盖在她身上，然后

---

① 仁慈医院的英文名为"The Mercy Hospital"，名称中第二个单词与前文圈养的沃迪塞尔写在地上的单词"MERCY"相同。

把袖子轻轻掖到她的肩膀下面。

"你会没事的，放心吧。"

"好的，"伊瑟莉点点头，"谢谢你。"

那个女人消失不见了，随后便是车子发动的声音，引擎声渐渐变小，四周再次陷入寂静。

伊瑟莉摘下眼镜，丢在腿上，最后它嗒嗒地滚落到挡风玻璃的碎片上。视野怎么还是一片模糊？她便眨了眨眼。泪水顺着脸颊流了下来，她透过破碎的挡风玻璃望出去，视野终于恢复了清晰。

伊瑟莉检查了一下仪表板的顶部，恩斯当初在那里搭建触发伊卡帕图亚的线路时，顺便还对汽车的原装设计做了另一处小小的改动：在这里安装了一个操控阿维尔的按钮。控制伊卡帕图亚的系统由脆弱的电路和液压装置所组成，显然已在这场事故中损坏了，而仪表板按钮和储存阿维尔的圆筒仅靠一根结实的管子相连，时刻等待她触发开关，向其中的油质液体喷出一股异物。

紧接着，阿维尔就会把她的汽车、她的身体和一大片土地炸成她所能想象到的最微小的粒子。爆炸会在原地留下一个又大又深的坑，就像遭受了陨石撞击一样。

她呢？她会去哪里呢？

组成她身体的原子将会与空气中的氧分子和氮分子相互混合。她最终将成为天空的一部分，而不是被深埋在地下：从这个角度来想，她的结局还不赖。随着时间的推移，她无形的遗骸将与太阳下的所有奇景结合为一体。下雪时，她会成为雪花的一部分，轻柔地降到地面上，并在蒸发作用下再次升到空中。雨过天晴时，她会飘浮在跨越峡湾和地面之间的天空的拱形彩虹里。她会使蒙在田野上的薄雾微不可察地稍浓一些，但星光可以毫无阻碍地穿透她，投射到大地上。她将永远活下去。她只需鼓起勇气，按下一个按钮，同时确信连接按钮与圆筒的管子没被破坏。

她向前伸出一只颤抖的手。

"我来了。"她说。

科幻文库

跟着读客读科幻，经典科幻全看遍

太空歌剧、赛博朋克、奇幻史诗……

中国、美国、英国、俄罗斯、波兰、加拿大、日本、牙买加……

读客汇聚雨果奖、星云奖、轨迹奖获奖作品

精挑细选顶尖的科幻奇幻经典

陪伴读者一起探索人类文明的过去、现在和未来

亿亿万万年，直至宇宙尽头

打开淘宝，扫码进入读客旗舰店，
下一本科幻更经典！